Les 24 états d'âme de Gabin et Agathe

Illana Cantin

Les 24 états d'âme de Gabin et Agathe

hachette
ROMANS

Couverture : Hachette Romans studio
Conception : Nicolas Carmine
Illustration : Shutterstock

Hachette Livre, 58 rue Jean Bleuzen, 92170 Vanves

« Illana, vous nous le dédicacez, hein ? »

Les secondes B

Chapitre 1

Le mariage

Gabin

— Tu savais que, statistiquement, tu as plus de chances de coucher avec quelqu'un lors d'un mariage que pendant une soirée entre amis ?

La fille à côté de moi m'a dévisagé de la tête aux pieds. L'air de dédain sur son visage en aurait mortifié plus d'un, mais pas moi. J'avais l'habitude. J'ai sorti mon sourire le plus charmeur, celui qui me rendait irrésistible. Tant pis si on se trouvait devant le sanctuaire de Dieu ; Il me le pardonnerait. Elle était la seule personne de mon âge. Même si ma technique de drague n'aboutissait pas, il était toujours bon d'établir le contact, histoire d'éviter de terminer ma soirée à la table des enfants et de me retrouver obligé de leur faire manger leur verrine de poisson. Je parle d'expérience.

Au début, cette fille a détourné les yeux, faisant semblant de ne pas m'avoir vu ou de croire que je m'adressais à une autre. Très bien, je n'avais pas affaire à une personne sociable. Ce n'était pas grave, je pouvais l'être pour deux. Comme je suis ce qu'on pourrait appeler un gros relou, je me suis raclé la gorge. J'ai continué :

— Non mais, mathématiquement, c'est quand même fascinant. Quand tu y penses, on croise qui à un mariage ? La famille ! Alors pourquoi est-ce qu'on a de plus grandes chances de coucher ? Est-ce que c'est l'ambiance générale dégoulinante d'amour ? Ou la crainte que ça ne nous arrive jamais ? De rester célibataire à vie ? J'en sais rien ! Je pose la question.

La fille ne pouvait m'ignorer davantage. Avec toute la condescendance du monde, elle a posé un regard hautain sur moi.

— Qu'est-ce que tu cherches, au juste ?

J'ai haussé les épaules. Notez que mon sourire charmeur ne s'était pas envolé. La provoc, tout était dans la provoc.

— À nouer le contact.

— C'est ta manière de nouer le contact ? a-t-elle demandé, sans décroiser les bras.

J'ai acquiescé avec désinvolture. La fille a roulé les yeux.

— Tu aurais très bien pu dire : « Est-ce que tu veux qu'on baise ? ». Je l'aurais compris pareil.

Un sourire malicieux s'est dessiné sur mes lèvres, je lui ai fait un clin d'œil.

— C'est un « Oui » ?

— C'est un « Va te faire voir. »

J'ai soupiré de déception. Plus pour l'effet dramatique que par réel dépit. Si vous pensez que mon ego en a pris un coup à cause d'un minuscule râteau, c'est mal me connaître. Je suis un expert en vents, climatologue à mes heures perdues. Ma fierté ne peut plus être froissée, elle a été trop souvent écrasée pour encore exister. Il aurait peut-être fallu que je revoie mes techniques de drague – ou que j'arrête de draguer des personnes pas intéressées – mais, qui sait, pour citer un grand philosophe de la culture française : « Sur un malentendu, ça peut passer. »

La fille ne répondrait plus. Pourtant, je ne suis pas parti, forceur que j'étais. J'ai balayé le parvis de l'église du regard. Les personnes affluaient autour de nous, bien habillées, maquillées et *couvre-cheffées* (si du moins ça se disait). Nombre d'entre elles n'avaient pas été conviées dans la minuscule mairie de la ville pour la cérémonie civile. Elle avait eu lieu à neuf heures du matin, faute d'autres créneaux libres. Je n'y avais pas assisté, profitant de la grasse matinée seul à la maison. J'aurais peut-être dû prendre plus de temps pour me préparer. Au milieu des fashionistas et des coiffures extravagantes, la fille et moi avions un point commun : on faisait tache dans le décor.

Elle portait une robe noire simple, brouillant les frontières vestimentaires entre un mariage et un enterrement. Petite, la peau métissée, ses cheveux noirs lui arrivant aux épaules, elle avait l'air austère et l'allure d'une fille qui ne voulait pas être là. De mon côté, j'avais enfilé une chemise bleu clair et un pantalon beige taille quatorze ans, car le reste de ma garde-robe se composait de jeans délavés et déchirés. Tout le budget de la famille étant passé dans le costume trois pièces de mon frère, je m'étais retrouvé obligé de prendre le bout de tissu le moins cher de Kiabi. Ce n'était pas grave, mamie m'avait quand même trouvé *très beau*, et si mamie était satisfaite, alors le monde était à moi.

Je suis revenu à la charge. On est lourd jusqu'au bout ou on ne l'est pas.

— Il n'empêche que les statistiques parlent d'elles-mêmes, ai-je repris, alors si c'est pas toi et moi, c'est forcément deux autres personnes. Je me demande bien qui.

— C'est quoi, ton problème ? Je te connais même pas, et tu me parles comme si on s'était donné rendez-vous sur Tinder.

J'ai souri et lui ai présenté ma main.

— Excuse-moi, j'en oublie les bonnes manières. Gabin.

— Oh, doux Jésus. C'est toi, Gabin ?

Son air accablé ne m'a pas surpris. Les gens entendaient des histoires à mon sujet qui faisaient parfois mauvaise impression. « Gabin a fait ci », « Gabin a fait ça », « Gabin a sauté dans une benne à ordures pour échapper à un mec qui voulait lui faire la peau ». Il ne fallait pas trop tenir compte des rumeurs et ragots, même avérés… Je ne m'étais pas imaginé que ma réputation me précédait à ce point. Gonflé d'orgueil, j'ai bombé le torse, jusqu'à ce que je comprenne qu'elle ne prendrait pas ma main tendue. Je me suis rétracté.

— C'est moi, Gabin, et si tu as entendu quoi que ce soit à mon sujet, c'est vrai. Sauf la rumeur selon laquelle j'ai couché avec la prof de sport ; celle-là, c'est moi qui l'ai lancée pour une expérience sociologique.

— Non, ton… Ton frère se marie avec ma sœur.

Je suis resté muet – une grande première.

— Oh merde… ai-je pensé à voix haute. Je viens de draguer ma belle-sœur.

Mais dis-moi, Gabin, comment est-il possible que ton frère se marie et que tu ne connaisses pas ta belle-famille ? Eh bien, techniquement, ce n'est pas *ma* belle-famille, c'est la *sienne*. Je n'ai aucune raison de faire ami-ami avec toute la maisonnée. De plus, mon frère et sa fiancée n'avaient jamais accepté de leurs parents respectifs qu'ils s'immiscent dans les préparatifs du mariage. Les deux mères ne s'étaient jamais pris le chou pour décider du traiteur, les pères n'avaient jamais pleuré de concert l'émancipation de leur enfant. Bref, les deux familles étaient restées aussi séparées que possible.

J'avais vaguement entendu parler de la sœur de Charlène, et mon frère avait certainement dû se plaindre de moi lors d'un repas chez ses beaux-parents. Mis à part ça, nos contacts avaient été inexistants. Elle connaissait mon prénom, je n'avais aucune idée du sien. La fille a renchéri à ma dernière remarque :

— Ah ! Donc tu avoues que tu me dragues !

— Je viens littéralement de te demander si on pouvait coucher ensemble. Si tu doutes que c'est de la drague, tu as un problème.

— J'ai pas de problème. Tu as un problème, tu dragues les membres de ta famille !

— Comme si j'étais censé deviner que tu étais de ma famille, me suis-je défendu.

— On est à un mariage, tu l'as dit toi-même : tout le monde est de la famille.

— Objection. Ce gars là-bas est un ami d'enfance de mon frère.

— Je sais même plus comment a débuté cette conversation…

— J'ai subtilement essayé de te demander si tu voulais coucher avec moi.

Elle a soupiré, et m'a tourné le dos. Je me suis approché d'elle, les mains dans les poches de mon pantalon en toile de qualité très moyenne, et j'ai déclaré, un rictus aux lèvres :

— Je sens que ce week-end va être sympa.

La fille n'a pas rétorqué. Elle ne le savait pas encore, mais elle allait passer les deux jours les plus fun de sa vie. Les mariages, avec moi, c'était quelque chose. Après tout, j'avais été élu meilleur danseur de madison à quatre reprises !

Une robe blanche vaporeuse s'est glissée entre nous. À l'intérieur, Charlène, la future mariée, a passé un bras autour de nos épaules et nous a serrés contre elle. Malgré l'agitation ambiante et la cérémonie imminente, elle avait trouvé deux minutes à nous accorder, contrairement à mon frère, qui courait depuis un quart d'heure pour rassembler tout le monde.

— Ah ! Vous avez fait connaissance, je suis tellement contente ! Je n'étais pas sûre que ça fonctionnerait entre vous. Tu sais, parce que Gabin est un peu trop…

— Gabin, ai-je complété.

Ce mot me décrivait parfaitement. Je l'ai rassurée :

— T'en fais pas, je serai sage.

Charlène m'a ébouriffé les cheveux, alors que ma coiffure était le seul élément soigné de ma tenue. Avant de partir, elle a adressé un baiser en l'air à sa petite sœur pour ne pas ruiner son maquillage. Une fois que nous nous sommes à nouveau retrouvés seuls, la fille m'a dit :

— Tu ne connais même pas mon prénom.

— Non. Ne le prends pas personnellement, mais j'ai du mal avec les prénoms. J'ai appelé mon frère Matt Pokora jusqu'à mes huit ans, ne me demande pas pourquoi.

— Agathe.

J'ai ri.

— C'est génial, nos deux prénoms se mélangent super bien ! On peut avoir un nom de couple mignon : Agabin.

Agathe a levé les yeux au ciel. Un mouvement de foule se pressait vers l'intérieur de l'église, elle a suivi l'assemblée, les bras croisés. Faussement vexé, je me suis écrié :

— Oh, ça va, je rigolais, on n'a pas besoin d'un nom de couple, notre amour se suffit à lui-même !

Bizarrement, elle n'a pas fait demi-tour.

La cérémonie était réussie. Tout le monde a pleuré. Sauf moi, qui ai utilisé ces quarante minutes à bon escient et ai fait des avions en papier avec tous les programmes à ma portée. Pendant le dernier quart d'heure, plus personne dans une circonférence de trois mètres ne pouvait chanter en même temps que le prêtre. En revanche, j'avais une belle armée de l'air à mes pieds.

Je ne sais pas pourquoi mon frère avait tenu à se marier à l'église. Il n'était pas pratiquant pour un sou. Comme moi, il avait fait sa première communion et sa profession de foi pour avoir des cadeaux, voir les cousins et faire plaisir à mamie – la même qui me trouvait *très beau*. Peut-être était-ce un vœu de Charlène. Dans tous les cas, la messe était ennuyeuse à mourir et j'étais à court de feuillets de prière à transformer en avions en papier.

Agathe était assise devant moi. J'ai longuement hésité avant de lui tapoter l'épaule, de peur de me reprendre une remarque cinglante qui briserait mon petit cœur fragile. Mais il restait dix minutes et il n'y avait plus de programmes autour de moi. *Les affaires sont les affaires*, je l'ai interpelée dans un murmure :

— Pst, tu peux me passer ton programme, s'il te plaît ?

Chacun ici est témoin de ma politesse. Nous sommes d'accord. Il est donc complètement incompréhensible qu'elle m'ait répondu avec mépris. Ce qu'elle a pourtant fait.

— T'es vraiment un gamin. Un gamin sans respect, en plus.

— Oh là ! l'ai-je immédiatement calmée. Tu peux parler, toi aussi tu es assise dans le fond de l'église. Tu sais qui on met dans le fond de l'église à un mariage ? Les familles avec des enfants en bas âge, les vieux qui devront peut-être sortir en urgence pour aller aux toilettes et en général tous ceux qui peuvent gâcher la cérémonie. Ça veut dire que, même si tu penses pouvoir te la jouer petite fille modèle, je sais que tu es une emmerdeuse.

Mes paroles véhémentes m'ont valu quelques regards interloqués. Une femme avec un bébé – comme quoi ma théorie n'était pas infondée – m'a fait de gros yeux et m'a réprimandé :

— Est-ce que tu pourrais te taire, s'il te plaît ? Ils vont échanger leurs vœux.

— Spoiler : ils vont se dire oui. Agathe, je pourrais avoir ton programme ?

Elle a fini par me tendre sa feuille, sûrement pour me faire taire, et n'a pas voulu m'adresser la parole du reste de la cérémonie. Mon frère et sa sœur se sont effectivement dit oui, sans grande surprise. Tout le monde est sorti avant eux pour leur faire une haie d'honneur et leur lancer des pétales de rose, plus romantiques et faciles à nettoyer que le riz selon Charlène. Je suis resté à l'écart, du côté de la mairie, tous mes avions en papier dans les bras, et j'ai commencé un trafic avec les enfants.

Au moment de rejoindre la salle des fêtes, chaque gamin possédait un avion et j'avais récolté trois doudous, deux tétines et un caillou noir – un *beau* caillou noir. Un enfant a fini par pleurer dans les jupes de sa mère et a balancé que je lui avais pris Pitchoune, son lapin. J'ai dû rendre mes trésors, sans pour autant récupérer mes avions. Bonjour l'arnaque.

Une fois dans la voiture, ma mère s'est retournée sur son siège. Ce n'est jamais bon quand, dans un véhicule, votre mère se retourne sur son siège. Soit elle veut s'assurer que tout va bien, soit elle veut vous passer un savon les yeux dans les yeux.

— Je n'arrive pas à croire que tu gâches le mariage de ton frère comme ça ! Tu nous as vraiment foutu la honte, à l'église. Gabin, tu as quel âge ?

— C'est une question rhétorique ou tu attends vraiment une réponse parce que tu as oublié ?

Elle n'a pas trouvé ma blague drôle.

— Je te promets que, si ton attitude ne s'améliore pas dans la journée, tu vas entendre parler de moi.

— Laisse-le, Alexandra, l'a calmée mon père. Il est juste mécontent de ne pas être le centre de l'attention.

Ma mère m'a prévenu qu'elle m'avait à l'œil et j'ai regardé le paysage défiler. Je me fichais de ne pas être le centre de l'attention. Oui, souvent, dans la famille, c'était moi la star, mais ça n'avait rien à voir avec mon comportement. J'étais toujours ainsi, je m'amusais quand c'était l'heure et aussi quand ça ne l'était pas. Honnêtement, tout le monde s'emmerde pendant les cérémonies de mariage, j'ai juste le bon sens de rendre le moment plus agréable. Rien de terrible.

Mon frère m'avait placé à la table des enfants. Délibérément, j'en étais certain. C'était une ultime crasse à son frangin avant de quitter pour de bon le foyer familial. Au début, j'ai pensé faire un scandale malgré les consignes de mes parents. D'accord, je n'étais pas majeur du haut de mes dix-sept ans, mais ça ne justifiait rien. Je ne méritais pas d'être assis entre le gosse qui mangeait ses dragées avant même que l'apéritif soit servi et celui qui utilisait sa manche comme un mouchoir. En apercevant le nom de la convive à côté de moi, je me suis senti mieux : Agathe avait, elle aussi, été placée à la table des enfants.

Agathe m'a évité pendant la première heure, quand les invités étaient parqués à l'extérieur, leur verre de vin d'honneur à la main. J'ai siroté une coupelle de cidre servie par mon frère sous les yeux méfiants de ma mère. Elle n'aimait pas me voir boire, mais Olivier me défendait.

— C'est juste une petite coupe, maman. Et puis c'est du bon, c'est un producteur local. Bio et sans pesticides.

Il servait ce discours à quiconque mettait son verre sous la bouteille. Si, à la fin, vous ne saviez pas que son cidre était bio et sans pesticides, c'était que, comme papy, vous aviez besoin d'un sonotone.

Vers treize heures, le soleil d'août était à son zénith et la chaleur a aiguillé les convives à l'intérieur de la salle climatisée. Je me suis assis à ma place, le carton accroché à mon verre par une pince à linge indiquait « Gabin » en lettres cursives, avec un cœur à la fin. J'ai attendu l'autorisation d'aller me servir au buffet d'entrées, pendant que les parents installaient leurs gosses barbouillés de terre, leur remontaient leur couche-culotte et leur répétaient : « Tu retourneras jouer tout à l'heure. Maintenant, c'est l'heure de manger. » Les gamins faisaient la moue, et me demandaient si j'avais des jeux sur mon téléphone.

Une fois que tout le monde a été assis, Agathe a bien été obligée de les imiter. Elle qui avait fait son maximum pour rester loin de moi, elle a tiré sa chaise et s'est installée à ma gauche. Quand j'ai posé les yeux sur elle, elle m'a intimé :

— Ne me parle pas.

Au début, j'ai respecté son ordre. Mon naturel est revenu au galop après cinq secondes.

— Tu ne m'aimes pas parce que tu veux être cette fille cool et féministe qui ne calcule pas les garçons cisgenres et hétéros qui se croient supérieurs comme moi.

— Je ne t'aime pas parce que tu es un gros loser, rien à voir avec le féminisme.

— OK, ça se tient aussi. Mais tu dois avouer que parfois je fais des trucs cool.

Elle m'a reproché :

— Tu as volé le doudou d'un enfant.

— Pas du tout ! J'ai fait du commerce, ce gamin avait conscience que c'était son doudou contre l'avion en papier. Je me suis juste fait avoir par la douane.

Agathe a esquissé un sourire, rapidement refoulé. La partie n'était pas encore gagnée, mais la balle était dans mon camp. Nous nous sommes levés pour aller remplir nos assiettes de salades composées, de charcuterie et de cornichons que, malheureusement, nous n'avons pas pu manger tout de suite puisqu'il fallait prendre ces stupides photos où l'on devait tenir un faux cadre en carton. Alors, au cas où vous vous poseriez la question, il existe une photo d'Agathe et moi, des sourires forcés aux lèvres, au milieu d'un cadre rose.

Le repas n'était pas trop mal. Ce n'était pas de la grande cuisine, mais c'était honnête. Olivier et Charlène avaient passé commande auprès d'un traiteur local qui portait le doux nom de Gérard Traiteur. Ils faisaient partie de cette génération assommante qui voulait absolument « faire travailler les petits commerçants » mais commandaient quand même des gadgets chinois inutiles sur Internet. Outre le buffet d'entrées avec sa piémontaise et ses plateaux de cochonnailles sur lesquels il ne restait que du saucisson à l'ail – car personne de sensé n'aime ça –, les convives ont pu déguster un magret de canard trop cuit et des fagots de haricots verts. Mais si, vous savez, ceux entourés de poitrine fumée.

Les enfants n'ont rien voulu manger, et ça n'a pas manqué, plusieurs parents m'ont sollicité pour jouer au gaveur professionnel. Je ne compte plus le nombre de « Allez, Timéo, mange au moins un bout de pain » que j'ai prononcés.

Au moment de la pièce montée, il était quatre heures de l'après-midi, la plupart des gosses avaient disparu pour s'amuser avec les ballons de baudruche. Seuls Agathe et moi étions encore à table, occupés à regarder les mauvais sketchs et les jeux ringards que les amis des mariés avaient préparés, ceux où ces derniers ont une pancarte à deux versants « lui » et « elle » et où ils doivent répondre à des questions gênantes, du genre : « Qui pète le plus au lit ? » Il n'y a pas à dire, les mariages, c'est quelque chose.

L'après-midi a passé ainsi, entre les verres de vin, le trou normand et les ti-punchs chargés du père de

Charlène. Les oncles des familles respectives ont sorti les eaux-de-vie de prune et d'ananas. J'ai dû rester assis une bonne demi-heure avant que le monde arrête de tourner. Techniquement, je n'étais pas autorisé à boire davantage qu'à l'apéritif, mais, dans la folie ambiante, il suffisait de placer son verre sous la bouteille de vin quand mon grand-père faisait le service, et ni vu ni connu. Ma mère me surveillait du coin de l'œil, mais ma capacité innée à tenir l'alcool – entretenue par les nombreuses soirées entre copains – me permettait de picoler dans la plus grande des discrétions.

Quand elle ne faisait pas semblant de recevoir des messages pour éviter de me parler, Agathe répondait à mes questions par monosyllabes. Lorsqu'elle a enfin fini son assiette de choux à la crème et de nougatine – le morceau avec la date du jour marquée au glaçage –, elle s'est enfuie pour de bon s'occuper des enfants livrés à eux-mêmes. Quant à moi, j'ai rejoint la table de mes oncles pour écouter leurs blagues de cul. Plus tard, à coup sûr, je deviendrais un oncle comme ça.

Le repas s'est terminé en fin d'après-midi. Tout le monde est sorti profiter du soleil de fin de journée. Les mariés essayaient tant bien que mal d'accorder du temps à chacun de leurs convives. De mon côté, j'ai fait une partie de foot avec les petits cousins de Charlène et Agathe. On avait aménagé des buts entre deux voitures, et des darons terrifiés à l'idée de la moindre rayure nous ont chassés du terrain. Il nous a fallu nous rabattre sur un carré de pelouse municipale. J'ai taché mon pantalon beige en glissant pour marquer un but. Ma mère m'a engueulé. Sale, essoufflé, de grosses auréoles de transpiration sur ma chemise, je suis allé me passer de l'eau sur le visage aux toilettes. Sur le chemin, j'ai croisé Agathe. Seule à la table des enfants, elle pianotait sur son téléphone.

— On s'éclate, par ici, l'ai-je raillée.

— Faut bien.

Un blanc s'est glissé entre nous. Agathe ne me regardait toujours pas, j'ai posé mes fesses pour récupérer un peu. Le silence de la grande salle a eu raison de l'indifférence d'Agathe, elle a lâché son téléphone et m'a dit :

— J'aime pas les mariages.

— Non ! ai-je répliqué avec ironie. On s'en serait pas douté.

Depuis le matin, elle tirait la tronche.

— C'est chiant. Les gamins crient, tout le monde se ridiculise, la bouffe n'est même pas bonne.

J'ai haussé les épaules. Elle avait raison, c'était précisément ce dont je m'étais plaint tout au long de la journée. Mais moi, contrairement à elle, j'aimais bien les mariages. J'ai rétorqué :

— OK, mais, en même temps, on voit de la famille lointaine et on fait des conneries avec les cousins.

J'avais envie d'ajouter : en plus, on boit à l'œil et on étoffe son catalogue de blagues de cul, mais je m'en suis gardé. Agathe a considéré mon point de vue. Je me suis permis de la secouer un peu et de la pousser gentiment.

— Allez, décoince-toi un peu. Viens faire un foot.

Je croyais que j'allais me prendre un nouveau vent, mais à ma grande surprise Agathe a accepté. Alors je suis ressorti, sans même me passer de l'eau sur le visage, et j'ai traîné ma belle-sœur-pas-vraiment-belle-sœur sur le gazon. Elle s'est elle aussi roulée par terre mais, comme elle avait une robe, elle ne s'est pas tachée, elle s'est juste sali les genoux. Finalement, elle était cool quand elle faisait un effort.

Vers dix-neuf heures, on a sorti les verrines et les petits-fours pour s'empiffrer un peu plus avant le grand moment de cette journée : le bal.

Un bal de mariage, ça commence toujours de façon très ringarde, avec un DJ local de dix-neuf ans qui alterne entre les tubes de Magic System et ceux des années 1980 « pour tous les âges », comme précisé sur son site Internet aux couleurs criardes. La plupart du temps, ce sont les mariés qui ouvrent le bal en commençant par un petit slow mignon tout plein pour enchaîner sur une chorégraphie à laquelle ils s'exercent depuis six mois. Mon frère, qui adore la tradition, n'a pas dérogé à cette règle. Exception faite que Charlène et lui avaient voulu rendre hommage à leurs deux cultures. On s'est donc retrouvés avec un imbroglio de pas de danse bretons et réunionnais. Malgré l'audace d'une telle proposition, il a bien dansé, mamie l'a trouvé *très beau* et moi, je me suis moqué de lui en silence.

Au moment où les invités se sont rués sur le dancefloor pour brûler toutes les calories de ce déjeuner, j'ai aperçu Agathe. La partie de foot l'avait fatiguée, elle s'était de nouveau recluse dans un coin. Décidé à ne pas m'arrêter en si bon chemin, je suis allé à sa rencontre. Je lui ai tendu la main avec un faux cérémonial de noble, la jambe tendue et le dos courbé.

— Très chère belle-sœur.

Aussitôt elle m'a arrêté, d'un rire jaune :

— Je ne danserai pas.

— C'est exactement ce que Chad dit dans *High School Musical 2* avant de danser sur une chanson où il explique qu'il ne danse pas.

Elle a froncé les sourcils avant de m'offrir son deuxième sourire de la journée. Un exploit !

— Tes références sont très bonnes, à ce que je vois.

— Allez, ai-je insisté, rentabilise ta journée. Je serai probablement le seul gars que tu verras danser comme un fou sur *Besoin de rien, envie de toi.*

Agathe a soupiré avant de me prendre la main et de me suivre au milieu de la salle dégagée de toute table pour la soirée. Si on observait attentivement, on pouvait apercevoir les silhouettes des enfants qui dormaient sous des manteaux. Avant de se mettre à bouger et à crier en même temps les paroles de ce tube kitsch à souhait, elle m'a glissé, toujours avec cette condescendance sympathique qui était sa marque de fabrique :

— Je suis vraiment contente que tu sois *juste* le frère d'Olivier. Au moins, je suis certaine de ne pas te revoir trop souvent.

Chapitre 2

Le retour de noces

Agathe

Une voix m'a extirpée de mon sommeil profond :

— Chérie… Chérie, il est midi, il faut que tu te lèves.

J'ai ouvert les yeux. Ça a été ma première erreur. La lumière vive a percé ma cornée et a manqué de me rendre aveugle à vie. Non, je rigole, mais s'il vous plaît, chers parents, n'ouvrez pas les volets pour réveiller votre enfant. Surtout s'il est midi, en août, et que votre fille ou votre fils a l'habitude de s'enfermer dans le noir pour regarder des séries toute la journée. Voyant que je ne bougeais pas, ma mère m'a pressée :

— Allez, allez, Gagathe, tout le monde est en bas. La famille Schneider est déjà là.

Je me suis dressée dans mon lit comme une marionnette sur ressort. J'ai entrepris de me lever en vitesse, de m'habiller, de me coiffer, peut-être même de me maquiller, pour être sûre que *personne* ne me voie au réveil. Et, par personne, je veux dire *une personne en particulier*. Et, par une personne en particulier, je pointe du doigt *quelqu'un qui a la moquerie facile*. Ma mère a quitté ma chambre, je n'avais pas posé un pied au sol qu'une voix railleuse a résonné :

— Salut, *Gagathe* !

Aussitôt, je me suis réfugiée sous ma couette pour dissimuler ma tenue. J'ai accordé à Gabin mon regard le plus noir. Sans une once de peur, il m'a fait cadeau de son sourire habituel : celui empli de malice, qui faisait monter chez moi l'envie d'exploser son crâne contre le mur. Non, attendez, cette pensée était trop violente. Je viens de me réveiller, je suis grognon. Je n'ai pas envie de détruire le crâne de Gabin, juste de le blesser... gravement... avec une hache. La couverture remontée jusqu'au nez, je l'ai imploré :

— Tu peux pas me ficher la paix juste ce matin ?

— Je voudrais bien, mais il est midi. C'est trop tard.

J'ai hésité à appeler ma mère pour lui dire qu'un méchant garçon n'arrêtait pas de m'embêter. Mais elle l'avait certainement croisé dans l'escalier et ne l'avait pas empêché d'envahir mon espace privé. Les traîtres se trouvent à tous les coins de rues... Gabin a touché ma figurine Betty Boop sur l'étagère à côté de lui, faisant frémir le ressort entre le corps et la tête.

— Elle est mignonne, ta chambre.

— Tu peux rigoler autant que tu veux, je suis sûre que tu as plein de posters de catch dans la tienne.

Il a protesté un peu vite :

— N'importe quoi !

Il y avait clairement des posters de catch dans sa chambre.

Quant à moi, je n'ai pas bougé, coincée dans mon merveilleux pyjama troué avec des cerises pour motifs, vous savez, celui que vous mettez quand tout est au sale, même vos tee-shirts de sport.

Gabin faisait le tour de la pièce et, railleur, pointait du doigt les éléments ridicules de ma décoration : la photo de moi petite à Disneyland posant avec Minnie, la boîte où je conservais mes dents de lait ou encore ma collection de CD des One Direction. Il n'avait aucune pudeur à fouiller dans mes affaires, comme si l'on se connaissait depuis la maternelle. Au bout de quelques minutes, j'en ai eu marre.

— Ça te dérangerait de me laisser pour que je m'habille ?

— Non, je vais te suivre partout pour que tu n'aies jamais un moment pour te changer. Tu es vouée à passer toute la journée dans ton magnifique pyjama.

— Je ne vois qu'une seule explication à ta présence, me suis-je lamentée. Dieu veut me tester et m'a envoyé l'Antéchrist pour savoir si je suis digne d'aller au paradis. Tu sais quoi, je m'en fiche. Je vais me changer quand même.

— Quoi ? Non ! Garde tes vêtements ! Ah ! Agathe ! Je veux pas voir tes seins !

C'était prévisible. Les garçons comme Gabin paraissent tout à fait à l'aise avec le corps féminin, regardent des vidéos impliquant des gens nus, beaucoup d'essuie-tout à portée de main, mais s'affolent dès qu'ils aperçoivent une épaule dénudée. Je l'avoue, c'était un coup de poker. J'aurais pu me retrouver à poil devant sa mâchoire décrochée, mais heureusement pour moi – et peut-être pour lui aussi – il a fermé les yeux et a déguerpi, après s'être pris une étagère de plein fouet. Une fois que Gabin a été parti, le sourire au coin de ma bouche est resté et, en réalisant cela, j'ai ravalé toute trace d'amusement. Si je commençais à le trouver sympathique, il allait le sentir et ne plus me lâcher.

Habillée, je l'ai revu à table, à côté de son frère, Olivier. Ils avaient sorti les restes de l'apéritif de la veille, et, l'idée de m'enfiler des canapés au saumon ne me plaisant guère, j'ai foncé vers le placard à sucreries. Je me suis servi une copieuse portion de céréales. Une voix (toujours la même) m'a épinglée :

— Tiens, tiens, regardez qui est en train de manger des céréales en cachette…

Mon hypothèse était que ce garçon n'avait pas d'amis : tout le monde le détestait, et j'étais à ce jour la seule personne qui avait daigné lui répondre. Pour cette raison, il revenait toujours vers moi à la manière d'un enfant pendu au cou de sa mère : j'étais son seul contact social.

— C'était censé être une vanne ?

— Je sais pas, je crois. Ça sonnait mieux dans ma tête.

— La prochaine fois, garde ça dans ta tête.

Il a fait une moue de chien battu.

— *Gagathe*, pourquoi tu me détestes ? On s'est bien amusés hier soir ! Je pense que le meilleur moment, c'est quand tu m'as prouvé que tu connaissais *Femme Like U* de K. Maro, *par cœur*.

— Venant de quelqu'un qui a improvisé un rap sur une mélodie de Francky Vincent, ça ne me touche pas.

Il a explosé de rire, moi aussi. La veille, je m'étais amusée, je devais lui reconnaître ce mérite. Entre le match de foot, les roulades dans l'herbe et les danses endiablées, j'avais découvert une partie de moi inconnue jusque-là. En général, je ne dansais pas aux mariages : la musique était nulle, et il y avait plein d'adultes chiants qui voulaient se donner un genre avec des mouvements de danse gênants. Au bal, Gabin et moi avons joué à celui qui repère le plus de personnes de trente ans faisant le signe de Jul.

J'ai gagné à cinq contre trois.

Malgré mes réticences initiales, je me suis bien marrée avec lui. Il danse bizarrement, et a un pas signature qui consiste à faire une vague avec tout son corps. La première fois que je l'ai vu en action, j'ai dû aller prendre l'air pour calmer mon fou rire. Il ne s'est pas vexé, j'ai appris que Gabin n'était ni susceptible ni rancunier. L'inverse de moi. Après cette soirée haute en couleur, on aurait pu devenir les meilleurs amis du monde. Mais je m'y refusais, pas par fierté – quoique peut-être un peu – mais parce qu'on rigolerait moins si je n'étais pas méchante.

Ma mère est arrivée dans la cuisine, énervée.

— Les enfants, vous avez ouvert le réfrigérateur ?

Gabin et moi avons secoué la tête, ma mère est tout de même montée dans les tours, nous répétant de ne pas toucher au réfrigérateur. Elle nous a chassés de la cuisine. Je suis restée plantée avec mon bol de céréales à l'entrée du couloir. Gabin a demandé :

— À ton avis, qu'est-ce qu'il y a dans le frigo ?

— De la nourriture, à tous les coups.

— Ou alors, elle y a caché un corps découpé en morceaux.

Je me suis moquée de lui :

— Tu dis ça pour de vrai ou tu fais juste semblant d'être bête ?

— Réfléchis, a-t-il insisté comme si jusqu'ici il avait été le cerveau de l'histoire. Pourquoi est-ce qu'elle aurait paniqué à ce point, sinon ?

— J'en sais rien, Gabin ! Elle a acheté un gâteau surprise et elle veut pas qu'on le découvre avant le dessert. Elle a refermé la porte et elle a entendu une boîte d'œufs tomber, donc maintenant elle redoute de l'ouvrir. Je vois mille explications plausibles qui n'impliquent pas le fait que ma mère soit une tueuse en série.

Il m'a regardée avec un air de poisson qui aurait oublié les quatre secondes précédentes, et a rétorqué :

— Je veux savoir ce que ce frigo cache.

J'ai levé les yeux au ciel. Il est parti. Au début, je me suis réjouie de ne plus l'avoir dans les pattes. Il m'a fallu plusieurs minutes pour réaliser que tout ce calme n'augurait rien de bon.

Avez-vous déjà fait du baby-sitting ? Si oui, vous savez que la maison est silencieuse uniquement quand le bébé dort. Si elle est bruyante, c'est qu'il joue ou qu'il vient de se cogner contre la porte du placard. Mais, dans l'horrible cas où le bébé n'est pas couché et qu'il y a tout de même cet agréable blanc, cela signifie qu'une bêtise est en cours de préparation. Je concevais Gabin comme un *grand bébé*, et plus le temps passait sans qu'il vienne se moquer du trou dans mes chaussettes, plus j'étais sûre que quelque chose clochait.

D'un œil expert, j'ai scruté la pièce depuis le canapé, avant de l'apercevoir par la baie vitrée : Gabin était sur la terrasse, entouré d'enfants. Les quelques-uns à qui il n'avait pas volé de doudou la veille l'écoutaient avec attention. Une fillette s'est échappée pour aller se réapprovisionner en gâteaux apéritifs. J'ai attrapé son tee-shirt à la volée.

— Dis-moi : qu'est-ce qu'il vous dit, le méchant garçon ?

Elle avait dans les huit ans, l'âge parfait : celui où on déteste les hommes, et où l'on est prête à tout pour faire tomber cette domination patriarcale – sans vraiment le savoir. Elle a répondu, la bouche pleine de gâteaux, des miettes sur le nez :

— Il dit aux petits que le frigo est rempli de surprises et qu'il faut l'ouvrir sans que Véronique nous voie.

J'ai soupiré, désespérée. Il fallait l'arrêter. Ma mère avait gueulé sur trois autres personnes à propos de cette porte de réfrigérateur qu'il ne fallait pas ouvrir. Et, si Gabin et sa horde de gosses commettaient ce crime, elle ne le disputerait pas lui, elle crierait sur *moi*. Dans sa tête, je suis la bonne adolescente qui s'occupe des enfants, et ne doutez pas qu'aux yeux de ma mère Gabin était un enfant dont j'avais implicitement la charge.

J'ai regardé la fillette.

— Est-ce qu'une répression de rebelles, ça te tente ?

— Quoi ?

— Laisse tomber. On va lancer une contre-attaque pour que les garçons n'ouvrent pas le frigo. Il faut trouver des filles pour les rallier à notre cause.

— Je peux aller chercher mes sœurs et mes cousines.

— Fais ça, et reviens ici.

La gamine a disparu et, lorsque j'ai relevé la tête, Gabin et son petit groupe d'édentés n'étaient plus à leur place. Perplexe, je suis sortie, sans les trouver. Le renfort des filles est arrivé, et je leur ai exposé le plan :

— Deux d'entre vous iront se poster devant le frigo pour monter la garde. Si un garçon se pointe, vous lui donnez un coup de poing.

— Même s'il a des lunettes ?

J'ai réfléchi, la question était pertinente : la moitié des gamins sous la protection de Gabin portaient des lunettes. Je suis revenue sur mes propos :

— Bon, on oublie. Si un garçon se pointe, vous criez « Véronique » et elle les grondera. Compris ?

Elles ont toutes hoché la tête et deux d'entre elles ont endossé le rôle de gardiennes du réfrigérateur. Je me suis adressée aux deux autres, la fillette préposée au recrutement – dont les mains produisaient des gâteaux apéritifs comme par magie, elle en avait toujours plein la bouche – et sa sœur :

— Écoutez-moi bien, nous trois, on va dans la salle de bains pour récupérer du shampoing et du gel douche. Après, on trouve le repaire des garçons et on les asperge de savon pour faire diversion.

L'une des filles a levé la main comme à l'école. Je lui ai donné la parole.

— Notre maman va nous gronder.

— Oui, mais ça sera drôle.

Ça les a convaincues.

Nous sommes retournées à l'intérieur et sommes passées devant nos acolytes gardiennes pour emprunter l'escalier. Les garçons n'étaient nulle part ; pourtant, ils nous observaient, j'en étais certaine… Déjà, en montant les marches, j'ai senti que quelque chose n'était pas comme d'habitude. Il n'y avait pas un bruit mais tout semblait… dérangé. J'ai fait signe aux filles derrière moi de se taire, et j'ai avancé sur la pointe des pieds.

La porte de ma chambre était ouverte, je me rappelais pourtant l'avoir fermée. Je m'y suis faufilée pour y découvrir les restes d'un champ de bataille. Mon maquillage avait été vandalisé, pinceaux et palettes étaient étalés sur mon lit, des restes de rouge à lèvres traînaient sur mon bureau. Je suis restée muette face au spectacle. Soudain, quelqu'un s'est écrié :

— Maintenant !

La seconde d'après, les deux sœurs ont été propulsées sur mon lit. La porte a claqué dans un bruit sec. J'ai vociféré :

— Gabin !

J'ai cherché à sortir mais, derrière la porte, deux des garçons de Gabin devaient s'accrocher à la poignée du mieux qu'ils pouvaient. Décidée à ne pas me laisser arrêter par des enfants qui possédaient encore toutes leurs dents de lait, j'ai tiré de toutes mes forces. La porte s'est ouverte, j'ai entendu un gros *boum.* Deux petits mecs s'étaient effondrés les dents en avant. L'un braillait déjà, l'autre se relevait en titubant, visiblement sonné. Ils allaient en garder quelques bleus, et le souvenir qu'il ne fallait pas me chercher. Je les ai aidés à se remettre debout, leurs visages étaient barbouillés de peintures de guerre réalisées avec mes rouges à lèvres. Au rez-de-chaussée, un escadron de gamins peinturlurés nous attendait, Gabin à leur tête. Il s'était fait un bandana avec du papier toilette et brandissait une cuillère en bois en guise d'épée. Je me suis élancée à leur poursuite au moment où il déclarait :

— Razzia !

Gabin a ouvert le réfrigérateur, sous les regards horrifiés de l'assemblée. Une odeur de camembert trop fait a empesté dans le séjour. Ma mère avait une bonne raison de s'entêter. Elle voulait simplement préserver les narines des invités.

— Gabin !

— Mais enfin, qu'est-ce que tu fais ?

— Agathe !

— Aaaah !

— Au sec… Mmpf.

Voilà comment les choses se sont à peu près passées. Les prénoms hurlés, c'étaient nos parents à qui on fichait – encore une fois – la honte. Le « Aaaah », c'était moi qui débarquais et m'emparais d'une bombe de chantilly récupérée dans le réfrigérateur. La tentative d'appel à l'aide ratée, c'était Gabin qui ne pouvait plus parler car je venais de remplir sa bouche avec ladite chantilly.

Il s'est approprié la bombe et m'a siphonné le reste sur les cheveux, j'en ai ramassé pour tartiner son visage, tout ça devant les yeux effarés des adultes et sous les rires des enfants. Le frère de Gabin a essayé de nous séparer – de l'extérieur, on devait avoir l'air de vouloir s'égorger pour de bon. Gabin a paré le coup d'Olivier, attrapé un œuf derrière lui et l'a éclaté sur la tête de son frère. C'est à ce moment-là qu'on s'est tous arrêtés pour tâcher de comprendre ce qui venait d'avoir lieu, et ce qui allait arriver.

Il est advenu la plus grande bataille de nourriture que cette maisonnée ait jamais connue, et si en temps normal le retour de noces sert à écouler les restes de la veille, cette fois-ci, cela a été fait d'une manière peu conventionnelle. Pas un seul des invités n'est rentré chez lui sans au moins un petit-four dans les cheveux. Ma mère a beaucoup hurlé, jusqu'à ce que mon père lui balance un bout de rosbif à la figure et qu'elle réplique en lui jetant une cuillerée de piémontaise sur le crâne, se vengeant de toutes les années de mariage où il n'avait pas aidé aux tâches ménagères.

Gabin et moi avons fui dans le jardin, car on était les cibles les plus prisées. On s'est cachés derrière le cabanon, en silence, recouvrant notre souffle. On était trempés de la tête aux pieds, barbouillés de chantilly, un reste de saucisson à l'ail s'était collé au papier toilette sur son front. Gabin a récupéré un peu de chantilly sur ma joue et l'a mangée, j'ai grimacé, dégoûtée, avant d'exploser de rire. Aussitôt, il a plaqué sa main sur ma bouche pour me faire taire.

Le calme est revenu, le mandat d'arrêt sur nos personnes n'était plus d'actualité. On s'est reposés contre le cabanon et, après un regard l'un pour l'autre, Gabin a dit :

— Tu sais quoi ? T'es cool pour quelqu'un d'aussi condescendant et coincé.

— Et toi, t'es drôle pour quelqu'un d'aussi immature et bête.

— C'est dommage, aujourd'hui sera le dernier jour où l'on se verra avant le baptême du premier enfant de Charlène et Olivier.

Il avait raison. Je n'allais pas revoir Gabin, il était désormais de ces membres de la famille qu'on n'invite que pour les très grandes occasions. J'ai haussé les épaules avec nonchalance pour dissimuler mon dépit.

— Tant mieux, en fait, parce que si je finis couverte de chantilly chaque fois que je te vois…

Il m'a regardée avant de hausser les sourcils d'un air de séducteur, et je me suis rendu compte de mon erreur.

— N'ajoute rien, lui ai-je conseillé.

Il l'a fait quand même.

— Pas besoin d'une bataille de nourriture pour que tu sois couverte de chantilly en ma présence.

Je n'ai rien ajouté. Au fond de moi, j'étais flattée.

C'est ainsi que s'est achevée ma rencontre avec Gabin. On a fini par être découverts, on s'est fait allumer par nos parents et, comme tout le monde était sale, sa famille a préféré rentrer chez elle. Je lui ai à peine dit au revoir ; au moment où la porte d'entrée de ma maison s'est refermée sur lui, c'en a été fini d'Agabin.

J'ai vraiment dit ça ? Ne le lui répétez pas.

Chapitre 3

Le barbecue

Gabin

— Je comprends pas, ai-je déclaré, Olivier vient ?

— Non, m'a affirmé ma mère. Juste les parents de Charlène.

J'ai froncé les sourcils, c'était trop compliqué pour moi. J'ai posé ma question une nouvelle fois :

— Pourquoi les parents de Charlène viendraient si Charlène et Olivier ne sont pas là ?

— Parce qu'on les a invités !

Je ne comprenais toujours pas.

— Pourquoi inviter les beaux-parents d'Olivier, mais pas Olivier ?

— Bon, Gabin ! Ces gens ne sont pas que les beaux-parents d'Olivier, ce sont aussi des amis ! Tais-toi et continue à tremper les brochettes dans la marinade.

Obéissant, j'ai continué à tremper les brochettes dans la marinade. J'en ai compté dix. Après un rapide calcul, j'en ai déduit qu'on en mangerait deux chacun, puis, par le miracle d'une seconde opération que mon cerveau est parvenu à effectuer, j'en ai conclu qu'on serait cinq à table ce midi. Mes parents, les beaux-parents de mon frère et moi.

— Agathe ne vient pas ?

Non pas que j'étais déçu ! Je ne l'avais pas revue depuis le mariage. Ma rentrée en terminale avait eu lieu, deux semaines au lycée s'étaient écoulées, et j'en avais presque oublié l'existence de ma belle-sœur-pas-vraiment-belle-sœur. Je n'en restais pas moins étonné qu'elle ne vienne pas déjeuner. Pourquoi raterait-elle une occasion de revoir mon magnifique visage ?

Ma mère a secoué la tête.

— Non, Véronique m'a dit qu'elle allait à une fête avec ses copines.

Crédule, j'ai gobé l'histoire. J'ai continué à faire mariner les brochettes, réfléchissant à ma future excuse pour m'éclipser de table avant le dessert sans paraître impoli. Rien ne me gonflait plus que les repas du dimanche midi. Le dimanche était fait pour jouer à la console et prendre du retard dans ses devoirs, pas pour s'emmerder à table. Je pensais que la discussion était close lorsque ma mère a relancé le sujet :

— Et puis, c'est peut-être tant mieux. La dernière fois que vous vous êtes vus, ton père est rentré ici couvert de sauce tomate.

J'ai ri en repensant à ce soir-là, où la douche s'était bouchée à cause des grumeaux de farine et des morceaux de fromage râpé. Mes parents m'avaient réprimandé avant d'avouer, une fois lavés et devant la télé, qu'ils s'étaient bien amusés. Après m'être calmé, j'ai fixé mes brochettes. Quelque chose me troublait toujours. On était dimanche midi, et ma mère, à la fois nulle en mensonges et abusant de ma naïveté, m'avait fait croire qu'Agathe allait à une fête. Un dimanche midi.

— Maman, où sont les deux autres brochettes ?

— Quoi ?

— Agathe vient, les adolescents ne « vont pas à des fêtes » le dimanche midi.

Elle a soupiré et a sorti deux brochettes supplémentaires du réfrigérateur. Je suis resté abasourdi.

— Qu'est-ce que tu espérais ? Je me serais aperçu de sa présence !

— Gabin, les repas du dimanche te soûlent. Je le sais, je suis ta mère. Généralement, tu manges avant même que les invités arrivent et tu ne sors de ta chambre qu'à dix-neuf heures, en t'étonnant qu'ils soient déjà partis. Je m'étais dit que, si tu pensais qu'Agathe ne viendrait pas, tu ferais la même chose et que vous ne vous verriez pas.

Désormais, je sais d'où vient mon génie maléfique. Moi qui avais cru pendant des années que ma mère était la femme la plus douce du monde.... J'étais manipulé depuis le début ! J'ai chuchoté, interdit :

— Tu voulais me priver d'Agathe...

À la réflexion, ma réplique était idiote. Elle aurait signifié qu'Agathe m'intéressait, que j'aurais souffert de ne pas la voir. C'était loin d'être le cas ! Agathe était simplement la fille qui allait tomber éperdument amoureuse de moi à force d'être confrontée à mon charme ravageur et à mon physique de dieu grec, rien de plus.

— Chéri, je voulais protéger Agathe de toi.

— Quoi ? me suis-je indigné. Je suis pas du tout une mauvaise fréquentation ! Je suis plutôt bon élève, je ne fume pas, et je n'ai jamais fait de garde à vue. Bon, mis à part la fois dernière, mais, si le cochon ne s'était pas échappé et n'était pas entré dans la maison de cette famille, tout se serait bien terminé.

Sans un mot, ma mère m'a laissé méditer sur mes propos. J'ai soupiré, avant de lui concéder :

— D'accord, je suis peut-être une mauvaise fréquentation.

— Merci de le reconnaître. Maintenant, est-ce que tu peux remplir les pommes de terre avec la sauce dans le bol ?

— Et c'est parti pour fourrer les patates !

J'ai poireauté dans ma chambre jusqu'à l'heure du repas. Toutes les cinq minutes, je vérifiais l'heure avec impatience. Les seules fois où j'attendais avec hâte l'arrivée des invités, c'était quand mon cousin cool nous rendait visite. Il ne venait plus ces derniers temps, partagé entre le divorce de ses parents et ses études de médecine. Mon cousin avait la bosse des maths, de fait, confectionnait des avions en papier bien plus aérodynamiques que les miens. Il gâchait son talent en PACES alors qu'il aurait pu devenir ingénieur ou maître de l'origami.

La sonnette de la porte d'entrée a retenti, je suis descendu au moment où ma mère ouvrait. Les parents d'Agathe m'ont souri, fait la bise, serré la main et elle, Agathe, est restée tout aussi formelle. Pas de frappe de brute dans le dos, pas de pique fine et intelligente, rien qui laissait penser qu'on avait dansé ensemble sur du Francky Vincent. Elle a suivi ses parents sur la terrasse. Les verres étaient déjà remplis. Chez moi, le délai entre les salutations et l'apéritif était court. Ma mère m'a pressé :

— Gabin, tu peux aller chercher les tomates cerises ?

J'ai obtempéré. À mon retour, Agathe était au milieu des adultes, sur son portable, inaccessible. Je n'ai pas compris son attitude : comment pouvait-on passer de potes de mariage à parfaits inconnus ? Certes, nous n'étions pas censés nous revoir, mais tout de même, ce n'était pas une raison…

Je me suis assis avec les convives, ma mère m'a dévisagé comme si je venais de manifester la pire des impolitesses. Ce n'est pas dans mes habitudes de m'installer à table. Pour se moquer, elle a vérifié ma température d'une main sur mon front. Mon père, l'expert en petites discussions intéressantes, a lancé son sujet fétiche lorsqu'il se trouvait en présence d'adolescents :

— Alors, Agathe, toi aussi, c'est l'année du bac ? Pas trop stressée ? Tu es dans quel lycée ?

Il aimait poser mille questions mais ne vouloir de réponse qu'à la dernière. Agathe n'a rien dit ; sa mère, Véronique, a répondu pour elle. Elle avait peut-être une extinction de voix. Cela aurait expliqué son silence, voire son indifférence.

— Elle est dans le lycée privé, tu sais, celui en face de l'hôpital.

— Oh ! s'est exclamée ma mère. Gabin y était en seconde.

J'ai levé les yeux au ciel, sentant que j'allais devoir raconter l'histoire de la raison pour laquelle « Gabin n'est plus dans le lycée privé en face de l'hôpital ». J'allais encore passer pour « une mauvaise fréquentation ».

— Ah bon ? s'est étonnée Véronique. Pourquoi tu n'y es plus ? C'est un bon lycée pourtant.

Bingo. Ma mère m'a regardé avec un sourire qui signifiait : « Oui, Gabin, explique-leur. » D'habitude, je suis fier de mes conneries, mais cette fois-ci je n'avais pas envie d'être l'abruti de service. J'ai marmonné des paroles inaudibles. Le père d'Agathe a fait :

— Quoi ?

J'ai répété d'un ton monocorde :

— J'ai été exclu pour avoir organisé des combats de coqs dans le gymnase.

Le silence s'est fait maître des lieux, les parents d'Agathe ont été confrontés au même dilemme que chaque adulte à qui je racontais l'anecdote : me condamner ou exploser de rire. La phrase a au moins eu ce mérite : Agathe a levé les yeux de son téléphone portable.

— C'était toi ?

— Comment tu as fait pour organiser ça ? a dit sa mère presque en même temps.

J'ai ignoré la question de Véronique, trop content de ne plus être une plante verte aux yeux d'Agathe. Gonflé d'orgueil, j'ai bombé le torse :

— Un peu que c'était moi !

— J'y crois pas ! On a été obligés d'aller à la piscine municipale. Le gymnase est resté hors service pendant une semaine à cause de toutes les crottes de poulet et de l'odeur. Toutes les filles de ma classe t'en ont voulu à mort.

— Tu savais pas que c'était moi ? Je suis entré dans la légende !

— Pas du tout, m'a-t-elle contredit. Ouais, parfois, quelqu'un dit : « Tu te souviens du mec qui a fait entrer des poules dans le gymnase il y a deux ans ? » Et les gens répondent : « Ah bon ? Quelqu'un a fait ça ? Je savais pas, j'étais là pourtant. » Désolée, Gabin, mais les seules personnes qui se souviennent de toi sont celles qui détestent la piscine.

Mon ego en a pris un coup.

— J'ai fait tout ça pour rien ?

— Gabin, a essayé d'intervenir la mère d'Agathe, comment tu…

— Laisse tomber, Véronique, l'a arrêtée ma mère. Tu les as perdus pour toute la journée.

Comme si la mention de mon combat de coqs avait été une formule magique, Agathe a enfin posé son téléphone sur la table et a échangé son siège avec celui de sa mère. Une fois qu'elle s'est retrouvée à côté de moi, je lui ai reproché :

— Tu m'as ignoré, tout à l'heure ?

— Mais non, a-t-elle tenté de nier. Je t'ignorais pas, mais… simplement… c'est gênant.

— De quoi ? De me voir ?

Elle n'avait pas envie de me revoir ? On s'était bien amusés le week-end du mariage, pourquoi n'aurait-elle pas voulu remettre ça ?

— Ouais… Un peu. On s'est quittés en se disant qu'on se reverrait plus jamais, et là, *bam*, on se revoit. C'est comme si tu giflais ton pire ennemi avant de partir à l'autre bout du monde, puis ton avion est annulé et tu le croises au supermarché le lundi suivant. Tu comprends ?

— Non.

Mon ego en a pris un nouveau coup. M'étais-je fait des films ? Agathe me détesterait-elle en secret ? L'idée qu'elle ne soit qu'une sale hypocrite me vexait. J'ai insisté :

— Tu ne voulais pas me revoir. Avoue-le.

— Non ! Non, sinon pourquoi je serais venue ? Mais… ne t'imagine pas qu'on est super méga potes, on est à peine de la même famille. Pour moi, tu t'apparentes plus à ce cousin lourd et beauf. Il est marrant quand il est là, mais je ne passerais pas mes journées avec lui.

Ce vent était pire que celui du parvis de l'église. Au moins, le jour du mariage, je pouvais lui laisser le bénéfice du doute. Si elle me rembarrait, c'était qu'elle ne me connaissait pas. Là, elle venait presque de me cracher à la figure. Je me suis braqué :

— J'y crois pas, tu viens de me mettre dans la friendzone de la friendzone. Je suis dans la file d'attente pour devenir ton pote ! Je suis dans la cousin-lourd-et-beauf-zone.

— Tu peux te vanter d'être un novateur.

Une étincelle de malice pétillait dans ses yeux. Elle ne s'imaginait pas m'avoir vexé. Dépité, je suis sorti de table.

Soudain, je me rappelais pourquoi les repas du dimanche m'emmerdent autant : les gens se disputent à propos de la politique ou se foutent de la gueule de Gabin. Mon assiette à la main, je me suis servi des saucisses en premier ; papa avait mal réglé le barbecue, elles étaient carbonisées. Je comptais tout de même les manger seul dans ma chambre. Lorsque je suis passé par le salon, ma mère m'a interpelé, intriguée :

— Tu ne manges pas les brochettes ?

— Non. Plus faim.

Il a fallu une heure et trente-quatre minutes pour que quelqu'un s'étonne de mon absence. C'était largement au-dessous de la moyenne usuelle des six heures. On a frappé à ma porte. J'ai crié :

— N'entrez pas, je suis en train de me masturber !

Cette phrase est magique, elle fait le tri d'office : ma mère ne me croit pas et entre, mon père, en proie au doute, repart sur la pointe des pieds, tandis que mon frère s'écrie en riant « T'es con », sans pour autant se risquer à ouvrir la porte.

Les gonds ont grincé, ma mère voulait sûrement que je descende dire au revoir. À ma grande surprise, Agathe est entrée dans ma chambre, une assiette à la main. Le personnage de mon jeu s'est fait attraper par un zombie, l'écran s'est taché de rouge. J'étais mort. Je lui ai fait remarquer, une amertume persistante dans la voix :

— J'aurais vraiment pu être en train de me masturber.

— Je savais que non.

— J'aurais pu.

S'asseyant à côté de moi, Agathe m'a tendu l'assiette. Ses yeux désolés me suppliaient d'accepter son cadeau de réconciliation : une part de gâteau. Manque de bol pour elle, je n'avais toujours pas faim.

— J'aime pas le chocolat.

Sur ces mots, j'ai lancé une nouvelle partie : cette mission me donnait du fil à retordre depuis des semaines, les zombies étaient armés et je devais traverser leur repaire avec pour simple protection une rallonge électrique. Avec Agathe à ma gauche, il m'était impossible de me concentrer. Son parfum me chatouillait le nez, elle mangeait ma part, la cuillère en métal raclait contre l'assiette. Sa voix penaude s'est élevée, à peine audible à cause des grognements des zombies :

— Je blaguais, tout à l'heure.

— Ah ouais ? On n'aurait pas dit.

— Peut-être qu'au début j'étais un peu gênée. Mais après, c'était une blague, l'histoire du cousin beauf, je te promets.

— Mmh.

J'avais du mal à y croire, la plaisanterie paraissait venir du cœur. La mission s'est compliquée. Cinq zombies me fonçaient dessus, ma rallonge était sur le point de se briser. Je me suis emporté sur les boutons de la manette, Agathe a trouvé le moment idéal pour me demander :

— Gabin, t'es fâché contre moi pour de bon ?

Forcément, je me suis agacé, j'étais en train de perdre. Sans quitter mon jeu des yeux, je lui ai balancé ses propres mots au visage :

— Non, non, pas du tout. Mais ne t'imagine pas qu'on est super méga potes. Tu es plutôt comme la petite cousine qui veut tout le temps jouer à cache-cache et qu'on envoie compter jusqu'à dix mille pour avoir la paix.

— Donc t'es fâché.

Les zombies ont eu ma peau. J'ai posé la manette et j'ai débité les mots que je me répétais depuis une heure et trente-quatre minutes :

— J'ai l'impression que tu m'apprécies pas, en fait. J'ai l'impression que tu fais semblant depuis le début. Et j'aime pas ça. Dis-le-moi en face. Ce sera plus simple pour toi et moi. Si tu me trouves bête, dis-le-moi, mais prends pas ton air supérieur comme tu l'as fait tout à l'heure.

— C'était une blague !

— C'était pas drôle.

Quelle mouche me piquait ? Ce n'était pourtant pas mon genre de faire une crise pour des futilités. Ma colère ne se calmait pas. Je crois… je crois que j'appréciais cette fille, et la perspective que ce ne soit pas réciproque me faisait chier. Agathe a murmuré :

— Pardon…

Quand elle s'est excusée, je me suis senti coupable. Elle n'avait rien fait de mal. J'étais la tête de mule dans l'histoire.

— Je t'aime bien, Gabin. Promis.

Sa réplique m'a arraché un sourire, je me suis mordu la joue pour ne pas trop le montrer.

— Donc tu me trouves pas bête ?

— Si, je te trouve affreusement bête, mais je t'aime bien quand même, a dit Agathe avec un clin d'œil. Écoute, si être dans la cousin-lourd-et-beauf-zone te convient pas, on peut trouver une autre appellation.

— Comme quoi ?

— Eh bah… Comme nos parents ont l'air de s'adorer, j'imagine qu'on se reverra à toutes les fêtes de famille. Alors… On pourrait être des potes de fête de famille.

— Des potes de fête de famille, ai-je répété pour assimiler l'idée. OK, ça me va.

Elle m'a présenté son poing, et je l'ai frappé du mien. Un sourire a illuminé nos deux visages et, dans une ultime tentative pour me nourrir, Agathe m'a proposé les vestiges de sa part de gâteau. J'ai encore refusé.

— C'étaient pas des conneries, j'aime pas le chocolat.

— T'aimes pas le chocolat ? s'est-elle indignée. Fais gaffe, je commençais à peine à bien t'aimer.

Les yeux au ciel, j'ai relancé ma partie. Agathe est restée près de moi. Je lui aurais bien proposé de se joindre à moi, mais je n'avais qu'une manette depuis que mon frère avait déménagé et emporté la moitié de ma chambre sous prétexte qu'il voulait récupérer les affaires léguées au fil des années. Être le petit frère, c'est une plaie ! Agathe a passé l'après-midi à commenter mes choix et à me prodiguer des conseils inutiles. Sa cuisse effleurait la mienne par moments, mon cœur battait, j'avais peur qu'elle l'entende.

L'après-midi n'a pas été plus productif. On a tué des zombies et débattu sur le chocolat. Quand Agathe est repartie, nos parents se sont dit « À dans deux semaines » pour fêter l'anniversaire de Jean-Paul. Le soir, après le dîner, j'ai enfin réussi la mission ; je ne sais pas pourquoi, j'ai pensé à elle.

Ce barbecue, c'est un peu l'histoire de la première dispute de couple entre Agathe et moi. Pourtant, on n'était même pas un couple.

Chapitre 4

L'anniversaire de Jean-Paul

Agathe

De mémoire d'homme, il a toujours plu pour l'anniversaire de mon père. Celui-ci tombe le 1er octobre, peut-être l'univers s'efforce-t-il de rappeler à mon père qu'il n'est pas né en été. Ce matin, je prenais mon petit déjeuner dans le canapé, en pyjama, à regarder une énième rediffusion de *Ma famille d'abord.* Ma mère virevoltait autour de moi depuis une demi-heure. Soudain, elle s'est plantée devant la télévision et m'a sommée :

— Agathe, va t'habiller ! Sinon tu ne seras jamais prête quand les invités arriveront.

— Il est dix heures du matin.

— C'est bien ce que je dis ! Allez, allez, on a tellement de choses à faire. J'espère que Charlène et Olivier ne vont pas tarder, ça fait combien de temps qu'ils sont partis chercher le gâteau ? Au moins une heure !

En réalité, ils étaient partis un quart d'heure plus tôt, mais je n'ai rien dit. Rien n'aurait calmé la panique de ma mère. Depuis le mariage et la bataille de nourriture, elle appréhendait l'idée de recevoir. Le moindre imprévu la faisait monter dans les tours. Pire, sa maniaquerie du ménage virait à l'obsession. En posant ma tasse sur la table basse, j'ai eu le malheur de faire un cercle mouillé sur le verre, elle s'est empressée de l'essuyer d'un coup du chiffon qui ne quittait plus sa poche.

— Monte t'habiller ! Tu ne fais que des bêtises !

J'ai obéi, c'était la meilleure chose à faire. J'avais un pied dans l'escalier quand le téléphone de ma mère a sonné. Elle s'est ruée dessus, sûrement avec la crainte qu'il me soit arrivé quelque chose de terrible au gâteau. Je suis restée écouter.

— Allô ? Alexandra ? Il y a un problème ? Mmh. Oh ! C'est dommage, j'espère qu'il s'en remettra. D'accord, à tout à l'heure.

En raccrochant, elle m'a regardée. Un sourire sournois a tordu ses lèvres.

— Gabin ne vient pas, il est tombé malade dans la nuit.

D'un souffle, elle a relâché la pression des derniers jours, soupirant et se tenant le front, presque fébrile. Dans une autre vie, ma mère aurait fait une bonne actrice de tragédie. Elle a ajouté :

— Je suis soulagée, si tu savais comme je suis soulagée ! Avoir ce garçon à la maison… ça me terrifiait !

Sa décontraction n'a été que de courte durée, car, voyant que je ne bougeais pas, elle m'a pressée de m'habiller. Dans ma chambre, j'ai attrapé mon ordinateur portable et, le temps qu'il s'allume, j'ai fixé le plafond, un sentiment de déception au creux de la gorge. J'ai fait un tour sur le profil Instagram de Gabin. La demande d'abonnement s'était fait attendre ; ni l'un ni l'autre n'osions l'envoyer à l'autre, par fierté sans doute. À ma surprise, j'avais craqué la première, deux ou trois jours après le barbecue. Dès qu'il l'avait acceptée, il m'avait envoyé un message :

Je savais que je te manquais trop.

Je lui avais répondu :

Non.

Il n'avait jamais rebondi. Quelle tristesse…

L'accès à son compte n'avait pas révélé un profil incroyable : Gabin était le cliché du garçon qui utilise les réseaux sociaux pour délirer avec ses copains. Faites défiler les images, et vous trouverez une panoplie loufoque de selfies où il porte un bob de pêcheur et des lunettes de soleil, de clichés compromettants de ses potes et de lui posant accroupis devant une Fiat Panda. La légende disait « tuning ». Vous voyez le genre.

Une appréhension me tenaillait l'estomac, je l'ai ignorée et je lui ai écrit :

Espèce de gros loser, pourquoi tu viens pas ?

Une fois que j'ai eu envoyé mon message, j'ai scrollé sur ma page d'accueil pour m'occuper l'esprit. En vérité, je vérifiais la conversation toutes les trente secondes dans l'espoir qu'il l'ait lue. Il ne répondrait pas, je l'emmerdais, il ne voulait pas me parler. Les trois points sont apparus à l'écran. J'ai retenu mon souffle, pendue à mon téléphone. Mon cœur battait. Je mourais d'envie d'avoir sa réponse, mais j'avais peur de ce qu'il me dirait. Et s'il le prenait mal, comme la dernière fois qu'une de mes blagues grinçantes était mal passée ?

Bonjour, Agathe. Flatté de votre considération,
je m'engage à traiter votre question dans les plus brefs délais.
Cordialement.

Sa réponse m'a fait lever les yeux au ciel avec tendresse. Un sourire géant illuminait mon visage. Gabin s'est aussitôt rattrapé, en rédigeant :

Je suis malade.

OK, mais je m'en fous. On est potes de fête de famille,
et aujourd'hui c'est une fête de famille !

C'est une bien belle façon de dire que tu es déçue
de ne pas me voir.

Mes doigts sont restés en suspens au-dessus du clavier. Que rétorquer ? Il n'y avait pas de réponse correcte. J'aurais de toute manière droit à une moquerie ou à un commentaire déplacé. Mon hésitation, en réalité, était liée à la justesse de sa remarque : j'étais triste de ne pas le voir. Les grands repas de famille m'ennuyaient depuis ma naissance, Gabin avait le pouvoir de les rendre amusants. J'ai fini par lui répondre :

N'importe quoi ! Je prends juste des nouvelles
parce que je suis gentille
(contrairement à toi).

Gabin a écrit, puis s'est arrêté, puis a recommencé. Mon cœur a eu des soubresauts chaque fois.

Agathe, Agathe... Avoue-le, que tu commences à tomber... ;)

Je me suis empressée de fermer la conversation et de jeter mon téléphone sur mes draps, embarrassée. Le rouge m'était monté aux joues, il m'a fallu quelques secondes pour recouvrer mon état normal. Soudain, une lamentation de baleine est parvenue du rez-de-chaussée. J'ai dévalé l'escalier, on aurait dit que quelqu'un était mort !

— C'est fini, j'abandonne, ce ne sera jamais prêt. Annulez tout, rentrez chez vous !

Rien de grave, maman dramatisait une nouvelle fois. Charlène et Olivier étaient de retour, plantés dans l'entrée, leurs manteaux trempés. Sur la table, l'emballage du gâteau trônait, fier d'avoir résisté à la pluie et d'être le roi de la journée. J'ai interrogé ma sœur des yeux. Elle m'a informée :

— Le caviste vient d'appeler pour dire que son magasin avait été inondé et qu'il ne pouvait pas venir nous livrer.

— En plus, on est dimanche et aucun autre caviste ne fait de livraisons le dimanche. C'est une catastrophe, en trente ans de vie commune, je n'ai jamais raté l'anniversaire de votre père ! Toujours un succès ! Vous m'entendez, les filles ?! En trente ans !

Un regard échangé avec Charlène et j'ai compris qu'on pensait toutes les deux à la même chose : ce fameux repas d'anniversaire où un couple d'amis s'était disputé à table et avait décidé de divorcer. Est-ce que ma mère comptait cette fois-là comme un succès également ? En bon gendre sauveur, Olivier a proposé :

— Mon père a de bonnes bouteilles dans sa cave, je peux y faire un petit tour rapide.

— Tu pourrais faire ça ? s'est émerveillée ma mère. Ce serait incroyable !

Un éclair de génie m'a frappée. Et si… et si c'était une occasion à ne pas louper ? Olivier se préparait à ressortir, je l'ai interpelé d'une petite voix :

— Ça te dérange si je viens avec toi ? Gabin m'a demandé de lui rendre un jeu.

— Euh… a-t-il hésité. Si tu veux, mais tu es encore en pyjama. Tu peux juste me donner le jeu et je le lui rendrai.

— Non, non, je monte m'habiller ! T'en fais pas, je serai prête dans deux minutes.

Deux minutes plus tard, j'étais sur le pas de la porte, emmitouflée dans des tonnes de vêtements et un étui de DVD dans la main. Je tenais la jaquette contre ma poitrine, ma main recouvrait le dos au maximum. Personne ne devait deviner la supercherie. Une fois dans la voiture, j'ai réfléchi à mon geste. Qu'est-ce qui m'était passé par la tête ? Je venais de monter une arnaque. Pourquoi ? Pour voir Gabin.

Comment me voiler la face plus longtemps ? Je ne voulais pas être de ces héroïnes de roman d'amour qui se complaisent dans le déni de leurs sentiments pendant des mois et qui réalisent trop tard que le garçon était l'homme de leur vie. Je devais me l'avouer pour de bon : Gabin me plaisait. Non seulement j'appréciais son humour douteux et ses gamineries, mais je le trouvais mignon. Je pensais à lui plus que de raison, je devenais cramoisie dès qu'on prononçait son prénom, je me demandais en permanence s'il pensait à moi et pourquoi il ne me parlait pas. Oui, j'avais un crush pour Gabin. Ouf, ça allait mieux !

Les premières minutes du trajet en voiture ont été silencieuses. Olivier écoutait Skyrock, et ma présence ne le gênait pas pour rapper par-dessus la musique. Au moment de la pub, il a baissé le son et a fait la conversation :

— Alors... Gabin et toi, hein ?

— G-G-Gabin et moi ? ai-je bégayé.

— Il y a un truc, non ? C'est la première fois que je le vois aussi proche d'une fille ! En général, il n'y a que ses potes qui l'intéressent.

— Ah... Je sais pas... Notre relation est pas trop comme ça, on est plus comme des cousins.

— T'es sûre de ça ?

C'était une chose de s'avouer des sentiments, c'en était une autre de les crier sur tous les toits. Pour l'instant, personne ne devait s'imaginer quoi que ce soit : ni ma sœur ni Olivier, et surtout pas Gabin.

Mon silence a dû me donner un air coupable. Mes yeux se sont perdus sur le paysage des terres finistériennes, la route sinuait au milieu des champs, où, parfois, un corps de ferme abandonné s'invitait dans le paysage. Ma famille habitait une petite commune à une heure à l'est de Brest, celle de Gabin, le village d'à côté. Un trajet de dix minutes de voiture nous séparait. Dix minutes de trop quand on se faisait cuisiner.

Le lotissement a fini par se dessiner, et avec lui ses pavillons aux toits d'ardoise et aux murs de crépi blanc. Les maisons s'alignaient proprement, celle de Gabin était parmi les dernières de la rue. J'ai regardé les jardins et les façades défiler. Deux ou trois drapeaux bretons étaient accrochés à des rebords de fenêtre. Il pleuvait toujours autant, mais le patriotisme ne s'embarrasse pas de la météo.

On est entrés sans frapper, Olivier a disparu pendant que je suis restée sur le seuil, sans savoir où aller. Alexandra est passée par là, ma présence l'a fait sursauter.

— Agathe ! Qu'est-ce que tu fais là ?

J'ai montré le dos de l'étui d'un mouvement vif, pour ne pas cramer ma couverture.

— Gabin m'avait prêté ça. Il m'a dit qu'il voulait absolument y jouer aujourd'hui.

Le mensonge est passé comme une lettre à la poste.

— Oh ! Viens, suis-moi, on va le voir. Ne t'inquiète pas, il n'est pas contagieux.

À l'étage, elle a frappé à la porte de sa chambre, sans obtenir de réponse.

— Il dort peut-être, a-t-elle chuchoté.

Elle a levé le voile sur le mystère en abaissant la poignée. Gabin ne dormait pas, il était assis sur son lit en caleçon, une montagne de mouchoirs autour de lui, son ordinateur sur les genoux. S'il n'avait pas été malade, la scène aurait été bien plus gênante. Il m'a aperçue et, face à lui, j'ai aussitôt regretté ma venue. C'était facile de mentir et de trouver des excuses pour berner les autres, mais qu'est-ce que j'allais bien pouvoir lui dire à lui ? « Désolée, j'avais très envie de te voir. » Il se moquerait de moi ! Il se moquerait de moi, puis il prendrait peur et ne voudrait plus jamais m'adresser un mot.

Alexandra a dit :

— Qu'est-ce que tu fais en caleçon ?

— J'ai trente-huit cinq de fièvre, maman. Mon corps est trop chaud, faut bien le refroidir.

— Jésus, Marie, Joseph, donnez-moi la force de le supporter. Allez, assez déconné, sous les draps !

En deux temps, trois mouvements, Alexandra a enroulé Gabin dans ses couvertures comme si elle confectionnait un origami. Bientôt, il s'est retrouvé serré, incapable de bouger, seul son visage dépassait. Sa mère a ramassé les mouchoirs ; en sortant de la chambre, elle m'a adressé un clin d'œil malicieux que j'aurais préféré ne pas voir.

Un blanc est tombé sur la chambre, j'étais à la porte, les mains dans les poches. Je ne savais pas quoi dire, j'aurais peut-être dû rester chez moi en pyjama… Gabin me dévisageait, il a déclaré :

— Tu me croyais pas… Tu pensais que je mentais.

— Non, je savais que tu étais malade. Tu n'aurais pas loupé volontairement une occasion de passer un après-midi extraordinaire avec moi.

— Hé ! s'est-il indigné. C'est ma technique de séduction, le narcissisme exacerbé ; toi, c'est le sarcasme et la fausse méchanceté.

Avec un sourire, je me suis assise sur son lit. Comme il ne pouvait pas bouger, il s'est contenté de sautiller sur la gauche pour me faire de la place.

— Comment tu es venue ?

— Ton frère a proposé de rapporter du vin pour le repas de ce midi.

Il a froncé les sourcils.

— Pourquoi tu es là ?

J'ai haussé les épaules pour ne pas avoir à dire la vérité. Après tout, je venais de monter une opération commando pour rendre visite à un garçon malade, en caleçon sous sa couette ! Contre toute attente, Gabin a explosé de rire.

— Tu vois, je te manque. T'es accro ! Tu avais besoin de ta dose de Gabin. Tu as été *gabinisée*. En trois fois, c'est mon record.

Sur ces mots, il a éternué et, puisqu'il était immobilisé, j'ai été obligée d'essuyer la morve qui coulait de son nez. Je ne veux pas m'exprimer sur cette expérience.

— Tu vas faire quoi ? m'a-t-il questionnée. Tu vas rester avec moi toute la journée ?

Je n'en avais aucune idée. J'étais venue sur un coup de tête, sans penser à la suite des opérations. Mon père fêtait son anniversaire, je n'allais pas l'abandonner. Seulement, Gabin était coincé dans un burrito de couvertures et il ne pouvait plus se moucher tout seul, je n'allais tout de même pas le laisser livré à lui-même ! D'accord… c'était une excuse minable pour justifier mon envie de rester.

Finalement, ma raison l'a emporté. J'ai secoué la tête.

— Non, je vais rentrer, sinon ma mère va faire une crise.

— Ah ! Tu es vraiment venue juste pour avoir ta dose de Gabin.

J'ai nié, je ne lui donnerais jamais la satisfaction d'avoir raison sur ce point.

— Bien sûr que non ! Simplement… on ne peut pas faire une fête de famille si le pote de fête de famille n'est pas présent. Je suis venue chercher un peu d'essence de pote de fête de famille pour conjurer la malédiction qui allait s'abattre sur l'anniversaire de mon père.

— Tout est plus clair. Tu veux que j'éternue encore pour avoir plus d'essence de pote de fête de famille ?

— Beurk ! T'es dégueu !

On a frappé à la porte, le frère de Gabin me prévenait qu'il repartait. S'il n'a rien dit en nous voyant, il a rigolé une fois dans le couloir. Avant de le rejoindre, j'ai glissé un mouchoir entre la couverture et la tête de Gabin, de manière à lui recouvrir le visage sans qu'il puisse l'enlever, et j'ai pris la fuite.

— Ça, c'est très mature, Agathe !

D'un souffle, Gabin a fait voler le mouchoir. Je suis restée plantée dans l'encadrement de la porte, la tête contre le bois, un sourire niais aux lèvres. Les prunelles de Gabin ont comme sondé mon âme, des nuées de papillons battaient des ailes dans mon estomac. Il m'a lancé, soudain sérieux :

— Merci d'être venue.

— Tu vois, toi aussi : tu avais besoin de ta dose d'Agathe.

— Ah ! Arrête ! Il y a trop de tension sexuelle dans cette pièce, j'étouffe !

Un éclat de rire m'a échappé, le bruit d'un klaxon a retenti dehors. Enhardie, je me suis risquée à souffler un baiser à Gabin. Mes jambes tremblaient lorsque j'ai descendu les marches de l'escalier. Dans la voiture, j'ai fait de mon mieux pour cacher un sourire stupide qui revenait toujours à l'attaque. Olivier n'a fait aucun commentaire. Tant mieux, j'aurais été incapable de mentir davantage.

L'anniversaire de mon père était réussi, personne n'a divorcé, le gâteau était bon, le vin aussi. Ça manquait de Gabin, tout de même. Quand ses parents sont arrivés, une partie de moi avait l'espoir qu'il les accompagne. Seulement, il était bel et bien malade, et j'avais le souvenir de ce mouchoir plein de morve pour me le rappeler.

Toute la journée, j'ai hésité à lui envoyer un message, mais je n'en ai jamais eu le courage : j'allais avoir l'air d'une sangsue. Je ne l'avais pas calculé pendant un mois et demi, et d'un coup je le harcelais. J'ai préféré attendre qu'il m'envoie un message en premier, pour être fixée.

Les invités sont repartis, mes parents ont mangé une soupe pour compenser les excès du midi et, après le film du dimanche soir, je suis allée me coucher. Gabin ne m'avait pas envoyé de message.

Chapitre 5

La raclette

Gabin

Figurez-vous que le placard de la chambre de mes parents n'est pas assez grand pour accueillir deux adolescents. On était serrés comme des sardines, l'air devenait de plus en plus lourd et rare. Une goutte de sueur a perlé à la naissance de mon front. Bon sang, qu'est-ce qu'il faisait chaud ! Agathe a levé les yeux sur moi, se mordant la joue, mal à l'aise comme moi. La distance entre nous était inexistante. Elle a chuchoté :

— Bon… du coup, on y va ?

J'ai acquiescé, le cœur battant, et j'ai avancé mon visage vers le sien. L'instant d'après, on s'embrassait.

Je le conçois, dit comme ça, personne n'y comprend rien. En réalité, l'explication est très simple. Elle inclut une surdose de fromage et de pommes de terre et des enfants de trois à huit ans. Reprenons depuis le début.

Tout a commencé avec une catastrophe.

À une heure du début de la première raclette de l'année, maman s'est lamentée :

— Les Richard viennent de décommander… Qu'est-ce qu'on fait ? J'ai compté leurs parts, ils étaient cinq ! On va encore avoir des restes pendant quatre jours…

Niveau catastrophe, je vous l'accorde, on avait connu pire. Sur l'instant, c'était pourtant le pire scénario possible : on aimait beaucoup la raclette, mais on ne voulait pas en manger toute la semaine. Papa a proposé :

— On peut inviter quelqu'un d'autre ? Appelle une de tes amies.

— Michel, elles sont déjà toutes invitées. Je n'ai pas autant d'amies !

— Pourquoi tu n'inviterais pas Véronique et Jean-Paul ? Ça fait un moment qu'on ne les a pas vus.

Deux semaines, précisément. Depuis le jour de l'anniversaire et la visite d'Agathe à mon chevet de malade, nos familles ne s'étaient pas rencontrées et je ne lui avais pas parlé.

Combien de fois avais-je hésité à lui envoyer un message ? Des centaines ! Je n'osais jamais, de peur de passer pour un gros lourd – en plus, elle me considérait déjà comme un beauf. Si elle avait refusé de rester cet après-midi-là, c'était bien pour une raison, non ? À part aux fêtes de famille, nous n'étions pas destinés à nous croiser davantage.

Nous avions continué nos vies chacun de notre côté ; parfois, je passais en boucle ses stories sur Snapchat pour savoir ce qu'elle faisait, les gens avec qui elle sortait et les garçons qu'elle fréquentait. Heureusement, il n'y en avait pas beaucoup – enfin, non pas que j'en avais quelque chose à faire !

Ma mère a acquiescé à la proposition de mon père : elle aimait bien Véronique et Jean-Paul. Elle appréciait surtout Charlène, sur qui elle comptait pour devenir grand-mère avant toutes ses copines. Elle les a appelés, ils ont dit oui. Voilà comment se présentait le truc.

Comme à chacune de nos retrouvailles, j'ai appréhendé le moment où je verrais Agathe. Notre dernière entrevue s'était terminée sur des sous-entendus qui ressemblaient à du flirt. J'avais encore le souvenir brûlant de son rire cristallin alors qu'elle partait. Agathe était pétillante, ça la rendait encore plus belle – non pas que ça me fasse quelque chose !

Sa famille est arrivée en dernier, Agathe m'a fait la bise. Le contact entre nos joues a été électrisant, mais après ça… rien. Pendant l'apéritif, on s'est assis sur des canapés différents, on ne s'est pas parlé. Rebelote. Comme au barbecue. C'était ainsi *chaque* fois : on devait tout réapprendre entre nous, à cause des séparations qui entravaient notre complicité.

La maison grouillait de mômes, au moins cinq. De ce fait, ma mère avait dressé une table des enfants, comme pour les mariages et le repas de Noël. Bien entendu, j'y avais une place, Agathe aussi.

À table, l'ambiance glaciale n'est pas retombée. L'atmosphère était paradoxale : je transpirais à cause des trois appareils à raclette qui tournaient à plein régime, ma tête allait exploser à cause des hurlements aigus des mioches, pourtant je me sentais vide. J'avais envie de claquer des doigts sous les yeux d'Agathe pour attirer son attention, de me mettre debout sur ma chaise, de lui demander pourquoi elle rendait les choses si compliquées. Même au pôle Nord, les pingouins l'auraient trouvée froide.

Pour penser à autre chose, j'ai attrapé un Carambar, Agathe m'a imité. Ma mère en avait dispersé sur la table pour faire patienter les enfants. Ce n'est pas une bonne idée de mettre des bonbons en libre service, car les gosses en mangent avant que le repas soit servi, n'ont plus faim et se font réprimander par leur mère. Après, bien souvent, les adultes viennent mettre la main sur les bonbons rescapés et radotent leur formule préférée : « Juste un dernier pour la route. De toute façon, lundi je commence un régime. »

Au moins, dans ce cas, les Carambar ont eu le mérite de briser la glace entre Agathe et moi. Le caramel coincé entre ses dents, elle a lu la devinette sur le papier :

— Que dit un oignon quand il se cogne ?

— Putain, sa mère, ça fait mal !

Elle a ri.

— Aïe.

— Hein ?

— L'oignon, il dit « Aïe ». Comme l'ail. Gabin, t'es sérieux ? Tu piges pas une blague Carambar ?

— Ah… ai-je fait. C'était nul.

Elle a levé les yeux au ciel. Cette vision a chamboulé mon cœur. Si Agathe avait encore la force de lever les yeux au ciel à une de mes remarques, tout n'était pas perdu. Il n'y a pas de petite victoire.

— Pardon, monsieur « Je suis tellement drôle que les blagues Carambar ne me font pas rire ».

— Les blagues Carambar ne font rire personne ! ai-je protesté.

— Vas-y, toi. Si tu es si marrant, raconte-moi une meilleure blague.

J'ai réfléchi. À cause des enfants, je devais exclure mes blagues de cul – et il y en avait pas mal dans mon répertoire.

— Qu'est-ce qui est pire que de louper son bus ?

Agathe a haussé les épaules.

— Louper son bus parce qu'il vient de nous renverser.

Au début, elle a retenu son rire.

Je l'ai encouragée :

— Elle était drôle !

— Elle était moyenne.

— Elle était un peu drôle.

— OK, un peu…

Ses yeux ont de nouveau roulé vers le plafond. Moi, j'étais heureux, on reprenait nos aises l'un avec l'autre. La complicité était présente, il fallait juste la réveiller de son sommeil profond.

Les pommes de terre ont fait leur entrée sur la table, le repas a officiellement commencé à coups de charcuterie, de fromage fondu et de tomates censées apporter de la fraîcheur.

Autour de nous, les petits n'arrêtaient pas de se lever de leur chaise et se faisaient disputer par leurs parents : « Tiens-toi en place, veux-tu ? », « Allez, Timéo, mange une patate, tu ne vas pas te nourrir que de saucisson ! », « Tiens, Emma, si tu ne manges pas de fromage, mets-en à cuire pour moi » et toutes les autres banalités qu'on entend pendant une raclette.

De notre côté, Agathe et moi avons discuté en riant et, sans même s'en rendre compte, on a fait des trucs bizarres ; par exemple, elle mettait du fromage à chauffer pour moi et je déposais du bacon bien grillé dans son assiette, car c'était comme ça qu'elle le préférait.

Ce serait passé inaperçu, si ce n'était pour les marmots qui nous entouraient. Les enfants sont fourbes, ils observent, cachés derrière leur assiette de raclette, ils font semblant de jouer sur le téléphone de leurs parents mais ne vous méprenez pas, ils n'attendent qu'une chose : vous mettre mal à l'aise. Emma, en face de nous, a soudain chantonné :

— Je vous ai vus, vous êtes a-mou-reux !

Même le meilleur orateur du monde et les champions d'éloquence auraient perdu leurs moyens face à cette gamine. Agathe s'est offusquée :

— Pas du tout, tu as vu sa tête ?

— Hé ! ai-je protesté. Pas besoin de dénigrer le magnifique visage de Gabin !

— Ça sert à rien de mentir, je le sais. Je vous ai vus, tu lui prépares son fromage !

J'ai fait signe à Agathe de laisser tomber, mais elle a enfoncé le clou :

— C'est pas parce que je lui prépare son fromage qu'on est ensemble. L'amour, ça ne passe pas par la nourriture, Emma.

— Tu sais, suis-je intervenu, j'ai toujours entendu dire que le meilleur moyen de conquérir un homme, c'est de passer par son estomac.

— Gabin, tu m'aides pas, là.

— Oh oui, pardon. Non, Emma, on n'est pas ensemble. Tu sais pourquoi ? Parce qu'on est de la même famille.

Ce n'était pas tout à fait le cas, mais ça devait l'être assez pour qu'un enfant y croie. Emma a rétorqué du tac au tac :

— Et alors ?

— Tu te calmes, Œdipe.

Elle n'a pas compris ma blague, mais au moins elle a fini par nous laisser tranquilles… pendant cinq minutes. Les enfants, s'ennuyant de voir leurs parents s'empiffrer alors qu'eux n'attendaient que le dessert, voulaient jouer pour patienter. Ils ont tiré nos manches, nos tee-shirts, et nous ont amenés jusqu'à l'étage. Là, dans la chambre abandonnée par mon frère – la pièce servait désormais de débarras –, ils se sont assis en rond. Agathe et moi pensions alors qu'ils sortiraient un Docteur Maboul, un Uno ou n'importe quel jeu de société innocent. Seulement, Emma n'était pas une fillette, c'était un démon machiavélique. Elle a annoncé, avec un rictus auquel il manquait les dents de devant :

— On va faire un « action ou vérité ».

J'ai manqué de m'étouffer.

— Quoi ? Mais c'est quoi, cette génération ? À votre âge, je connaissais même pas ce truc ! Non, désolé, moi, je joue pas !

— Si tu joues pas, je me mets à pleurer et je vais dire aux adultes que tu m'as frappée.

— Très bien, je joue.

Agathe a réprimé un sourire amusé, je guettais ses réactions du coin de l'œil. Quand je la faisais rire, j'éprouvais une fierté indescriptible. Elle s'est installée contre un mur, prenant le plus petit sur ses genoux. Moi, j'ai dû m'asseoir à côté du diable. Agathe se trouvait en face de moi, elle a articulé en silence : « T'inquiète. » Elle avait sûrement raison, ils n'étaient que des enfants et, de fait, même un jeu réputé pervers serait inoffensif. Ils ont posé les premiers dilemmes et ont confirmé mon idée : rien d'alarmant n'était à déplorer. Timéo a dû dire s'il mangeait ses crottes de nez ou non – *oui*, pour information – et Clara a été obligée de sentir le dessous de bras de Charles.

A priori, il n'y avait pas de risques qu'un gage dangereux me tombe dessus. Quand mon tour est venu, le plus petit, celui qui était sur les genoux d'Agathe, m'a interrogé. Il avait trois ans à tout casser, j'étais en sécurité. Sans hésiter, j'ai foncé :

— Bah, action.

Mon expérience étendue dans les jeux pourris en soirée m'avaient appris à toujours choisir l'action à la vérité. Il vaut mieux courir nu dans la rue qu'avouer qu'on a déjà goûté sa pisse – c'est l'exemple d'un ami !

Alors, une chose terrible s'est produite. Emma le démon s'est faufilée jusqu'à l'oreille du petit garçon, et la seconde d'après il me dévisageait d'un air retors. Ça sentait le roussi, Agathe a froncé les sourcils, elle avait sûrement déjà eu vent du complot. Avec cette élocution typique du marmot qui a une tétine dans la bouche, il m'a intimé :

— Tu fais un *bigeou* à Gathe.

J'ai répliqué le truc le plus stupide du monde :

— Sur la joue ?

Ils ont explosé de rire.

— *Chur* la *gbouche*.

— Vous allez dans un placard et vous avez pas le droit de sortir tant que vous avez pas fait de bisou, a ajouté Emma.

— Écoutez, vous ne pouvez pas forcer les gens à s'embrasser, a tenté Agathe.

Elle avait essayé, mais comment apprendre à un groupe d'enfants le principe de liberté fondamentale ? Soudain, ils se sont levés et ont crié pour nous casser la tête et nous faire céder. L'un d'eux a attrapé mon tee-shirt et a tiré dessus.

Quand j'ai entendu les coutures craquer, j'ai été obligé de suivre le mouvement. Ils nous ont emmenés dans la chambre de mes parents. Là-bas, il y avait un dressing caché derrière des panneaux coulissants. Je commençais à croire qu'Emma préparait son plan depuis des semaines.

Les enfants ont tenté de nous faire entrer, on a résisté comme on le pouvait. Les garçons poussaient comme des bourrins nos corps contre les panneaux, la porte du placard faisait un raffut d'enfer. Quand l'un m'a poussé et que je me suis cogné la tête contre le bois, j'ai capitulé :

— Aïe, aïe ! C'est bon, c'est bon, j'entre là-dedans, arrêtez.

Voilà comment Agathe et moi nous étions retrouvés enfermés dans un placard. Si on avait le malheur de chercher à s'évader, la horde de gosses nous criait dessus et nous frappait avec des chaussures.

Dans un soupir, j'ai regardé Agathe. Je distinguais à peine les contours de ses cheveux, seul un rai de lumière filtrait de la chambre. Levant le doigt, je lui ai signifié de se taire. Une dizaine de secondes plus tard, j'ai affirmé bien fort :

— C'est bon.

— Tu mens, j'ai pas entendu le *smack*.

— Depuis quand c'est Emma l'experte pour savoir si ça a fait *smack* ou pas ? ai-je répondu, agacé.

Agathe a ri. L'espace se rétrécissait à chaque seconde, j'avais de plus en plus chaud. J'ai tenté une autre solution : j'ai plaqué ma main contre sa bouche et en ai embrassé le dos. Le baiser a bien fait *smack* sur ma peau.

— C'est bon, ai-je répété.

— C'est pas vrai, il a trop fait *smack*, ça veut dire que t'as pas mis la langue.

— Quoi ? Fallait mettre la langue ? N'importe quoi !

— Le bisou, le bisou !

Et bientôt, voilà que tous les enfants ont hurlé « Le bisou ! Le bisou » en tambourinant. Agathe a dit, sa voix couvrant à peine les braillements :

— On n'est pas obligés de leur obéir, on peut sortir de ce placard en mode Godzilla et les dégager de notre chemin. Il faudra juste expliquer aux parents pourquoi ils ont des bosses.

— Non, on n'est pas obligés… Mais on pourrait le faire pour qu'ils nous laissent tranquilles.

Je me suis dit que c'était trop gros, que ça n'allait jamais passer et qu'elle croirait à une blague. Elle a répliqué :

— Oui, on pourrait aussi. Ils seraient contents pour la soirée.

— Mais ça serait juste pour avoir la paix, hein !

— Oui, oui, forcément. C'est pas comme si ça signifiait quelque chose.

— Génial, ai-je conclu, embrassons-nous alors ! Pour notre tranquillité.

Il y a eu un blanc.

Nous n'avons rien fait. L'ambiance venait de changer du tout au tout. Soudain, je prenais conscience de la promiscuité de nos corps, de la chaleur de l'endroit et de son souffle qui me chatouillait le nez. Les cris à l'extérieur avaient cessé, Agathe a chuchoté :

— Bon… du coup, on y va ?

J'ai rompu la distance qui nous séparait. Comme tous les premiers baisers, il remuait l'estomac et flinguait le cerveau, il déchirait les tripes, libérait les hormones, les endorphines et la joie en moi. Il n'a pas duré longtemps, mais assez pour que mon corps comprenne qu'on était en train d'*embrasser une fille*. Les lèvres d'Agathe se sont détachées des miennes mais elle a gardé ses mains sur mon visage.

— Gabin… Est-ce que c'est ton portable que je sens contre ma cuisse ?

Lentement, j'ai secoué la tête.

— J'ai pas pris mon portable.

— D'accord… Je vais sortir de ce placard sans un mot et on ne reparlera plus jamais de ça, compris ?

— Compris, et moi aussi je vais sortir, mais dans une ou deux minutes. Pour des raisons… évidentes.

Elle a fait coulisser le panneau de son côté, je suis resté dans l'ombre. Les enfants ont poussé des cris de joie en la voyant. Ils sont sortis de la chambre avec elle, j'ai pu souffler. Il m'a fallu bien plus de deux minutes pour me remettre de mes émotions, la tension remontait dès que je repensais à l'instant partagé et à quel point ce baiser était génial. Finalement, j'ai réussi à me calmer.

Quand je suis redescendu, les enfants étaient agglutinés autour d'une tablette, ayant déjà oublié les trente dernières minutes. Je me suis rassis aux côtés d'Agathe pour le dessert, nos yeux fuyaient le regard de l'autre. Si par malheur ils se croisaient, je virais au rouge. Quand la famille d'Agathe est partie et qu'il a fallu faire la bise à cette dernière, la décharge qui a électrisé nos deux joues était dix fois plus puissante qu'à son arrivée.

J'ai eu beaucoup de mal à m'endormir, me repassant sans cesse le film de la soirée et l'épisode du baiser. Qu'allait-il se passer ensuite ? Est-ce que tout allait changer entre nous ? Ou bien rien du tout ? On ferait semblant de rien et on attendrait le prochain repas du dimanche avant de se parler ?

Je me prenais trop la tête. Ce n'était qu'un baiser. Un baiser seul ne signifiait jamais rien de concret.

Chapitre 6

Halloween

Agathe

— Un baiser, ça signifie bien quelque chose, non ?

Je ressassais la question depuis deux semaines. À force de m'arracher les cheveux et de me ronger les sangs, j'avais fini par craquer et tout raconter à ma sœur. Elle était venue squatter à la maison pour la soirée : Olivier travaillait tard et elle déprimait seule dans leur appartement. Elle aurait bien pu ne jamais prendre son indépendance, pour ce que l'on en savait : elle était tout le temps fourrée ici !

On grignotait des tomates cerises et, sachant maman à l'étage, j'avais tout révélé à demi-mot. Le placard, le baiser et, d'une manière plus générale, l'ambiguïté de ma relation avec Gabin. Il devait venir le soir même, et je ne me sentais pas de l'affronter sans m'être livrée. Ma sœur s'est étranglée avec sa tomate.

— Quoi ? Tu l'as *embrassé* ?

— Chut, crie pas trop fort.

— Quand ?

— Y a deux semaines, à peu près.

Ma sœur a porté une main à son cœur, vexée.

— Deux semaines ! Et tu ne me le dis que maintenant ? Agathe, je suis ta *sœur* !

J'ai levé les yeux au ciel. Charlène avait toujours été la plus mélodramatique de nous deux ; à bien des égards, c'était notre Gabin à nous. Et mince… pourquoi tout revenait toujours à lui ?

— J'ai parié un resto, Agathe, tu dois me tenir au courant de ce genre de chose !

Sa phrase m'a fait tiquer.

— Tu as parié un resto ?

— Oui, avec Olivier. Si Gabin et toi sortez ensemble avant Noël, il m'invite à dîner. Si c'est après, je devrai payer.

Ma mâchoire s'est décrochée : ils faisaient des paris sur nous ? Au risque de décevoir Charlène, les risques qu'elle invite son mari au restaurant étaient minces. Même si cette histoire de baiser tournait et retournait dans mon esprit, j'avais une certitude : Gabin et moi ne serions jamais, *jamais* ensemble. C'était mathématiquement impossible : on se voyait tous les quatre jeudis, on ne se parlait pas en dehors des rencontres de famille et, une fois réunis, on faisait semblant d'avoir oublié les fois précédentes. Maintenant que la bombe était lâchée, Charlène était avide de détails.

— Est-ce qu'il s'est passé quelque chose pendant le baiser ? m'a-t-elle interrogée. Est-ce qu'il t'a pris le visage ? La taille ? Est-ce qu'il y a eu un autre truc que le baiser en lui-même ?

Le souvenir a fait monter le rouge à mes joues.

— Il ne pouvait pas, on était dans un placard.

— V-vous étiez dans un placard ?

— C'est compliqué.

— Rien n'est compliqué. Vous vous êtes embrassés, vous vous aimez, rien de plus simple. Tu voulais savoir si le baiser avait du sens, voilà ma réponse : oui, oui, mille fois oui !

Malgré la conviction de Charlène, j'en doutais encore. Pour moi, oui, évidemment, il avait un sens. Je n'avais jamais eu de vrai petit copain, j'avais embrassé un ou deux garçons, mais c'était pendant un jeu de la bouteille ou en vacances, sans conséquence, parce que toutes mes copines l'avaient déjà fait. Ce bisou avec Gabin venait du fond du cœur et, même si je l'avais drapé d'une nonchalance nerveuse, il était la preuve de mon attirance pour lui. Mais Gabin ? Qu'en pensait-il ? Ce gars se cachait derrière une carapace de blagues, impossible de deviner ses intentions. Pour lui, ce n'était peut-être qu'un baiser volé à une fille de plus ! Et si ce n'était qu'un jeu ? Ah ! Ça m'agaçait de me prendre autant la tête ! Le mieux aurait été de lui parler franchement, mais ni Gabin ni moi n'étions doués pour exprimer nos sentiments.

Notre mère a débarqué dans le salon, un pichet de sangria dans une main et un paquet de bonbons en forme d'yeux gluants et translucides dans l'autre. Elle a agité le sachet sous notre nez avec entrain.

— Les filles ! Si je mets les bonbons dans la sangria, on dirait des yeux qui baignent dans du sang ! Oh, ce sera dégoûtant ! Vous en dites quoi ?

Elle s'était maquillée pour la soirée, se fardant de poudre blanche et soulignant ses yeux d'un trait de crayon pour se donner un teint blafard de vampire. Depuis quelques années, mes parents ne rataient pas une occasion de fêter Halloween. Ils se déguisaient, invitaient leurs amis, faisaient un énième apéritif dînatoire et passaient le reste de la soirée à jouer à la belote. Leurs filles grandissaient et étaient devenues autonomes, ils en profitaient pour redevenir les fêtards qu'ils étaient à vingt ans. C'est le cycle de la vie, apparemment : être ado, faire des enfants, redevenir ado.

Charlène a ri avec dédain et s'est moquée de sa nouvelle excentricité :

— Maman, déjà que ça craint d'organiser une fête pour Halloween quand on a bientôt cinquante ans, alors les faux yeux dans du faux sang…

Ma mère a pincé les lèvres, vexée de la méchanceté de ma sœur.

— De toute façon, je m'en fiche, je vais le faire quand même !

— Moi, je pense que c'est une bonne idée, l'ai-je rassurée.

— Merci, Agathe.

Charlène a murmuré :

— Fayotte.

Je lui ai tiré la langue. Ma mère a versé les bonbons dans le pichet de sangria, nous énonçant la liste de toutes les choses qu'il lui restait à faire : les accras de morue, les rouleaux jambon-Boursin et les feuilletés-saucisse. Alexandra devait venir plus tôt pour l'aider. Les deux belles-mères étaient devenues les meilleures amies du monde, elles se retrouvaient pour leur pause déjeuner et s'envoyaient des recettes de cuisine sur WhatsApp. Je les soupçonnais aussi de conjecturer pendant des heures sur le bébé à venir, celui pour lequel l'utérus de Charlène n'avait pas encore donné son accord.

Le calme était revenu dans la pièce ; maman dans les parages, on ne pouvait plus discuter du baiser. Soudain, un cri perçant a retenti dans l'escalier et des pas l'ont dévalé. Une petite silhouette en costume de chat s'est faufilée jusqu'à nous. Augustin a miaulé en courant autour de la table.

Pendant une semaine, on accueillait mon petit cousin à la maison, le temps que ses parents prennent des vacances, des vraies, « sans les gosses ». À quatre ans, Augustin n'avait pourtant rien d'une terreur, il se brossait les dents tous les soirs, mangeait ce qu'on lui proposait et allait au lit à vingt-et-une heures. Ce soir, son enthousiasme débordant s'expliquait par l'ambiance de fête. Lui n'en avait que faire des parties de belote ou de la sangria. Augustin n'attendait qu'une chose ; il tira sur le chemisier de ma sœur pour le lui rappeler :

— On va chercher les bonbons ?

Si je connaissais la mesquinerie de ma sœur, j'ignorais jusqu'où elle pouvait aller. D'un ton doucereux, elle lui a dit :

— Doudou… Tu sais, moi, je suis trop vieille pour les bonbons. Mais Agathe t'emmènera.

J'ai écarquillé les yeux, elle m'a rendu un sourire mauvais. Augustin m'a regardée avec joie et impatience. Je me suis trouvée obligée de lui dire que, oui, on irait chercher les bonbons plus tard dans la soirée.

Il n'a pas tenu en place pendant toute la demi-heure suivante. Il attrapait mon pull toutes les trente secondes, réclamant à y aller. Moi, je voulais attendre au moins dix-neuf heures, histoire que les gens soient rentrés du travail. Il fallait s'armer de patience pour affirmer à mon cousin « Encore dix minutes » toutes les dix minutes. La nuit était tombée quand la sonnette de l'entrée a retenti. De la cuisine, maman m'a hurlé d'accueillir les invités ;

Augustin a traîné dans mes pas. J'ai ouvert la porte, et je me suis retrouvée nez à nez avec un adolescent déguisé d'un masque blanc, probablement censé m'effrayer. Une voix grave a tonné :

— Agathe ! Quand ce sablier sera écoulé, ta gorge sera tranchée.

J'ai cligné des yeux plusieurs fois, mon interlocuteur me tendait une main vide. Augustin se cachait derrière mes jambes. J'ai interrogé :

— Où est le sablier ?

Changement de ton, la voix a repris son timbre normal :

— Bon, j'avais pas de sablier, mais faut faire marcher ton imagination. Il est juste là, dans ma main. Si tu visualises bien le truc, tu peux voir le sable s'écouler.

Une portière de voiture a claqué, Alexandra nous a rejoints, portant des plats à tarte à bout de bras.

— Bonjour, Agathe ! Gabin, pousse-toi, tu gênes tout le monde. Et il me semble que je t'avais demandé de prendre le bouquet de fleurs.

— Maman ! s'est-il plaint. Quel genre de serial killer se pointe chez des gens avec des fleurs ?

— Le genre qui écoute sa mère.

À contrecœur, il a retiré son masque et est allé récupérer les fleurs dans la voiture. Je l'ai attendu sur le pas de la porte, Augustin toujours dans mes jupes. Quand Gabin est entré, mon cousin l'a dévisagé avec de grands yeux, comme fasciné. Le bouquet de fleurs dans une main, le masque dans l'autre, Gabin s'est accroupi devant lui pour lui dire bonjour, lui proposant même son masque en guise de cadeau. Augustin a pris peur et s'est enfui dans le salon. Gabin m'a regardée, j'ai expliqué :

— Il est timide.

— Non, c'est simplement que je suis impressionnant de charisme.

J'ai levé les yeux au ciel, il a souri. J'avais les mains moites et le cœur qui battait la chamade. Son air serein n'arrangeait pas les choses. Merde, il ne ressentait rien ? Après la manière dont on s'était quittés la dernière fois ? Soudain, il m'a tendu le bouquet de fleurs, les voyants se sont allumés au rouge dans ma tête. Des fleurs, pour moi ?

— Tu t'en occupes ? a-t-il demandé. Je sais pas où ta mère voudrait les mettre…

Fausse alerte. La pression a dégringolé. J'ai saisi le bouquet avec un sourire cordial et Gabin m'a suivie dans le salon. Il ne se passerait rien de neuf dans cette entrée, et les fleurs n'étaient même pas pour moi.

Petit à petit, les autres convives sont arrivés. Les collègues de maman, les voisins, les amis du club de pêche de papa, personne n'était venu avec sa progéniture. D'ailleurs, comme dans tous les groupes d'amis de cinquantenaires, les enfants étaient pour la plupart de grands ados ou de jeunes adultes. Leurs parents parlaient des études de chacun, des premières voitures et des appartements minuscules qu'ils louaient pour eux à des prix exorbitants. Augustin s'efforçait de bien se tenir, mais il avait l'air de s'ennuyer ferme. Il restait collé à mes basques, attendant le moment où l'on partirait chercher les bonbons.

À ma grande surprise, Gabin ne m'a pas fuie. Il s'est installé à côté de moi dans le canapé ; mieux encore, nous ne sommes pas restés en silence à écouter les conversations des adultes. On a parlé. Ensemble. Sans y être forcés ou attendre deux heures que la tension entre nous tombe.

Mon cœur s'est emballé tout du long, appréhendant le moment où la conversation dériverait sur le sujet qui me tracassait.

J'aurais dû m'en douter, ça n'a jamais été le cas, il n'a pas été question du baiser. C'était comme si la dernière soirée n'avait jamais eu lieu. *Comme toujours.*

Gabin a discuté de tout et de rien, des événements de sa vie depuis un mois et de cette soirée où il avait mis une capote dans la bouche de son pote soûl. « C'était pas dangereux, m'a-t-il assuré quand je lui ai fait remarquer que ce dernier aurait pu s'étouffer. On l'avait mis en PLS avant. » Du grand Gabin, quoi. Vers dix-neuf heures, il faisait nuit noire, Augustin a tapoté mon épaule.

— On y va ?

Je l'ai regardé, j'ai mis plusieurs secondes avant de comprendre ce qu'il attendait. Les bonbons ! Ça m'était sorti de la tête. Gabin a bondi sur l'occasion.

— On va chercher des bonbons ?

— Oui, Gabin, me suis-je moquée devant son air enfantin. On va chercher des bonbons.

Les deux garçons ont sauté de joie et se sont précipités vers l'entrée pour mettre leur manteau. En quittant le salon, j'ai eu le malheur de croiser le regard de ma sœur. Elle a articulé une phrase en silence : « Avant Noël. »

Les lumières des lampadaires éclairaient les rues du centre-bourg d'une lueur jaune. En cette nuit d'automne, personne d'autre que nous n'y déambulait. On s'est rabattus sur le côté pour laisser passer quelques voitures, mais, mis à part ça, on n'a pas croisé âme qui vive. Mon village était un lieu calme, peuplé de retraités qui vivaient là depuis soixante ans. Les maisons auxquelles on a sonné n'ont pas donné signe de vie, peut-être leurs habitants étaient-ils tous partis fêter Halloween autre part – ou logeaient en maison de retraite… Augustin ne perdait pas de son enthousiasme, il courait partout pour se planter devant les portes, son sac plastique avec un logo de supermarché à la main. Il nous y attendait ; la plupart du temps, il n'atteignait pas la sonnette.

Au bout de la septième maison sans réponse, Gabin a proposé :

— Au pire, je mets mon masque et je vais frapper au carreau des gens.

— Si tu veux, l'ai-je encouragé. Par contre, compte pas sur moi pour te sortir de garde à vue.

Gabin s'est résigné. Enfin, quelques mètres devant nous, une maison a ouvert à Augustin, qui s'était risqué à frapper. Quand mon cousin est revenu vers nous, une mine abattue assombrissait son visage.

— Ils avaient pas de bonbons…

— C'est pas grave. On va essayer une autre maison.

Seulement, après avoir sonné à toutes les maisons du centre-bourg et s'être fait refermer la porte au nez chaque fois, on a perdu espoir de se procurer des bonbons. Les gens étaient désagréables, ne cachaient pas leur agacement et marmonnaient à peine un « Bonne soirée », à deux doigts de nous dire de dégager. Personne ne fêtait Halloween dans la campagne bretonne. Face à cette dure réalité, Augustin s'est mis à pleurer dans mes bras.

— Doudou… C'est pas grave, on va rentrer. Il y a plein de bonbons à la maison !

Il a sangloté, triste et accablé. Haletant, la voix tremblante, il a expliqué que ce n'étaient pas les bonbons de la maison qu'il voulait, mais ceux qu'il obtenait parce que les gens avaient peur. Mon cœur s'est brisé. Il fallait être un monstre pour ne pas donner des bonbons à un enfant de quatre ans. Qu'on ne me dise pas que tous ces gens n'avaient pas de bonbons ! C'étaient des personnes âgées ! Il y a toujours des bonbons chez les personnes âgées. À la lavande, à la violette ou à l'anis, mais des bonbons quand même !

Un Augustin sanglotant dans les bras, j'ai regardé Gabin, à la recherche d'une solution. Il a dit à voix haute ce que je pensais :

— Les gens sont vraiment des gros radins, ils pourraient au moins filer des chewing-gums. Ça coûte rien.

J'ai acquiescé. Les phares d'une voiture ont éclairé la rue, le véhicule est passé devant nous sans ralentir. Soudain, Gabin a dit :

— J'ai une idée.

Je commençais à connaître son genre d'idée.

— Non, on ne va pas pénétrer chez les gens et voler leurs bonbons.

— Mais non, a-t-il ri. Augustin, et si on allait acheter des bonbons et des œufs à la supérette ? On mangera les bonbons et on lancera les œufs sur les maisons des personnes méchantes. Hein ? Qu'est-ce que t'en dis ?

— Gabin, non !

— Relax, je l'ai déjà fait, j'avais pas eu de problèmes. Et puis il a quatre ans, si quelqu'un appelle la police, il ne sera pas inculpé. Allez, viens.

Ce n'était pas plus rassurant. Il a tendu la main vers Augustin, j'ai essayé de retenir mon cousin mais il est parvenu à m'échapper. Gabin lui a pris la main, les deux ont continué droit devant eux. Je les ai interpelés :

— La supérette est de l'autre côté.

Ils ont fait demi-tour comme si de rien n'était, Gabin passant devant moi avec son air suffisant. Un sourire au coin des lèvres, j'ai fini par les suivre.

La supérette se trouvait à côté de l'église, c'était la dernière enseigne encore allumée dans le village. Quand on y est entrés, un quart d'heure avant la fermeture, la caissière a tiré la gueule. Notre présence retardait le moment où elle quitterait son poste. Je lui ai adressé un rictus désolé, les garçons ont pris le chemin du rayon des bonbons. Rapidement, un dilemme s'est imposé à nous : quoi prendre ?

Gabin voulait des réglisses, j'ai dit que personne n'aimait les réglisses, il a affirmé que lui aimait les réglisses, j'ai répliqué que ce n'était pas pour lui qu'on achetait des bonbons, il m'a rappelé que je n'avais pas d'argent et qu'il allait payer, ce qui lui donnait bien le droit de prendre des réglisses. J'ai accepté qu'il achète ces fichues réglisses à condition qu'on prenne des oursons en guimauve, il s'est énervé, a affirmé qu'il n'aimait pas le chocolat et que c'était égoïste de ma part de vouloir prendre des oursons. Il était gonflé, il venait de prendre un paquet de réglisses ! Pour en finir avec ces gamineries, j'ai décidé que, dans ce cas, pas d'oursons, pas de réglisses, on laissait Augustin choisir. Dans un soupir, il a cédé, et on s'est retournés pour demander à Augustin ce qu'il voulait.

L'allée était vide.

J'ai paniqué :

— Il est où ?

— Il était là la dernière fois que j'ai regardé.

— Je m'en fiche ! Il est où, *maintenant* ?

Je suis sortie de l'allée des bonbons en courant, me plaçant dans l'entrée, d'où on avait une vue sur tous les autres rayons. La caissière feuilletait un magazine avec indifférence, j'ai remonté les rayons en serpentin, sans jamais y croiser mon cousin. À chaque virage, mon cœur s'emballait davantage. Au rayon hygiène, pris en sandwich entre les déodorants et les paquets de papier toilette, j'ai croisé Gabin.

— Il n'est pas de ce côté, m'a-t-il annoncé.

Je me suis pris le visage entre les mains, affolée. Comment perdait-on un enfant dans un magasin vide ? La culpabilité m'a submergée, comme si l'angoisse n'était pas déjà assez. En trois ans de baby-sitting, je n'avais jamais détourné mon attention d'un enfant. Augustin n'était même pas turbulent, comment avait-il pu tromper ma vigilance ? Gabin regardait l'allée d'un air ahuri, j'ai passé mes nerfs sur lui :

— C'est ta faute, tout ça ! Si t'avais pas crisé à cause de tes foutues réglisses, j'aurais pas été aussi distraite !

Gabin était un type calme, mais, si vous le piquiez, il réagissait au quart de tour.

— Sérieusement ? a-t-il réagi. *Ma* faute ? C'est *ton* cousin, c'est *ta* responsabilité !

— C'est peut-être *mon* cousin mais quand il s'agit de lui faire faire des bêtises, du genre lancer des œufs sur les maisons, là, d'un coup ça te dérange plus de t'occuper de lui !

— Ah ouais ? En attendant, t'étais bien contente que je prenne les devants, sinon il serait encore en train de pleurer dans la rue.

La caissière est apparue dans l'allée.

— Excusez-moi, messieurs, dames, on va bientôt fermer…

— Trois secondes ! lui a intimé Gabin. Vous voyez bien qu'on a perdu le gosse, là !

— Vous avez cherché du côté des fruits et légumes ?

On s'est regardés avant de foncer à l'autre bout du magasin, manquant de faire tomber les étagères sur notre passage. J'ai plutôt bien négocié le dernier virage, mais Gabin a perdu l'équilibre et s'est rattrapé au dernier moment, sa tête a évité le carrelage. J'avais trop peur pour rire. On a hurlé le prénom d'Augustin, fouillant des endroits improbables et écartant les melons « au cas où ».

— Il est là !

La tension ne s'est pas relâchée jusqu'au moment où j'ai rejoint Gabin, accroupi devant l'étal des poireaux et des carottes. Augustin s'était recroquevillé sous le présentoir, il grignotait un paquet de bonbons acidulés. J'ai enfin soufflé.

— Allez, viens, bonhomme, l'a appelé Gabin. Sors de là.

Lui saisissant le bras, il l'a traîné sur le sol avant de le porter. Augustin s'est laissé faire, la bouche maculée de sucre, piochant dans son paquet. La caissière nous a retrouvés, et nous a annoncé, pragmatique :

— Il va falloir payer les bonbons.

On s'est dirigés vers la caisse en silence. Gabin a sorti son portefeuille, me l'a donné pour que je paie – lui avait toujours Augustin dans les bras. Le trajet du retour s'est fait dans le calme, mon cousin nous proposait de temps à autre des bonbons en nous les agitant sous le nez. Gabin évitait mon regard et se concentrait sur ses pas. Quand on est arrivés devant ma maison, il a lâché Augustin, qui s'est élancé à l'intérieur pour raconter ses aventures. Gabin a dit :

— Je suis désolé.

— Quoi ? Non ! ai-je rétorqué. Je comptais te présenter mes excuses !

— OK. Je suis pas désolé, alors.

J'ai pouffé d'un rire nerveux, avant de relativiser :

— L'important, c'est qu'on l'ait retrouvé.

— Ouais et, au moins, on aura retenu une belle leçon ce soir.

— Que paniquer ne sert à rien et qu'on trouve les meilleures solutions dans le calme et la sérénité ?

Gabin a froncé les sourcils.

— J'allais dire qu'il ne faut pas nous laisser garder le futur bébé de Charlène et Olivier, mais la tienne est plus profonde. On garde la tienne.

J'ai ri de nouveau, avant de rentrer. Augustin montrait fièrement son paquet de bonbons aux parents, qui, entre deux ramassages de plis de belote, lui gazouillaient des compliments. Gabin et moi nous sommes affalés dans le canapé, fatigués d'avoir autant couru et paniqué. J'ai grignoté une part de quiche au saumon et quelques bonbons piments car papa avait mis la dose et que personne d'autre ne les supportait, mais, hypnotisée par la télévision au son coupé, j'ai fini par m'endormir.

À mon réveil, tous les invités avaient déserté, j'ai simplement retrouvé un Post-it collé sur mon front. Il y était écrit : « Ferme la bouche quand tu dors, on dirait un poisson. »

Chapitre 7

Le 11 novembre

Gabin

Je pense être quelqu'un de joyeux, mais, s'il y a une chose que j'exècre, c'est quand les jours fériés tombent un dimanche. La plaie ! Début d'année scolaire, vous ouvrez votre agenda, surligneur en main pour fluoter les dates-clés, celles auxquelles vous n'aurez pas cours, et vous tombez avec rage sur un samedi 8 mai ou un dimanche 11 novembre. Ce devrait être illégal. Moi, président, j'interdirais les jours fériés le dimanche ! S'il fallait déplacer les armistices au 7 mai ou au 12 novembre, je le ferais. Qui aurait son mot à dire ? Ce serait moi le président, de toute façon.

J'étais donc déjà bougon en me réveillant. La matinée est allée de mal en pis. J'ai oublié de mettre une tasse sous la machine à café, et mon cappuccino a coulé sur le plan de travail. J'ai fait tomber ma tartine du côté de la confiture et je me suis cogné le petit orteil contre le pied d'un meuble. Pire que ça, une panne régionale sur le réseau a coupé la ligne Internet et la 4G. Alors quoi ? Fallait que je lise des livres ? Plutôt crever.

Après le déjeuner, voyant que je tournais en rond dans le salon à la recherche d'une distraction, ma mère a dit :

— Tu n'as pas des devoirs à faire ?

— Non.

— C'est l'année du bac et tu n'as pas de devoirs ?

Bien sûr que si, j'avais des devoirs. De la gestion, de l'économie, des maths… En STMG, les profs se faisaient plaisir, ils répétaient : « Il n'y a pas de sous-filière ; ici, on travaille autant que les élèves des bacs généraux. » J'avais pris un bac technologique justement pour moins travailler. Quelle arnaque… Je croulais sous les devoirs, donc, mais je n'avais simplement pas envie de les faire. Les devoirs, on les fait le dimanche à vingt-trois heures dans son lit en regardant les rediffusions de téléréalité. Sinon, pourquoi les chaînes de télévision les diffuseraient-elles si tard ?

J'ai entubé ma mère :

— Il me faut Internet pour faire mes devoirs.

— Ah oui, je vois… a-t-elle rétorqué, dubitative. Prends un jeu de société, fais un puzzle. Range ta chambre, tiens ! Ça ne te ferait pas de mal de passer l'aspirateur sous ton lit.

J'ai gémi, aucune de ces options n'était intéressante. Face à mes soupirs et à mes lamentations, maman m'a ordonné d'aller râler ailleurs. J'ai tourné dans la maison, touchant à tout sur les étagères et tripotant les livres de la bibliothèque. Rien ne captait mon attention, je m'ennuyais ferme. Allez savoir pourquoi, j'ai pensé à Agathe. Si elle était là, je m'amuserais, c'était certain.

Du raffut m'est parvenu du garage, j'y ai jeté un coup d'œil. Mon père, chaussé de bottes et vêtu d'un ciré jaune et d'un bob de pêche, fouillait dans le bazar au fond de la pièce.

— Tu fais quoi ?

Il a sursauté à ma question.

— Je cherche un panier. Je vais ramasser des champignons.

D'où sa tenue de combat, en ai-je conclu. Comme je n'avais rien de mieux à faire, je l'ai aidé. Ce n'était pas une mince affaire, notre garage servait aussi de buanderie, d'entrepôt et de cabanon de jardin. Papa cachait le bordel sous de grosses bâches plastique, mais les étagères vomissaient des sachets de vis, des gants de jardin et des boîtes de conserve périmées depuis cinq ans. Finalement, on a trouvé un panier en osier coincé entre un établi au bois rongé par l'humidité et un carton sur lequel était marqué « Vêtements bébé 4-6 mois ». C'est fou, les trucs qu'on gardait…

Mon père est parti chercher ses clés de voiture, je suis resté au milieu du garage, à réfléchir. Quand il est revenu, j'ai demandé :

— Je peux venir avec toi ?

À choisir entre l'ennui mortifère et les champignons, je prenais mille fois les champignons. Papa a rétorqué :

— Dépêche-toi, dans ce cas ! Mets de bonnes chaussures.

J'ai couru jusqu'à ma chambre, mes pas tombant lourdement dans l'escalier. J'ai enfilé un pull, une seconde paire de chaussettes, j'ai ressorti mes chaussures de randonnée. Quand je suis redescendu dans l'entrée pour les lacer, ma mère m'a fait ses recommandations de maman :

— Tu pars avec ton père ? Couvre-toi, mets une écharpe.

— Oui, oui.

Je n'ai pas mis d'écharpe, j'ai juste passé un imper par-dessus mon pull. Mon père m'attendait dans la voiture, le moteur tournait. Je bouclais ma ceinture quand maman est sortie dans l'allée, l'écharpe que j'avais oubliée à la main.

— Démarre, démarre ! ai-je intimé à mon père.

Il a fait une marche arrière express, les pneus ont crissé sur le gravier. Ma mère est restée en plan sur le trottoir ; papa et moi, on riait comme des idiots de nos enfantillages.

Sur le trajet, j'ai reçu un message. Internet n'était pas revenu pour autant. Je m'attendais à ce que maman me reproche « Tu as oublié ton écharpe », mais j'ai eu la bonne surprise de voir le nom d'Agathe. Une libération d'endorphine a détendu mon corps et figé un sourire béat sur mes lèvres. C'était rare qu'on se parle, encore plus qu'elle envoie le premier message. Mis à part cette fois où j'étais malade, j'avais engagé nos brèves discussions. Elle me disait :

tfk ?

C'était une blague, de toute évidence. Agathe écrivait ses SMS dans un français ultra-correct. Elle mettait la ponctuation, les majuscules, et n'utilisait aucune abréviation. Elle ne disait même pas « mdr », c'était à peine si elle utilisait des émojis.

Je vais cueillir des champignons.

Ahah.

Pour de vrai.

???

Sa confusion m'a fait sourire. D'un coup d'œil au paysage, j'ai réalisé qu'on arrivait à l'entrée de son village. Le panneau rouge et blanc annonçant la commune se distinguait au loin. J'ai tapé en vitesse :

On passe te prendre ?

Le temps qu'elle réponde, j'ai fixé mon écran, les mains moites. Mon cœur battait la chamade et ses tambourinements remontaient jusque dans mes tympans. *Faites qu'elle accepte, faites qu'elle accepte.* Le message est apparu, j'ai eu un spasme de joie :

OK.

— Papa, on peut passer chercher Agathe ?

D'un mouvement fluide, sans un mot, il a bifurqué sur la droite pour s'enfoncer dans la rue qui menait chez elle. Je lui ai dit de mettre de bonnes chaussures et une écharpe. Il y avait des centaines de papillons qui dansaient la macarena dans ma poitrine. J'étais content de la revoir, j'étais surtout heureux de la facilité de l'échange. C'était presque une victoire : Agathe et moi, ce n'était pas obligé d'être compliqué.

Pendant qu'elle se préparait, mon père est descendu de la voiture pour discuter avec sa mère sur le pas de la porte. Véronique m'a fait coucou, elle s'était enroulée dans une robe de chambre molletonnée. Dimanche mouvementé en perspective… Agathe est enfin sortie, dans une tenue des plus audacieuses. Elle portait une robe salopette par-dessus un pull à rayures multicolores. Un épais collant en laine gris protégeait ses jambes et, pour couronner le tout, elle avait les mêmes chaussures de randonnée que moi : de gros godillots à crampons. Vous savez quoi ? Elle était quand même super jolie…

Agathe s'est installée sur la banquette arrière, je me suis retourné, un grand sourire aux lèvres. Je l'ai taquinée :

— Alors comme ça, quand on n'a pas Internet, on contacte Gabin pour s'occuper ?

Je commençais à la connaître. Pour rien au monde Agathe n'aurait avoué son affection pour moi.

— Pas d'Internet ? a-t-elle feint. Je n'avais même pas remarqué.

— C'est une coïncidence ?

— Pure coïncidence.

J'ai ri. Elle pouvait dire ce qu'elle voulait, au fond je lui manquais. Cette perspective m'emballait. Quand mon père est revenu dans la voiture, je me suis mordu la joue pour réprimer mon air ravi. Sinon, il ne me louperait pas de retour à la maison. La mère d'Agathe nous a fait coucou pendant la marche arrière. Les premières gouttes de pluie se sont écrasées sur le pare-brise, mais même une averse n'aurait pas douché ma joie.

Papa nous a emmenés dans un coin de la forêt peu fréquenté. Le parking boueux accueillait deux autres voitures. La pluie n'avait pas cessé, nos chaussures ont couiné sur le chemin argileux. Mon père a ouvert la marche, le panier à la main. Il connaissait l'itinéraire par cœur, pour y venir tous les ans. Agathe et moi sommes restés en retrait pour discuter du lycée et de la terrible malédiction des jours fériés qui advenaient un dimanche. Nos pas crissaient sur les feuilles mortes, mais les branchages denses au-dessus de nos têtes nous protégeaient de la pluie. Une grosse flaque d'eau nous a barré la route. En m'aventurant sur le côté pour l'éviter, j'ai glissé dans la boue. Agathe, derrière moi, m'a rattrapé de justesse, en riant.

— Tombe pas !

— C'était fait exprès.

— Bien sûr…

— Je te jure, lui ai-je assuré.

Elle m'a poussé gentiment.

— Avance au lieu de dire des conneries.

Agathe et moi ne nous touchions pas beaucoup. Peut-être par pudeur ou par peur d'envahir l'espace de l'autre. Ce jour-là, pourtant, on n'a pas arrêté. Agathe me tirait par le poignet pour m'empêcher de m'aventurer dans la gadoue, je faisais semblant de la précipiter dans les flaques, la retenant à la dernière seconde. Les chamailleries nous gardaient à la traîne ; mon père, bien devant, s'est agacé :

— Oh ! Les enfants, un peu de sérieux. Je ne vais pas vous attendre toute la journée.

Penauds, Agathe et moi avons accéléré le pas, échangeant des sourires amusés. J'ai chuchoté :

— Les champignons, c'est sacré.

Agathe a ri, papa nous dévisageait au loin, les mains sur les hanches. Lorsque nous sommes arrivés à sa hauteur, il nous a lancé, le regard bienveillant :

— Vous vous moquez de moi.

— Non, monsieur, ai-je rétorqué.

Dans un soupir, il nous a ordonné de rester dans ses pas. L'aventure était sur le point de commencer. On a suivi le sentier balisé sur quelques centaines de mètres supplémentaires, puis, à un croisement en Y, on a emprunté la voie réservée aux chevaux. De là, papa a bifurqué à des endroits aléatoires, s'enfonçant dans les profondeurs de la forêt. Il fallait enjamber des racines, des ronces, et se pencher pour éviter les branches. Quelques gouttes de pluie se frayaient un chemin entre les arbres et me trempaient le bout du nez. Les cheveux d'Agathe frisaient et gonflaient à cause de l'humidité ; parfois, quelques brindilles s'y coinçaient. Je les retirais du bout des doigts. Agathe m'a dit :

— Imagine qu'on tombe sur un loup…

J'ai ri jaune.

— Si on tombe sur un loup, il n'y a plus de « on », il y a un Gabin et une Agathe. C'est chacun pour sa peau !

— Si on tombe sur un loup, tu serais prêt à prendre la fuite et à me laisser en plan ? s'est-elle indignée.

— Bien sûr. Et sans remords, en plus. J'irai t'apporter des fleurs à l'hôpital, si tu y tiens.

Pour se venger, Agathe a retenu une branche dans sa main avant de la lâcher. Les feuilles desséchées qui y étaient encore accrochées m'ont fouetté la joue.

— Aïe !

— Bien fait.

— T'es méchante, en fait.

Elle s'est retournée et a fait la moue.

— Pauvre chou, tu veux un bisou magique ?

Sa formule était ironique, mais moi, pas bête la guêpe, j'ai sauté sur l'occasion. J'ai joué la carte de la nonchalance ; au fond de moi, j'étais fébrile.

— Oui, je veux et j'exige un bisou magique.

— Tu peux toujours courir !

Agathe souriait jusqu'aux oreilles. Son refus n'a même pas eu l'air d'en être un.

— C'est parce qu'on n'est pas dans un placard, c'est ça ?

Silence. C'était la première fois qu'on faisait référence au baiser qu'on avait échangé courant octobre. Jusque-là, chacun s'était gardé de le mentionner. Je ne sais pas ce qu'il en était pour Agathe, mais moi, je n'avais pas cessé d'y repenser. Ce bisou m'avait retourné le cerveau, je frémissais encore à son souvenir. Agathe a pris une longue inspiration, j'ai eu peur d'avoir fait une erreur. Seulement, je n'avais pas encore pris toute la mesure de sa répartie.

— Peut-être.

Elle a marqué une pause. La forêt a étouffé l'écho de sa voix.

— Peut-être que, si on était dans un placard, tu aurais eu un bisou magique.

— Trop cool, ai-je murmuré. Je sais ce qui me reste à faire, alors.

— Les champignons sont juste là ! a hurlé mon père.

Sans son intervention, je ne sais pas comment cette conversation se serait terminée. J'avais les joues en feu, les doigts tremblant d'adrénaline et le bout du nez trempé.

Mes maladresses, pour une fois, n'ont pas refroidi l'ambiance. Pendant qu'on cueillait les champignons, Agathe et moi avons continué de nous bagarrer gentiment. Je lui jetais de la mousse verte et gluante pour l'embêter et attirer son attention, et parce que je n'étais rien d'autre qu'un gamin. À force de gratter le sol pour déterrer les gros champignons, on avait les doigts maculés de boue. Agathe s'est avancée avec innocence.

— Quoi ? ai-je lancé.

Sans avertissement, elle a plaqué ses deux mains sur mon visage, essuyant la terre sur mes joues. J'ai grimacé, son éclat de rire a résonné dans la clairière.

— C'est bon pour la peau.

Je ne pouvais pas rester planté là. J'ai plongé mes mains dans la gadoue pour lui rendre la pareille. Agathe a été plus réactive et s'est enfuie en courant. Je la poursuivais, elle criait. Mon père regardait la scène avec désespoir. Il regrettait probablement de nous avoir emmenés. Depuis le début, on avait tout fait sauf remplir son panier de champignons. Il a bien essayé de nous rappeler à l'ordre, mais chaque fois les choses dégénéraient.

Papa a fini par laisser tomber. D'un tempérament calme, il détestait faire la discipline. Il a ramassé ses champignons seul pendant qu'on s'amusait à grimper aux arbres et qu'on explorait les alentours. J'avais le sentiment de replonger en enfance, j'en oubliais le reste du monde, la panne de réseau et le fait que le 11 novembre était tombé un dimanche.

On est rentrés en fin d'après-midi, alors que le panier vomissait des champignons. Sur le chemin du retour, j'ai moins fait le malin avec Agathe, car je devais aider mon père à le porter. La pluie avait cessé, les deux autres voitures sur le parking étaient parties.

Avant de monter dans le véhicule, nous avons dû retirer nos chaussures et taper nos semelles l'une contre l'autre pour ne pas salir la moquette. J'étais frigorifié, trempé de la tête aux pieds. J'ai mis le chauffage à fond, et la radio encore plus fort pour couvrir le bruit de la ventilation. Agathe et moi avons chanté à tue-tête les titres populaires qui passaient à la radio, papa a enduré sans piper mot.

En la déposant chez elle, je me suis contenté d'un « À plus » avant qu'elle claque la portière. Je ne savais pas quand je la reverrais, mais je n'étais pas inquiet. Cet après-midi m'avait prouvé qu'on pouvait se voir sans fête de famille.

Sur la route, mes yeux se sont perdus dans le paysage qui défilait. Dans le rétroviseur, mon reflet me renvoyait un Gabin sale, de la boue séchée sur les joues et le front. Je devais avoir un air idiot sur le visage, car mon père m'a dit :

— T'es amoureux, mon pauvre gars.

Je n'ai pas répliqué. Pour le coup, je ne savais pas s'il avait raison ou non.

Chapitre 8

Le match de foot

Agathe

Le mois de novembre avait connu son lot d'intempéries, auxquelles le mois de décembre ne semblait pas vouloir renoncer. Au premier week-end de l'Avent, des trombes de pluie s'abattaient sur la région. Le département était en alerte inondation, maman avait surélevé tous les fils électriques qui traînaient et acheté quatre seaux en plastique pour évacuer l'eau en cas de besoin. Ma mère aurait été du genre à construire un bunker et à le remplir de denrées non périssables si elle gagnait au Loto. Au moins, on était parés.

En attendant la fin du monde, il y avait un match de foot.

Olivier, le frère de Gabin, était bénévole pour une association qui venait en aide aux migrants et aux personnes sans abri. Face à l'hiver qui s'amorçait et au froid à venir, une collecte de fonds avait été lancée pour financer la location de logements à des familles en détresse. Un match de foot intercommunal faisait office de locomotive. Charlène y contribuait, elle tenait la buvette. Depuis une semaine, elle me tannait pour que je lui file un coup de main, mais plus le temps se dégradait, moins la perspective de regarder des gens courir après un ballon dans le froid me tentait.

Au début, j'ai refusé, je donnerais vingt euros à ma sœur pour compenser mon absence. Puis, le samedi soir avant le match, Charlène m'a dit au téléphone :

— Gabin est super déçu. Il voulait absolument que tu le voies jouer.

— Gabin va jouer ?

Elle s'était bien gardée de me le dire. Elle l'avait peut-être même fait exprès, pour avoir l'argument sous la main en cas de force majeure. Une hésitation a flotté sur notre conversation. Je n'avais pas vu Gabin depuis trois semaines, il me manquait… J'ai accepté avec amertume, j'avais l'impression d'avoir été manipulée par ma sœur.

— Bon, je viens. Mais je ne tiens pas la buvette.

— Gabin a dit qu'il voulait absolument que tu tiennes la buvette.

Cette fois-ci, elle ne m'aurait pas. Je lui ai raccroché au nez. J'ai hésité à envoyer un message à Gabin pour le prévenir de ma présence. J'y ai renoncé, il était tard, il dormait peut-être déjà, surtout s'il jouait le lendemain. J'allais lui faire la surprise, on verrait bien comment il réagirait.

Aider Charlène, c'était tout aussi sportif que de jouer au football. Ma sœur ne ressemblait peut-être pas à ma mère physiquement, mais elle avait tout pris de son caractère maniaque et tyrannique. Je devais être à huit heures tapantes sur le pas de la porte, car elle venait me chercher et n'avait pas le temps de descendre de la voiture. Quand j'ai grimpé sur le siège passager, elle ne m'a même pas accordé un bonjour, au lieu de quoi elle a énuméré les dizaines de tâches qu'on devait accomplir. Il fallait aller chercher la tireuse à bière, la crêpière, les dix kilos de farine et les vingt litres de jus d'orange.

Charlène prenait son rôle très à cœur. Elle était la dernière « épouse de » en date de l'association. Apparemment, c'était difficile de creuser son trou parmi les autres « épouses de ». L'épouse de Julien, en particulier, tenait le club d'une main de fer, elle avait réussi à virer l'épouse de Philippe ! Pendant qu'elle me racontait les ragots du village, je fixais l'écran de mon téléphone, hésitant à envoyer un message à Gabin. Finalement, j'ai gardé la surprise.

Ma sœur m'a baladée à tous les endroits où elle-même se faisait balader par les autres bénévoles. On s'est promenées de maison en maison pour récupérer les éléments dispersés aux quatre coins de la commune. Quand on croyait avoir tout, on revenait au stade et un type ventru nous sommait d'aller chercher un tire-bouchon dans son garage. Il nous filait les clés et des instructions approximatives sur l'endroit où se trouvait le tire-bouchon en question, et il fallait se débrouiller avec ça. Les averses se succédaient, j'étais trempée, pire que la fois dans la forêt. Mes cheveux gonflaient, ceux de Charlène qui s'échappaient de ses tresses frisottaient autour de son visage. Qu'on était belles !

Chaque nouvel aller-retour faisait avancer l'heure sur le tableau de bord de la voiture. Le match a commencé sans nous, j'étais de plus en plus agacée. À la énième course, j'ai protesté. Charlène était prise pour une cruche, elle ne tenait pas du tout la buvette, elle faisait le sale boulot. Si ça lui plaisait, tant mieux, mais moi, je n'avais pas signé pour ça. Je l'ai abandonnée à son sort, elle a râlé – comme toujours, me direz-vous – mais n'a pas eu le temps de me crier dessus, trop débordée. Les papys de l'Amicale laïque étaient trop occupés à boire des coups avec les clients de la buvette, les « épouses de » à encourager leurs maris sur le terrain, toute la logistique reposait sur ses épaules.

Enfin libre, je me suis faufilée dans la foule des courageux. Il ne pleuvait plus à torrents, mais une pellicule de brume mouillait l'air. Comme moi, ils avaient bravé la pluie et renoncé à leur grasse matinée pour assister au match caritatif. En fait, c'était un tournoi, et les équipes de six ou sept joueurs s'affrontaient dans des matchs d'une petite demi-heure. Je me suis appuyée contre la rambarde blanche, scrutant le terrain à la recherche d'une silhouette familière. Il y avait des trentenaires bedonnants, des ados avec la gueule de bois et des pères de famille qui jouaient leur honneur. J'ai aperçu Olivier avec un maillot violet floqué au logo d'un supermarché ; il reprenait son souffle, les mains sur les genoux. En revanche, aucune trace de Gabin.

Le match en cours m'a rapidement soûlée. J'ai déambulé autour du stade, faisant semblant de me promener. En réalité, je cherchais Gabin. Il n'était ni dans les gradins, où toutes les familles avec des enfants s'agglutinaient, ni dans le minuscule local municipal qui abritait les toilettes et la cagnotte. J'en venais à regretter de ne pas l'avoir prévenu.

Un adolescent en short de sport est passé devant moi, puis un autre, et un troisième. Ils allaient tous dans la même direction, je leur ai emboîté le pas. Ils m'ont amenée vers un recoin du complexe sportif, à côté des terrains de tennis. Là-bas, des barnums abritaient les équipes qui ne jouaient pas. Je me suis figée à l'entrée, je ne savais pas si j'avais le droit d'entrer. Un gars dans la vingtaine est sorti de la tente ; en me voyant, il a levé un sourcil.

— Tu cherches quelqu'un ?

J'ai bégayé :

— Ga-Gabin.

— Gabin ?

Qu'il ne le connaisse pas, ça m'a fait paniquer. J'avais peur de passer pour une cruche. J'ai précisé :

— Gabin Schneider.

Le visage du type s'est illuminé.

— Ah ! Schneider ! Bobby ! Viens, il est là.

Il a soulevé la toile du barnum ; à l'intérieur, les joueurs du dimanche s'entassaient dans une atmosphère poisseuse d'humidité et de sueur. La plupart tenaient une bière à la main. De grands sportifs… Mon bon samaritain m'a fait slalomer entre les groupes jusqu'au fond de la tente, où Gabin, assis sur un tabouret, enfilait une genouillère.

— Bobby ? l'a appelé son pote. Y a ta petite copine.

Gabin a levé la tête dare-dare. Quand il m'a vue, ses yeux se sont écarquillés de stupeur. Le gars nous a laissés, un sourire au coin de la bouche. Je me suis approchée pour discuter, le brouhaha ambiant prenait vite le pas sur nos voix.

— Agathe ? Qu'est-ce que tu fais là ?

— Surprise !

Le choc sur son visage ne s'estompait pas. On aurait dit qu'il n'était pas content de me voir…

— Je… je m'attendais pas à te voir là. Ta sœur m'a dit que ça te gonflait, le foot.

— Ma sœur t'a dit ça ? N'importe quoi ! J'adore le foot ! Je regarde tous les matchs de… du tournoi des Six Nations.

Il a plissé les yeux, suspicieux.

— Et ton joueur préféré, c'est Rafael Nadal, c'est ça ?

— Rafael Nadal ! Quel jeu de jambes il a, ce gars !

Gabin a souri. Je commençais à étouffer sous ce barnum, le bruit de la foule faisait siffler mes oreilles. Aussi, quand il a proposé qu'on sorte, j'ai été soulagée. Gabin m'a attrapé la main pour ne pas me perdre parmi les gens, ses doigts étaient brûlants. Si vous voulez mon avis, ce n'était pas nécessaire, le chapiteau n'était pas immense. Il l'a fait quand même. Plusieurs fois, il s'est fait apostropher par le même surnom ridicule dont le gars l'avait affublé. Quand enfin on s'est retrouvés à l'air frais, j'ai demandé :

— Bobby ?

— Laisse tomber. J'ai porté une fois un bob de pêcheur toute une soirée, et le surnom est resté. Il n'y a que les footeux du club qui m'appellent comme ça.

Sa réponse m'a laissé une drôle d'impression. Un instant, j'ai eu la sensation d'avoir en face de moi un inconnu. À force de voir Gabin dans le cercle fermé de nos familles, j'en oubliais qu'il avait une vie à côté, des amis, des hobbys… Je n'en savais pas tant que ça sur lui. Il m'avait lâché la main, on a marché vers le stade.

J'avais les doigts et les orteils gelés. Gabin n'était vêtu que d'un short fluide et d'un polo noir, assorti à sa genouillère et à ses crampons. La pluie ébouriffait ses cheveux, des gouttelettes perlaient aux pointes. Dès qu'il faisait froid, ses joues rougissaient. Gabin étant pâle comme un Anglais, le contraste avec ses cheveux noirs était d'autant plus flagrant. Pour combler le silence alourdi de nos respirations, j'ai dit :

— Je ne savais pas que tu faisais du foot en club.

— Hein ? Même après ce magnifique petit pont au mariage de Charlène et Olivier ?

— Justement, je m'étais dit qu'à ce niveau, ils t'auraient recruté pour jouer en pro et que t'aurais abandonné l'équipe locale.

— Ah ! Oui, c'était prévu, j'avais même signé le contrat. Mais tu sais… les ligaments croisés…

Un rire m'a échappé. Une fille avec un maillot semblable à celui de Gabin l'a hélé, le prévenant qu'ils jouaient bientôt. D'un pouce en l'air, il lui a signifié que le message était reçu. On est retournés près du stade. L'arbitre sonnait la fin du match de l'équipe d'Olivier, ils avaient perdu. Gabin m'a accompagnée dans les gradins.

— Tu fais un truc après ? m'a-t-il demandé.

J'ai secoué la tête.

— Tu restes manger avec moi ? On a prévu un pique-nique.

— Carrément ! ai-je rétorqué, emballée.

— Cool.

Gabin a retroussé ses lèvres, s'est mordu la joue, a froncé les sourcils. On aurait dit qu'il avait un truc sur le cœur mais n'osait pas le dire. Finalement, les mots sont sortis, à ma grande joie :

— Je suis vraiment content que tu sois venue.

L'arbitre a sifflé pour appeler les joueurs manquant à l'appel.

— Faut que j'y aille ! À tout à l'heure. Tu bouges pas, hein ? Tu restes là et tu m'admires.

— Promis.

J'ai cru qu'il se contenterait d'un clin d'œil. Au lieu de quoi il m'a planté un baiser sur la joue avant de prendre la fuite vers le terrain. Je ne m'y attendais pas, j'ai mis de longues minutes à m'en remettre. La sensation est restée, comme une caresse sur ma pommette. Autour de moi, j'ai cherché les regards des gens, mais personne n'en faisait cas. Quand le match a débuté, j'étais ratatinée sur moi-même, une joie bouillonnante dans la poitrine.

Je m'en voudrais presque de tomber dans les clichés sur les femmes, mais… le sport ne m'intéresse pas. Je ne comprends rien aux règles et plus on essaie de me les expliquer, moins ça a de sens. Des gradins, les joueurs n'étaient que des petites silhouettes. Pendant la demi-heure, je n'ai pas suivi le ballon des yeux à l'instar des autres spectateurs : les miens étaient rivés sur Gabin.

J'ai pensé : *Merde, Agathe, t'es piquée.* La voix dans mon esprit n'avait jamais eu autant raison… Mon cœur palpitait au souvenir du bisou déposé sur ma joue, du baiser partagé dans le placard et de tous les moments passés à deux où j'avais eu l'impression qu'on était seuls au monde. Une part prudente de moi en doutait encore, mais je devinais que mes sentiments étaient réciproques. N'avait-il pas dit qu'il était content de me voir ? Gabin et moi, c'était possible. Aujourd'hui, je lui avouerais tout.

Les gens retenaient leur souffle à chaque avancée jusqu'au but, moi, je préparais mon discours à venir. L'équipe de Gabin était en bonne voie pour gagner cette poule. Quand il sortirait du terrain, j'irais à sa rencontre. Il serait si fier, il me dirait « Alors ? Impressionnée ? », je saisirais l'occasion, je répondrais « Tu mériterais presque un bisou de félicitations ! », il tendrait la joue et je refuserais : « Non, un *vrai* bisou. » Voilà, ce serait le début de l'histoire. J'ai repassé le film des dizaines de fois dans mon esprit, ajustant les détails et le peaufinant un peu plus à chaque prise.

L'arbitre a sifflé la fin du match, les joueurs ont quitté le terrain en formation pour céder la place aux prochains. J'ai dévalé les gradins pour courir vers Gabin, les jambes flageolantes, l'estomac noué. Le pauvre était essoufflé et en sueur, il s'est essuyé le front avec son tee-shirt, j'ai aperçu la naissance de son ventre, ça a remué mes émois.

— Coucou, lui ai-je lancé.

Seulement, il n'a pas eu le temps de répondre. Dans son dos, ses coéquipiers nous ont vus et ne se sont pas gênés pour nous charrier. L'un d'entre eux a commencé à mimer des bisous, la bouche en cul-de-poule, un autre a carrément gémi, imitant les orgasmes des films pornographiques.

— Allez, Bobby, t'es un champion ! Vas-y, champion !

Gabin a fait volte-face et leur a adressé un doigt d'honneur. Ses potes se sont éloignés en gloussant. Quand il s'est à nouveau tourné vers moi, il n'osait même pas lever les yeux. Gêné, il a balbutié :

— Je… faut que j'aille à la tente, on joue juste après.

Ce n'était pas une invitation à le suivre. Il est parti à grandes enjambées, j'ai pincé les lèvres pour ravaler les larmes de colère qui montaient. Tombé à l'eau, mon plan romanesque…

J'ai repris ma place dans les gradins, mais cette fois je n'ai pas fait attention aux matchs. J'ai joué sur mon téléphone pour passer le temps. Rancunière, j'ai hésité à supplier Charlène de me ramener à la maison, avant de me raisonner. Le problème ne venait pas de Gabin, mais de ses copains qui se mêlaient de nos affaires. Il suffisait qu'on se retrouve tous les deux pour que ma journée s'arrange. J'ai donc patienté le reste de la matinée. Qu'est-ce qu'on ne faisait pas pour un garçon…

Gabin est venu me voir juste avant midi. Nos regards se sont accrochés quand il a gravi les marches. D'une voix penaude, il m'a dit :

— Je croyais que tu étais partie.

J'ai eu un sourire aimable.

— On m'a promis un pique-nique.

Ses traits se sont illuminés d'un soulagement manifeste. Gabin m'a indiqué de le suivre, on est descendus jusqu'au barnum. À force d'avoir la tête baissée sur mon écran, je n'avais même pas vu que le ciel s'était éclairci. Les rayons du soleil avaient percé l'épaisse couche nuageuse, l'air s'était asséché, un arc-en-ciel se dessinait au-dessus du village. J'y ai vu un signe d'espoir.

J'ai attendu à l'extérieur du chapiteau pendant que Gabin récupérait à manger. Il est revenu avec deux sandwichs et un paquet de chips. On s'est assis sur un gros rocher qui servait de décoration, mon ciré faisait office de couverture. Au moins, on était seuls, ses potes vulgaires n'étaient pas dans les parages. Gabin m'a tendu un sandwich et a mordu dans le sien en silence. Je l'avais connu plus loquace. Pour mettre fin au malaise, j'ai parlé du temps :

— Il y a du soleil, finalement.

— Ouais. Pour un 1er décembre, c'est cool.

— C'est vrai qu'on est le 1er décembre, ai-je réalisé.

Il faisait froid, malgré tout. Gabin est sorti de sa coquille – ce n'était pas trop tôt…

— Quoi ? Tu savais pas ? T'as pas ouvert ton calendrier de l'Avent, ce matin ? Moi, c'est le premier truc que j'ai fait !

— Les calendriers de l'Avent, c'est pour les enfants.

— Les calendriers de l'Avent, c'est pour les enfants, a-t-il répété en se moquant gentiment. C'est pas ma faute si tu sais pas t'amuser !

Je lui ai tiré la langue, je n'avais rien trouvé de plus mature à lui répliquer. Gabin a repris :

— C'est bientôt Noël, j'adore Noël.

— Je suis sûre que t'aimes Noël juste pour les cadeaux.

— Pas que ! Pour la bouffe aussi.

J'ai levé les yeux au ciel. L'ambiance se détendait. Gabin a déchiré son sandwich avec les dents. La bouche pleine, il m'a demandé :

— Tu fais quoi pour Noël ?

— Mes parents vont à la Réunion le fêter avec la famille de mon père, c'était trop cher de m'emmener, alors je vais chez ma grand-mère maternelle le 25. Y aura tous mes cousins, ça va être cool.

— Et le 24 ?

— Rien, ai-je dit en haussant les épaules. Charlène sera chez vous, je vais sûrement regarder les dessins animés à la télé.

— Tu fais rien le 24 ? Tu rigoles ? La meilleure partie de Noël, c'est d'attendre minuit enfermé dans une chambre avec les cousins, et de faire croire aux petits qu'ils n'auront pas de cadeaux cette année !

J'ai haussé un sourcil. On n'avait pas les mêmes traditions…

— J'ai jamais fêté Noël le 24.

— Viens à la maison, a-t-il proposé.

Je me suis trouvée gênée de l'invitation. Même si ma sœur avait un pied dans la famille Schneider, moi, je n'avais aucune attache officielle. Noël était une fête intime, réservée aux proches.

J'ai refusé, Gabin a insisté :

— Ça posera pas de problème, je te jure. Maman sera contente. Agathe, tu ne vas pas passer le réveillon de Noël toute seule… Tu verras, ça sera génial, il y aura mon cousin préféré, en plus. Il faut absolument que je te présente à mon cousin préféré.

Son enthousiasme m'a mis du baume au cœur. Je lui ai promis d'y réfléchir. Enfin, l'ambiance se détendait. J'en avais presque oublié les potes stupides de Gabin, mais toute bonne chose a une fin. Ils sont revenus à la charge. Quelqu'un a crié le prénom de Gabin, on a levé la tête en chœur. Devant la tente, ses coéquipiers ont mimé une scène grotesque de sexe, donnant des coups de bassin frénétiques dans l'air. Ils ont accompagné leur spectacle de hurlements de loup et de grognements que, même à distance, on entendait parfaitement. J'ai détourné les yeux, dégoûtée. Gabin a baissé les siens. C'était la deuxième fois qu'il s'écrasait.

— Tu ne leur dis pas d'arrêter ?

Il a balayé l'air d'un revers de la main pour m'indiquer de laisser tomber. Les types ont continué, ils criaient à Gabin d'y aller. Son silence m'a agacée, j'avais le sentiment d'être insultée, j'ai remis mon sandwich dans son papier et je suis partie. En m'éloignant, j'ai entendu les gars pousser des soupirs exagérés de déception. Gabin m'a rattrapée au niveau du terrain de football, il avait mon ciré et mon sandwich à la main.

— Agathe, attends, pars pas. C'est des cons.

— Dis-leur.

— Hein ?

— Dis-leur que c'est des cons.

Sa réponse s'est fait attendre :

— Ça servirait à rien.

Sans un mot, je lui ai pris mon ciré des mains et je l'ai laissé en plan, vexée. Gabin n'a pas essayé de me rattraper une seconde fois.

À la buvette, j'ai retrouvé Charlène qui se disputait avec Olivier. Elle se plaignait des mauvais traitements qu'on lui infligeait depuis le début de la journée et du fait qu'il ne disait rien. Quelle ironie ! Elle lui reprochait la même chose que moi à Gabin. En m'apercevant, elle m'a demandé si je voulais rentrer, j'ai aussitôt accepté.

De retour à la maison, il y a eu une ambiance de mort toute la journée. Charlène est restée pour la nuit, s'installant dans son ancienne chambre. On a regardé une sitcom mal doublée en râlant sur les frères Schneider. C'était cathartique. Avant de me coucher, j'ai reçu un message. Je m'attendais à des excuses de Gabin ; à la place, Alexandra m'écrivait :

Coucou ma belle, j'ai appris que tu étais toute seule pour le 24 décembre. Notre porte t'est grande ouverte, il y aura largement assez à manger pour une personne de plus !

Je me suis donné la nuit pour faire mon choix.

Chapitre 9

Noël

Gabin

Du rez-de-chaussée, ma mère m'a appelé :

— Gabin, il y a du monde. Viens dire bonjour !

J'ai dévalé l'escalier. Une guirlande électrique était enroulée le long de la rambarde, des boules de Noël pendaient de-ci de-là dans l'entrée. Mon père était un fan incontesté de Noël. Dès le début de décembre, la maison se parait de ses plus beaux ornements : rennes en led, Pères Noël automates qui dansent quand on appuie sur leur nez, boules à neige, tout ce qui existait de plus kitsch y passait. Comme dans les téléfilms de l'après-midi, le 1er décembre, mon père branchait une rallonge et la façade s'illuminait de mille et une couleurs. Le sapin était chaque année plus grand et plus chargé, au fur et à mesure que se garnissait la collection de décorations. Mon père pouvait consacrer des samedis après-midi à étudier les nouvelles tendances dans les magasins spécialisés. Le vieux qui prenait la tête à la vendeuse pendant deux heures car il ne pouvait pas se décider entre de la fausse neige en sachet et la même en tube, c'était lui.

L'entrée accueillait la crèche. Papa s'était levé aux aurores pour aller chercher de la mousse fraîche en forêt.

Il en avait tapissé méticuleusement le landau dans lequel il placerait, à minuit, l'Enfant Jésus. Le 6 janvier, il ajouterait les Rois mages au tableau. Là où lui suivait religieusement les traditions, moi, je n'en avais rien à faire. Noël, les publicités pour les jouets, les décorations lumineuses dans les villes, ça ne me faisait ni chaud ni froid. Si j'aimais Noël, c'était pour trois raisons : les cadeaux, les chocolats du calendrier de l'Avent et le repas de famille du 24 décembre. Repas qui se tenait d'ailleurs le soir même, et j'attendais un invité très spécial.

En tombant nez à nez avec Agathe et sa sœur, j'ai eu du mal à masquer ma déception.

— Oh, c'est toi.

— Ah bah, ça fait plaisir !

C'était vache de ma part. Elle avait failli ne pas venir, à cause de mon comportement pourri au tournoi de football. Pour ma défense, je connaissais mes potes : quand ils faisaient les clowns, le mieux, c'était de les ignorer. Agathe n'avait pas eu l'air de cet avis… J'avais peut-être eu tort, j'aurais dû m'interposer. J'avais mis plusieurs jours à lui adresser des excuses, dans un pavé sans ponctuation ni majuscules envoyé à trois heures du matin, bouffé par le remords. Elle avait laissé mon message en « Vu » et, au lieu de répondre, avait confirmé sa présence à ma mère pour Noël. C'était de bonne guerre. Depuis, on s'était presque réconciliés. On s'envoyait des snaps tous les jours, des flammes étaient apparues à côté de nos pseudos respectifs.

J'ai tenté de me rattraper de mon accueil maladroit :

— Pardon, c'est sympa que tu sois là. J'attends quelqu'un d'autre.

— Comment ça ? Je pensais que ta vie se résumait à m'attendre, moi, derrière la porte.

Elle s'est perchée sur une jambe pour nouer son lacet défait.

— Hé ! Je suis pas un chien ! ai-je protesté.

Agathe a eu une moue dubitative, je l'ai poussée. Elle a perdu l'équilibre et s'est rattrapée de justesse à un manteau qui était suspendu au mur. Ma mère est passée au même moment.

— Ah non ! Vous n'allez pas commencer, vous deux.

— Il m'a poussée ! s'est écriée Agathe en me pointant du doigt.

— Elle a insinué que j'étais un chien.

Maman était déjà partie, notre chicane avec elle. Agathe a plissé sa jupe en velours et m'a lancé, un sourire plein de malice collé aux lèvres :

— Bonjour, Gabin.

Dans le feu de l'action, on ne s'était même pas salués.

— Bonsoir, Agathe.

— Prêt pour ce 24 décembre en ma compagnie ?

— Paré ! Ça fait trois semaines que j'attends derrière la porte que tu arrives.

Elle m'a ébouriffé les cheveux en passant, l'envie de la prendre dans mes bras m'a cloué sur place. Le temps que je revienne sur terre, elle avait disparu dans le séjour.

Pour loger toute la famille, mes parents avaient accolé la table du jardin à celle de la salle à manger. Deux immenses nappes blanches les recouvraient, une composition florale au centre de l'une d'entre elles cachait la tache de vin rouge irrécupérable qui datait d'un précédent Noël. Pendant l'après-midi, j'avais dressé la table selon les recommandations strictes de maman, elle était même passée avec le mètre pour vérifier que les assiettes étaient équidistantes les unes des autres. Même les paillettes en forme d'étoile étaient répandues avec minutie, il ne fallait pas faire de paquet disgracieux. Mes parents recevaient rarement pour le repas de Noël, la tradition voulait qu'il se fasse chez mamie – ma grand-mère maternelle, celle qui m'avait trouvé très beau au mariage. Seulement, mamie était tombée malade l'hiver passé, ses enfants la ménageaient. Cette année, mon oncle avait déménagé, sa maison était en travaux, et ma tante était en instance de divorce ; on n'allait pas lui imposer un repas pour quinze personnes.

Agathe et moi avons fait le tour de la table et cherché nos prénoms. Pour l'occasion, les cartes étaient accrochées à des boules de Noël. Sans surprise, on était placés à l'extrémité, au plus proche du sapin, avec les autres cousins. Agathe a attrapé la boule à droite de l'assiette voisine et a lu :

— Georges. Il est sympa ?

— Il est *très* sympa.

— Il a quel âge pour s'appeler comme ça ? Quatre-vingt-six ans ?

Je lui ai arraché la décoration des mains pour la remettre religieusement à sa place. Piqué, j'ai rétorqué :

— Ton cousin s'appelle Augustin, mon cousin s'appelle Georges, c'est comme ça. Te moque pas de lui, sinon…

— Sinon ?

Je n'ai rien trouvé.

— Te moque pas de lui, c'est tout.

— C'est lui que t'attendais désespérément ? Il est si génial que ça ?

— Il m'a tout appris, ai-je répondu, les mains en prière.

D'un an mon aîné, Georges m'avait enseigné les bêtises indispensables au développement de l'enfant. Grâce à lui, j'avais mis des pétards sous des chaises, de la terre dans les chaussures de mon grand-père, des lombrics dans la soupe, et fait toutes les conneries qu'Olivier était trop sage pour orchestrer. Agathe a manqué de s'étrangler.

— Il t'a tout appris ? Tu veux dire que, ce soir, il y a *deux* Gabin ?

La lueur des phares d'une voiture a illuminé le salon, je me suis précipité à la fenêtre pour guetter le véhicule. Agathe a marché dans mes pas. On a aperçu trois silhouettes adultes descendre de la voiture. Pendant qu'on avait le nez collé au carreau, Agathe m'a glissé :

— On dirait qu'il a plus de dix-huit ans. Pas de risque de le perdre dans un magasin, celui-là.

— Ne tirons pas de conclusions hâtives, la soirée ne fait que commencer.

Les portières ont claqué, les pas ont crissé sur le gravier de l'allée, des coups ont résonné contre la porte. La seconde d'après, ma grand-mère, ma tante et mon cousin sont apparus sur le seuil. J'ai couru dans l'entrée, les bras au ciel, Georges m'a donné une accolade bourrue.

Comme tous les cousins, plus on vieillissait, moins on se voyait. Il n'avait pas pu venir au mariage d'Olivier. Les études, le lycée, les jobs d'été, la distance… On oubliait presque de prendre des nouvelles. Il était en PACES et il avait un copain, c'était le genre d'infos qui circulaient en priorité dans la famille.

Quand on s'est séparés, il m'a tapoté les joues.

— T'as pris de la barbe. C'est bien.

— Toi aussi, me suis-je moqué.

Il était imberbe comme un adolescent prépubère. Pendant que j'accueillais mamie, Georges a fait la bise à Agathe, ils se sont présentés l'un à l'autre. La discussion s'est poursuivie quelques minutes, le temps que mamie enlève son manteau et que ma tante me fasse les remarques usuelles : les « C'est pas possible, Gabin, t'as encore grandi, quand est-ce que tu t'arrêtes ? » et les « Qu'est-ce que tu ressembles de plus en plus à ton père ! » Georges m'a pris à part.

— Agathe ?

On se connaissait si bien, nos phrases n'avaient même pas besoin d'être complètes.

— Non.

— Gabin, pas à moi.

— C'est la petite sœur de Charlène.

Ses yeux ont survolé le plafond, sûrement le temps qu'il remette un visage sur le prénom de Charlène.

— Ça n'empêche pas…

— Lâche-moi.

Georges a levé les mains en signe de reddition, mais j'ai deviné dans son sourire railleur qu'il n'abandonnait pas complètement le dossier. J'ai dû m'isoler dans les toilettes pour reprendre mes esprits. Merde, si même Georges s'y mettait, je ne m'en sortirais pas vivant !

En revenant, j'ai rejoint Georges sur le canapé. En attendant que l'apéritif commence, on a rattrapé les mois perdus et fait le point sur nos vies. La PACES le stressait, il se plaignait d'avoir pris cinq kilos en grignotages et de fumer comme un pompier. Les examens du premier semestre venaient de s'achever. Sans le dire explicitement, il m'a fait comprendre que ça s'était mal passé. Son discours a fait surgir en moi une appréhension quant à l'année prochaine. Si lui, la tête de la famille, se cassait la gueule à la fac, moi, je n'allais même pas y entrer… Papa et maman me foutaient la pression, d'autant plus que la période des vœux arrivait.

J'ai senti Agathe à l'écart. Assise dans le fauteuil d'en face, elle pianotait sur son téléphone. J'aurais bien voulu l'inclure dans la discussion, mais je n'en ai pas trouvé le courage. De peur de paraître insistant, ou de donner raison à mon cousin. Pour résumer, j'ai été lâche. J'ai préféré ne rien assumer et la laisser dans son coin. Bravo, Gabin.

L'apéritif a balayé mes regrets. Toute la famille était arrivée, les oncles, les tantes, les petits cousins, les grands avec leurs conjoints et leurs enfants. On s'est serrés sur les deux canapés, on a rapporté des chaises et on s'est entassés autour de la table basse. Foie gras, confiture d'airelles, canapés au saumon et saucisson aux noix (d'un producteur local, mon frère y tenait), on n'avait plus faim et l'entrée n'était même pas servie. Le salon sentait bon Noël, les lumières clignotaient de partout, mon père avait poussé le vice jusqu'à diffuser une playlist spéciale. Entre le brouhaha joyeux des conversations et la voix entraînante du chanteur sur *Jingle Bells*, j'ai relativisé. La vie était belle.

Mamie, en revanche, était intenable. Elle s'était mis en tête qu'Agathe était ma copine et interrogeait tout le monde sur la question, au cas où quelqu'un lui mentirait. Ces « quelqu'un », vous imaginez bien, ont été mon frère, Charlène et… Georges. La trahison ne se cache jamais chez vos ennemis. Agathe le dos tourné, en train d'aider maman ou partie aux toilettes, Olivier a dit :

— Non, mamie, ils ne sont pas ensemble. Enfin…

Et Georges de répliquer :

— Après tout, ça reste dans la famille.

Mamie a gloussé, je me suis enfoncé dans mon siège, cramoisi. Bien sûr, c'était gentillet, mais entre ça et les blagues salaces de mes coéquipiers, ça commençait à faire beaucoup. Pourquoi personne ne nous laissait tranquilles ? Agathe est revenue, Georges a fait le geste de trop lorsqu'il m'a pris par le menton et que mes joues sont remontées au-dessus de mes pommettes, me faisant ressembler à un poisson :

— Mais regarde comme il est trop mignon ! Comment tu pourrais ne pas craquer ?

Agathe a levé les yeux au ciel, a fait demi-tour, je me suis débattu pour que Georges me lâche, vexé. Non seulement je me tapais la honte, mais en plus Agathe devait être aussi mal à l'aise. L'idée qu'elle passe un mauvais moment à cause de mon abruti de cousin me tordait l'estomac.

— Fiche-moi la paix !

— C'est bon, s'est défendu Georges. On rigole.

— Ah ah, je me bidonne, là.

— Elle te plaît vraiment, cette fille.

— Fiche-moi la paix ! ai-je répété.

Si la perspective de le revoir m'avait enjoué au début, il commençait à me gonfler. Je me suis levé, Agathe était dans la cuisine. Poliment, elle assurait le service avec ma mère, comme pour se montrer redevable de l'invitation. Elle n'avait pas à le faire, elle était toujours la bienvenue ici. Je n'allais pas refaire l'erreur du match de foot, je lui ai dit :

— Je les ai envoyés chier.

Elle plaçait des petits-fours encore fumants dans une assiette.

— C'est bon, c'est pas grave.

Je suis resté en face d'elle en silence. Au fond de ma gorge, des mots mouraient d'envie de s'échapper. Je les retenais avec effort. Agathe s'est gratté le nez du bout de l'ongle ; le geste élégant aurait pu me faire basculer dans les abysses. Quand elle s'est éloignée, l'assiette à la main, je l'ai dévorée du regard.

Je suis allé prendre l'air.

Sans la table, la terrasse paraissait nue dans la nuit d'hiver. Le ciel était dégagé, les étoiles formaient une carte, la lune en guise de rose des vents. J'ai tiré une chaise en plastique et je m'y suis assis pour souffler un coup. J'avais l'impression terrible que ma relation avec Agathe reculait. La complicité se mourait, chaque remarque taquine sciait un peu plus nos liens. Elle avait dit « C'est pas grave » comme elle aurait dit « Je m'en fiche ». Qu'Agathe s'en fiche, c'était la pire chose qui puisse arriver.

La baie vitrée a coulissé. Georges est apparu, il s'est assis à mes côtés et a allumé une cigarette. Il fumait depuis ses quinze ans, j'avais tenté de m'initier sous sa houlette, mais ma première clope m'avait déchiré les poumons. Plus jamais. Les remords de Georges ont eu raison du silence de la nuit.

— Pardon.

Je suis resté de marbre. Il a continué :

— Je te vois pas souvent, laisse-moi te charrier quand je suis là. C'était pas méchant, pardon si j'ai dépassé les bornes.

— Agathe me plaît.

C'était la première fois que je prononçais ces mots à voix haute. La sensation de soulagement m'a détendu. Un poids venait de s'envoler de mes épaules. Georges n'a pas fait grand cas de la confidence. Il a tiré une taffe.

Quelques secondes plus tard, une volute de fumée se dissipait dans l'obscurité.

— OK, j'arrête de vous emmerder, alors.

J'ai acquiescé, reconnaissant. Maintenant que le secret était dévoilé, j'avais besoin de parler. Je lui ai demandé :

— Comment je m'y prends ? Avec elle ?

— Cousin, je suis tout ce qu'il y a de plus gay.

— D'accord, mais t'es en couple. Tu dois bien avoir un ou deux conseils universels pour avouer ses sentiments.

Georges a frotté le bout de sa cigarette sur l'accoudoir. La cendre noire a taché le blanc du plastique. D'un coup, il m'a paru embarrassé, j'ai répété :

— T'es bien en couple ?

— Ouais.

Sa réponse manquait de conviction. Il a dû le sentir, puisqu'il a reformulé :

— Enfin… ouais. Il est parti, mais ouais.

— Il est parti ?

— Il est en année sabbatique en Amérique du Sud. On se parle pas beaucoup, avec la PACES et le décalage horaire. C'est… c'est chaud. Je pense de moins en moins à lui, il… il ne me manque pas.

Je n'ai rien su dire. Moi, j'avais des étoiles dans les yeux en pensant à Agathe, je me figurais mal ce qu'il ressentait. En même temps, son aveu m'effrayait. Comment ça, on pouvait tomber en désamour ? Je lui ai demandé :

— Tu l'aimes toujours ?

Georges a réfléchi. C'était mauvais signe, non ?

— Ouais, je pense. On a vécu plein de trucs. Il était là pour moi quand c'était le bordel. Le divorce, tout ça. Quand on se parle, j'ai toujours un énorme sourire aux lèvres et j'ai envie de l'avoir auprès de moi. Mais le reste du temps… nada. L'autre jour, j'ai failli installer Grindr sur mon téléphone.

— Tu lui en as parlé ?

— Non, il flipperait trop. Il a l'air de s'amuser là-bas, je ne veux pas tout gâcher.

— Et là, tu fais quoi ?

Georges a froncé le nez, tiré une taffe et recoiffé ses cheveux d'un geste nerveux. Je venais d'appuyer sur un point douloureux.

— Tu m'emmerdes, le cousin ! Occupe-toi d'Agathe !

— Bah, j'aimerais bien, mais tu veux pas me donner de conseils !

Comme si elle avait entendu son prénom, Agathe est apparue par la baie vitrée.

— On passe à table, nous a-t-elle annoncé.

— On arrive.

Quand elle a eu tourné les talons, Georges a écrasé son mégot et l'a jeté dans un pot de fleurs. Il a épousseté la cendre de son pantalon et m'a enfin prodigué le conseil tant attendu :

— Saisis ta chance. T'as rien à perdre. Même si ça ne fonctionne pas, au moins tu n'auras pas de regrets.

J'ai accueilli ses paroles de sagesse comme une révélation divine. Malgré lui, il m'avait donné le feu vert que j'espérais depuis des semaines. Jusque-là, j'avais guetté le moindre signe pour foncer. Je m'étais dit : *Si Agathe fait ci ou dit ça, j'y vais.* Évidemment, les choses ne se présentaient jamais de la sorte, on tournait en rond. Ce soir serait mon grand numéro, promis. Je n'allais peut-être pas faire des étincelles, mais j'allais faire quelque chose. Avant de rentrer, Georges a ajouté :

— Et repasse tes chemises, bordel. On dirait du papier crépon.

À table, l'ambiance s'est réchauffée. On a pris les petits-fours de l'apéritif et on s'en est gavés en attendant la dinde farcie. L'entrée se composait d'une coquille Saint-Jacques. Toute la tablée des enfants détestait ça. Chez les adultes, la discussion tournait autour de la cousine Simonie qui accouchait bientôt, et ils ne manquaient pas de charrier Charlène et Olivier, leur demandant pour quand était le bébé. Secrètement, j'étais bien content qu'ils soient à leur tour mis sur le gril. Le karma.

Agathe et Georges s'entendaient bien, mais celui-ci ne restait pas trop en place. Il papillonnait de siège en siège, s'installant à la place de quiconque partait aux toilettes pour discuter avec son voisin. Il voyait tellement peu la famille qu'il compensait. Je me suis retrouvé seul avec Agathe, les enfants jouaient dans le canapé. Elle était pendue à son téléphone, ça m'agaçait. Je me suis penché par-dessus son épaule, curieux.

— Qu'est-ce que tu fais de si intéressant ?

Agathe a vite quitté l'application, son écran d'accueil est apparu. Une icône en particulier m'a fait tiquer.

— Tinder ? Toi, tu es sur Tinder ?

S'il y avait bien un truc qui ne me tentait pas, c'étaient les applications de rencontre. Peut-être car je savais n'avoir aucune chance dans cette arène : j'étais incapable de prendre de bonnes photos. Agathe a répondu :

— C'est juste pour passer le temps quand je m'ennuie.

— Vas-y, ouvre l'appli.

Puis, de fil en aiguille, comme les adultes discutaient, buvaient, fumaient, que les minutes défilaient et que la dinde n'arrivait pas sur la table, on a traîné sur Tinder pour patienter. Les têtes des gars se succédaient, Agathe ne faisait – à mon sens – que des mauvais choix. Quand elle a fait glisser son doigt vers la droite sur un gars banal, je me suis emporté :

— Lui, il te plaît ? Tu rigoles ? Il n'a aucun charisme, c'est juste une photo en noir et blanc.

— C'est bien, la simplicité, ça a plus de charme que tes photos de profil avec un bob de pêche.

— Il est très bien, mon bob, me suis-je défendu.

— Tu portes un bob sur ta photo de profil et après tu râles : « Gneu gneu, je suis pas un beauf. »

— Elle a raison, a appuyé Georges à quelques chaises voisines.

Le traître !

— J'ai raison, a répété Agathe. Allez, lui, je like. Ah, ça a matché. Regarde, ça a matché, ça a *matché*.

Elle a agité son téléphone sous mon nez, fière de plaire à ce garçon insipide qui se donnait des airs de philosophe avec son filtre noir et blanc. Avec vivacité, je lui ai arraché son portable des mains, avant de le glisser dans la poche arrière de mon pantalon.

— Confisqué, plus de matchs. Comme c'est dommage !

— Gabin ! a-t-elle râlé. Fais pas ton gamin, rends-le-moi.

— Tu le veux, tu viens le chercher.

— Sachant les mésaventures que j'ai déjà subies avec ton corps, je n'aurais aucun scrupule à te toucher les fesses, Gabin, je te préviens.

Je me suis raidi au souvenir du baiser partagé dans le placard. Agathe et moi nous sommes dévisagés, un quart de seconde, peut-être moins, une étincelle est passée dans nos yeux. À peine décelable, mais bien présente. Cette petite flamme venait nous rappeler que, oui, cette histoire n'était pas un rêve ou un fantasme. Elle avait bien eu lieu, même si on faisait semblant du contraire depuis des semaines.

Agathe m'a fait la gueule – ou du moins m'a fait croire qu'elle faisait la gueule. J'ai fini par lui rendre son téléphone, après avoir supprimé Tinder. Réaction puérile, mais salvatrice. J'ai senti les regards amusés des membres de ma famille autour de la table. Embarrassé, j'ai arrêté de chercher des noises à ma voisine.

La dinde est enfin arrivée, et avec elle les marrons, les pommes duchesse et le gras dans lequel la viande avait mariné tout l'après-midi. Mon pantalon était trop serré depuis l'apéritif ; à présent, le bouton menaçait de sauter et d'éborgner quelqu'un. Mon ventre avait doublé de volume, tant et si bien que ma chemise s'était repassée d'elle-même. Au moment du fromage, minuit a sonné. La distribution des cadeaux nous permettrait de digérer avant le dessert.

Les enfants étaient soit trop âgés pour croire encore au Père Noël, soit trop petits pour en comprendre le principe ; personne n'est monté dans la chambre et chacun a attendu patiemment qu'on lui tende ses paquets. Les miens renfermaient des objets divers, tee-shirts, parfums et livres sur les chevaliers ; depuis l'obsession que j'avais eue pour eux à l'âge de huit ans, j'en recevais au moins un par an.

On a déposé devant moi un dernier cadeau, j'ai froncé les sourcils. Si on faisait le décompte, tous les paquets de ma famille avaient déjà été remis : ceux de ma grand-mère, de ma tante, de mon autre tante et d'Olivier. Maman et papa gardaient les leurs pour le matin du 25. Instinctivement, je me suis tourné vers Agathe.

— C'est de toi ?

— Peut-être, a-t-elle feint, un sourire mystérieux aux lèvres.

— Oh non… Arrête, c'est super gênant, moi, je t'ai rien offert !

— C'est pas grave, je ne m'attendais pas à ce que tu m'offres quelque chose. Vas-y, ouvre.

J'ai contemplé le cadeau, gêné. J'ai secoué la tête et j'ai repoussé le paquet.

— Non, je l'ouvrirai la prochaine fois qu'on se verra et, cette fois-là, j'aurai un cadeau pour toi en échange.

— Gabin, on ne va peut-être pas se voir avant Pâques. Ouvre-le, je me fiche d'avoir un cadeau.

Et là, *bam*. Le grand numéro dont je parlais plus tôt ? J'y ai vu la porte d'entrée parfaite.

— Tu fais quoi pour le Nouvel An ?

Elle a haussé les épaules.

— D'accord, eh bien le rendez-vous est pris. On fait le Nouvel An ensemble et on ouvrira les cadeaux à ce moment-là.

Agathe a accepté. Mon cœur dansait de joie. Discrètement, j'ai jeté un regard à Georges. Cette fouine avait suivi la conversation d'une oreille distante, il m'a adressé un clin d'œil d'encouragement. Le Nouvel An, c'était la meilleure occasion pour nous sortir Agathe et moi de notre torpeur. On allait faire une fête ensemble, tout irait pour le mieux.

Chapitre 10

Le réveillon du Nouvel An

Agathe

J'ai menti. J'avais quelque chose de prévu le 31 décembre. Tout décommander a été un casse-tête sans fin.

D'abord, j'ai dû appeler mes amies et leur avouer que je les lâchais. J'ai attendu jusqu'à deux jours avant, me débinant à chaque tentative. La soirée devait avoir lieu chez Gaston Thomas, aka *le* mec chez qui il fallait aller au moins une fois dans sa vie. Il n'était pas méchant, mais je l'avais toujours trouvé lourd. Dans le genre Gabin, mais riche et prétentieux en plus. Cette fête était sur toutes les lèvres depuis novembre et, à écouter les gens, la moitié du lycée était invitée. J'avais accepté parce que toutes mes copines s'y rendaient et parce que Gaston m'avait prêté sa calculatrice, un jour, en maths. Depuis, il ne cessait de me rappeler que je lui étais redevable. Relou, je vous dis.

La proposition de Gabin tombait à pic. Non seulement j'évitais une fête chez un gars douteux, mais en plus j'en faisais une avec Gabin. Je n'avais pas hésité. J'avais buzzé, le fauteuil s'était retourné, c'était un « oui » pour moi !

Passé le choc, l'indignation, la déception et les deux ou trois vannes miteuses sur le fait que j'allais passer mon réveillon dans mon lit avec mon chat, mes amies se sont montrées avides d'explications. On ne la leur faisait pas si facilement, elles ont rapidement compris qu'il y avait anguille sous roche dans cette affaire. J'ai tourné autour du pot, réticente à leur révéler que je leur faisais faux bond pour un *garçon*. Les questions incessantes m'ont forcée à capituler, j'ai dit que je passais le réveillon avec le petit frère du mari de ma sœur. La périphrase les a embrouillées, mais elles ne m'ont pas lâchée tant que je ne leur ai pas donné un prénom.

« Gabin Schneider ? se sont-elles étonnées. Le gars du lycée d'à côté qui a lancé une bataille de chips au vinaigre dans la cour ? » Aucune idée, mais oui, c'était fort probable. « Il y a quelque chose entre vous ? » est venu aussitôt après. À croire que la seule raison de poser un lapin à ses amies au dernier moment, c'était parce qu'un garçon nous plaisait ! J'ai eu beau nier en bloc, répéter qu'il était presque de ma famille, les filles ne m'ont pas crue une seule seconde. Honnêtement, je ne me serais pas crue non plus.

J'aurais aimé ne pas me prendre la tête, j'aurais voulu m'en ficher, adopter une attitude désinvolte, mais comment faire ? Les prochaines heures décideraient de l'avenir de ma relation avec Gabin. J'appréhendais, tiraillée entre l'envie que *quelque chose* arrive, n'importe quoi, pour prouver que j'avais raison de m'accrocher à lui, et la crainte que ce *quelque chose* ne soit pas ce que j'espérais. Pire, s'il ne se passait rien du tout, si on retombait dans le schéma habituel des blagues et des faux-semblants, que devrais-je en penser ?

Je me suis fait une promesse – une énième, j'aurais dû les compiler dans un carnet, à ce rythme : si d'ici le lendemain Gabin et moi n'avions pas avancé, j'abandonnais tout espoir de sortir avec lui. Cette approche pessimiste et radicale a calmé mes doutes et mes angoisses ; au moins, j'avais un plan de bataille.

À vingt heures tapantes, j'étais assise sur mon lit, maquillée, la robe repassée et les collants en bon état – d'ici la fin de la soirée, je les aurais filés, c'était certain. J'attendais qu'on vienne me chercher, la boule au ventre. Mon cœur battait la chamade ; j'ai presque regretté d'avoir accepté, hésitant à envoyer un message à Gabin pour dire que j'étais malade. Du rez-de-chaussée, la voix stridente de ma mère m'en a empêchée.

— Agathe ! J'ai entendu une mobylette !

Le souffle court, je suis descendue. Gabin arrivait ; soudain, la perspective de le revoir m'a été bien plus plaisante que celle de l'abandonner. Quand il s'agissait de ce garçon, mon esprit aimait les revirements de situation.

Mes parents étaient revenus de la Réunion dans la semaine, ma mère avait cramé au soleil et mon père avait tellement mangé qu'il n'avalait plus que des soupes en sachet. J'étais allée voir ma grand-mère paternelle pendant l'été, je savais à quel point elle nous gavait. Elle me trouvait toujours trop maigre et s'inquiétait de la largeur de mon bassin et des futurs enfants qui ne pourraient peut-être pas passer.

Dans le salon, les invités se goinfraient de petits-fours. Pour une fois, les parents de Gabin faisaient fête à part. Ma sœur attendait minuit pour aller en boîte avec ses copines. Elle et Olivier ne voulaient pas réveillonner ensemble, sous prétexte de vouloir garder une part d'indépendance dans leur mariage. Ce qu'elle taisait, c'était qu'elle détestait les amis de son mari et trouvait la moindre excuse pour les éviter.

Ma mère et ma sœur, cachées derrière le rideau de l'entrée, regardaient par la fenêtre. Je les ai tirées de leur poste d'observation avec horreur :

— Ça va pas ! On dirait des petites vieilles qui espionnent les passants.

— Agathe, c'est le premier garçon qui vient te chercher à la maison, s'est justifiée maman. Laisse-nous profiter du spectacle. Vous êtes mignons, en plus.

— On peut pas associer « Gabin » et « mignon » dans la même phrase.

— Arrête, Gabin est gentil.

J'ai écarquillé les yeux, croyant rêver.

— Maman, il y a deux mois, tu craignais qu'il ne casse tout dans la maison et maintenant tu le trouves gentil ?

Ma mère a rétorqué avec pragmatisme :

— Chérie, si Gabin et toi vous êtes ensemble, ça nous fait deux fois plus de raisons de revoir Michel et Alexandra. Au moins, je n'ai pas à m'inquiéter de savoir si tu vas tomber sur une belle-mère mégère ou non. Je réfléchis sur le long terme.

On a frappé à la porte, j'ai fusillé maman et Charlène des yeux, leur intimant de bien se tenir. Quand j'ai ouvert à Gabin, il est tombé nez à nez avec les trois femmes de la famille, plantées dans l'entrée comme un comité d'accueil effrayant. Perplexe, il a dit :

— Je ne pensais pas être si attendu.

J'ai fait un signe indiscret à Charlène et maman pour leur dire de décamper. Enfin, elles sont parties dans le salon en gloussant comme des collégiennes. J'ai invité

Gabin à entrer, refermant la porte la boule au ventre. Souvent, des semaines s'écoulaient entre nos rencontres ; cette fois, c'était une histoire de jours. Pourtant j'avais l'impression qu'une éternité nous avait séparés. Je croyais déceler un changement dans la longueur de ses cheveux, dans les traits de son visage… des trucs stupides. Pour cesser de le contempler, j'ai baissé les yeux sur ses mains : Gabin portait deux paquets. Il m'a tendu un des cadeaux.

— Tiens. On n'a qu'à les ouvrir avant de partir.

L'autre paquet était celui que je lui avais offert. Le moment était solennel, il s'est tu en attendant que je le déballe. J'ai décollé les bords avec minutie, pour ne pas déchirer le papier argenté. Gabin a retenu son souffle. Dans un écrin, j'ai découvert un collier doré avec un pendentif en forme de goutte orné d'une perle. Le bijou était beau, dans le genre *vraiment beau*. Je suis restée coite. Mon silence a fait paniquer Gabin.

— Quoi ? T'aimes pas ? J'en étais sûr… Je suis nul pour trouver des cadeaux.

— Non, non, pas du tout ! Il est super beau. C'est ça, le problème. Gabin, n'ouvre pas mon cadeau !

— Hein ? Pourquoi ?

Aussitôt, comme si la phrase « N'ouvre pas mon cadeau » lui avait donné l'envie irrépressible de désobéir, il a arraché le papier pour déballer la casquette que je lui avais offerte. Il a froncé les sourcils. On pouvait lire sur le devant « Beauf de Bretagne ».

— Sérieusement ?

J'ai pincé les lèvres, désolée.

— Je ne pensais pas que tu m'offrirais quelque chose en retour, encore moins un vrai cadeau.

Heureusement, un grand sourire a éclairci son visage. Gabin a enfoncé la casquette sur son crâne et m'a fait un clin d'œil.

— Je l'adore ! Merci beaucoup, Gagathe. Allez, mets ton manteau, sinon y aura plus de chips goût barbecue quand on arrivera.

J'ai enfilé mon manteau, mis des gants, lacé mes chaussures et embrassé ma mère. Elle m'a souhaité une bonne soirée et dit de lui envoyer un message au besoin. J'ai répondu « Oui, oui », mais je ne comptais pas le faire. Normalement, je dormais sur place et Gabin me ramenait le lendemain. Il m'attendait dans l'allée, un casque pendait au guidon du scooter. Il me l'a tendu religieusement et me l'a placé sur la tête comme une couronne, je réprimais des rires amusés. Quand il a attaché les lanières sous mon menton, ses doigts ont effleuré ma joue. Un frisson a parcouru mon échine à leur contact. Lui n'a rien laissé transparaître. Un nœud dans l'estomac, je me suis demandé si tout n'était pas dans ma tête…

Il a démarré le scooter, manœuvré, puis je suis montée derrière lui. Sur les premiers mètres, je ne savais pas où m'agripper ; j'ai tenté, grâce à mes notions d'équitation, de trouver la bonne assise pour garder l'équilibre. Gabin m'a crié :

— Il faut que tu te tiennes à moi. Sinon tu vas partir en arrière quand je vais accélérer.

— Quoi ? ai-je hurlé en retour. Je te prends par la taille ?

— C'est bon, t'inquiète, j'ai pris une douche.

Me sentant déjà partir en arrière, j'ai passé mes bras autour de sa taille, comme une ceinture. Gabin a accéléré dans la nuit, j'ai dû me serrer contre lui pour rester droite. J'étais nerveuse, mais incroyablement heureuse.

Le réveillon avait lieu chez un de ses meilleurs amis. Lui ne faisait pas de football, mais plusieurs des énergumènes du match m'ont reconnue. J'étais déjà mal à l'aise à cette idée. Tout le monde était autour d'une gigantesque table croulant sous les gâteaux apéritifs, les bouteilles d'alcool et les bonbons. En arrivant, Gabin a fait un salut général et m'a présentée. Il a dit :

— Les gars, voici Agathe, c'est la sœur de ma belle-sœur.

J'ai trouvé étrange qu'il me présente encore ainsi. À sa place, j'aurais dit : « C'est Agathe, une amie. » Pourquoi continuait-il de s'embarrasser de ce lien familial auquel personne ne comprenait rien ? Les copains de Gabin m'ont accueillie avec des sourires chaleureux, ils m'ont offert une bière, ils attendaient que tous les convives soient arrivés avant d'ouvrir les bouteilles d'alcool fort. Allant contre mon caractère réservé, j'ai fait des efforts. J'allais passer la nuit ici, autant sociabiliser. De plus, c'étaient les potes de Gabin, je voulais faire bonne impression. J'ai fait la bise à chacun, ils se présentaient tous en me donnant leur prénom, mais je n'en ai retenu aucun. Ah si, il y avait un Loïc. Il y a toujours un Loïc dans les groupes d'amis bretons, c'est une loi universelle.

J'ai tiré une chaise au bout de la table, recroquevillée sur moi-même. Gabin s'est installé à mes côtés, mais s'est rapidement désintéressé de moi. Un de ses copains voulait lui montrer la nouvelle vidéo d'un youtubeur qui cramait des trucs. Dans ma tête, j'avais l'image des soirées mouvementées des films et séries, néons, basses, foule qui dansait. Le salon du pote de Gabin n'avait rien d'une boîte de nuit, je ne me sentais pas à ma place. Les filles de la bande ont tenté de m'intégrer à leurs discussions avec bienveillance, mais elles parlaient de personnes inconnues. L'une m'a demandé où j'allais au lycée et, quand je le lui ai dit, m'a fait la liste de tous les élèves qu'elle connaissait dans mon bahut. Aucun des noms ne m'était familier. Point positif, aucune ne m'a parlé de Gabin, ou de ma relation avec Gabin, ou de ce que je pensais de Gabin. Je leur en ai été reconnaissante, je n'aurais pas pu affronter un nouvel interrogatoire.

Gabin, en revanche, m'avait oubliée. Aux invités arrivés après nous, il n'a même pas pris la peine de me présenter. Il les accueillait d'une bourrade dans le dos et disait avoir une vidéo à leur montrer. Les potes posaient leurs affaires, décapsulaient une bière et s'attroupaient autour de l'ordinateur pour rigoler aux conneries défilant sur l'écran. Je suis allée aux toilettes des dizaines de fois, j'ai fait le tour des réseaux sociaux, j'ai descendu le bol de cacahuètes. Un gars m'a proposé une partie de caps, j'ai accepté pour m'occuper, mais il m'a mis la raclée de ma vie.

Je suis encore allée aux toilettes. Les cabinets étaient décorés avec un certain kitsch. Il y avait des posters de dauphins au mur, des figurines de dauphins sur une étagère et une cuvette avec le dessin d'un dauphin. Une carte du monde servait aux révisions de géographie en cas de grosse commission. Un diffuseur d'odeur laissait des effluves de pin maritime. J'ai passé bien trop de temps dans ces toilettes…

En sortant de la salle de bains, où je m'étais lavé les mains, je suis tombée sur Gabin.

— Agathe !

Il paraissait surpris de me voir, comme s'il se souvenait enfin de mon existence. J'ai esquissé un sourire contrit.

— Tu t'amuses bien ?

— Super.

J'ai menti, ça ne m'aurait rien apporté de lui faire une scène. Et puis je tournais en rond depuis une heure, il devait se douter que je m'ennuyais.

— Cool, il y a de la pizza, t'en veux ?

J'ai acquiescé. Gabin piétinait sur place, son regard se perdait dans le vide par moments. À mon avis, l'alcool commençait à faire effet. Il a mis une main sur la poignée des toilettes. Avant d'entrer, il m'a prévenue en riant :

— Hé, Marvin a carrément des vues sur toi ! Fonce ! En plus, il est célib depuis deux semaines.

Il m'a laissée sur ces mots. Je suis restée dans le couloir, le goût amer de la désillusion en bouche. Pourquoi me disait-il ça ? Qu'est-ce que j'en avais à faire, de son pote Marvin ? Gabin ne voyait-il pas que j'étais là pour lui ? L'impression que tout était dans ma tête s'est renforcée…

Deux heures supplémentaires m'ont convaincue : j'aurais dû suivre mes amies. J'avais accepté l'invitation de Gabin, aveuglée par les frissons de mon corps chaque fois que je le voyais. Ce mirage m'avait fait oublier les inconvénients des soirées lycéennes. Et mon Dieu qu'il y en avait !

Déjà, ils avaient commencé à boire à vingt-et-une heures, de fait ils étaient soûls à vingt-deux. Le fameux Marvin, un brun à bouclettes qui avait fait péter sa seule chemise pour l'occasion, me posait des tas de questions indiscrètes et a tenté par six fois d'avoir mon numéro de téléphone et mon pseudo Instagram. Le type qui s'occupait de la musique gueulait sur quiconque essayait de changer. Certains réussissaient, le temps d'une chanson. Parmi eux, on observait les férus de rap, qui passaient en boucle les mêmes musiques, celles qui parlaient de claquer des culs et de fumer toute l'herbe de la terre, et les Bretons au patriotisme exacerbé qui ne loupaient pas une chance de mettre du Manau. Après deux verres et un joint, des jeunes comataient sur le canapé pendant que d'autres, un jeu de cartes étalé sur la table, tentaient désespérément de trouver des victimes avec qui jouer à l'autoroute et faire boire à excès.

En Gabin se mélangeaient toutes ces personnes. Mais, là où les autres avaient le droit de m'ignorer, Gabin m'avait invitée. Il était (un peu) responsable de s'assurer que je m'amusais. Une question au détour des toilettes ne suffisait pas, j'aurais aimé qu'il vienne me parler. Mais non. Il collait ses copains, il participait à tous les jeux, à tous les concours de shots, il filmait des vidéos stupides pour les réseaux sociaux et partait en virée sur son scooter pour le cabrer sur la roue arrière dans la rue. Gabin vivait sa meilleure vie, et je n'en faisais absolument pas partie. La première fois, au match, il avait laissé ses amis me ridiculiser, la seconde fois, à Noël, il s'était écrasé face à son cousin, cette fois-ci, il me laissait en plan. Je commençais à voir de grands traits se dessiner : Gabin était sympa quand on était tous les deux, mais n'assumait rien en public.

J'ai mangé des chips au vinaigre, et ai fait passer leur goût âcre avec un verre de vodka et de cola mal dosé. L'alcool me faisait grimacer. Ou bien c'était la soirée pourrie.

Au moment où je suis allée prendre l'air, Marvin me draguait encore. Je l'ai planté là, j'ai pris mon manteau et je suis sortie, les larmes me montaient aux yeux.

La maison se trouvait dans un quartier résidentiel. Il a fallu que je tourne en rond dans le lotissement avant de trouver un abribus où m'asseoir. Dans le froid de décembre, j'ai regardé les réseaux sociaux avec masochisme : mes amies s'éclataient, postaient des tonnes de photos et de vidéos d'elles dansant et chantant sur des musiques populaires. Il n'était pas encore minuit, je pouvais appeler ma mère pour qu'elle vienne me chercher et m'amène à la soirée de Gaston Thomas. Pourtant, je suis restée immobile, les mains dans les poches, la tête contre la vitre. Pur moment d'introspection, c'était génial.

Minuit a sonné. Je n'avais pas fait de décompte. Même ceux qui restent chez eux devant la télévision ont droit à celui de Patrick Sébastien. Un nœud s'est formé dans ma gorge.

J'ai fondu en larmes. Comme ça. Parce que la nouvelle année venait de débuter et que j'étais seule, assise sous un abribus.

On se fait toujours plein de films stupides quand on est adolescent. Mon film à moi avait été de m'imaginer qu'au décompte Gabin m'embrasserait. On a été biberonnés à des images surréalistes et romantiques avec des garçons drôles et attentionnés, qui font des trucs improbables à des moments inattendus. Spoiler : ils ne le font pas.

Dans les histoires, Gabin se serait miraculeusement rendu compte de mon absence, m'aurait cherchée partout avant de me retrouver sous cet abribus, de s'excuser et de me faire des tas de promesses qu'il aurait tenues. Dans la réalité, j'ai appelé ma mère et personne à la soirée ne s'est inquiété de ma disparition. Ma mère est arrivée, je suis montée dans la voiture. Face à son air soucieux, j'ai soufflé :

— Je veux pas en parler.

Sans un mot, elle m'a ramenée à la maison. La nouvelle année s'amorçait avec un message cruel : Gabin et moi étions à jamais voués à nous faire des blagues aux réunions de famille.

Chapitre 11

Le 1er janvier

Gabin

Vous allez voir, vous allez trouver ça drôle.

Les parents de Kévain, le gars chez qui on fêtait le réveillon, sont des gros flemmards. Leur maison regorge de finitions laissées en plan, de livres avec des marque-pages au milieu et de bazar caché derrière des portes de placard. Parmi les choses qu'ils ont la flemme de faire, il y a remettre le four à l'heure après une coupure de courant. Une nuit, les plombs ont dû sauter ; depuis, l'heure du four est en retard d'une heure et seize minutes par rapport au temps réel.

En début de soirée, on a désigné un préposé à l'heure au cas où on serait tous trop soûls pour vérifier quand minuit approchait. On a désigné Loïc, proie facile je le concède, car Loïc veut faire plaisir à tout le monde et ferait n'importe quoi pour ne jamais être mis à l'écart. Mais c'est un super pote, Loïc, c'est d'ailleurs pour ça qu'on l'invite chaque fois. Parfois, Loïc prend les choses trop à cœur, il a accepté sa mission avec le souci de la remplir au mieux. De plus, il supporte mal le bruit et les cris, rester dans la cuisine lui convenait parfaitement. Du coup, il a passé sa soirée à fixer le four et à feuilleter tous les livres sur les arbres qu'il avait reçus à Noël – celui que je lui avais offert étant, j'en suis certain, le meilleur –, sans se douter un seul instant qu'il n'affichait pas la bonne heure.

À 23 h 59, heure du four, il est venu nous prévenir que c'était le moment du décompte. À minuit, toujours heure du four, on a fêté la nouvelle année et, en sortant son téléphone pour prendre une photo, une fille a fait remarquer qu'il était une heure du matin passée de seize minutes. On est tellement des idiots, malgré toute la technologie à notre portée, on a loupé le véritable décompte. À la réflexion, une fille m'avait interpelé un peu plus tôt, complètement arrachée, elle se demandait pourquoi sa mère lui avait souhaité la bonne année à vingt-trois heures.

Aussitôt, j'ai cherché Agathe pour partager le début de cette nouvelle année avec elle. OK, je l'avais un peu délaissée, mais je l'avais vue discuter avec Marvin, elle m'avait assuré qu'elle s'amusait. J'ai fait le tour du salon, de la maison, du jardin sans la trouver, je l'ai appelée une fois, deux fois, je lui ai laissé un message, j'ai demandé aux autres s'ils l'avaient vue, sans résultat. Je l'ai rappelée. Cet énième renvoi sur répondeur a fait grimper en moi une panique monstre.

— Agathe, s'il te plaît, rappelle-moi, je flippe carrément. J'ai peur qu'on t'ait kidnappée ou que t'aies eu un accident. Pitié, ne m'ignore pas.

En ultime recours, j'ai fait le tour du pâté de maisons. Les lampadaires étaient éteints, il faisait nuit noire. L'alcool exacerbait mes émotions, les battements de mon cœur remontaient dans mes tempes, le monde tournait autour de moi. Laura est venue me rejoindre.

— Hé, Gabin, tu rentres ? On a fait des pâtes.

— Non, Agathe a disparu, il faut que je la retrouve.

— Ah, ta meuf, m'a-t-elle raillé.

— Non ! Enfin si, presque. Enfin non ! C'est compliqué. Tu l'as vue ?

Laura a secoué la tête, désolée. Je me suis pris la mienne dans les mains.

— Putain, je suis trop con, mais je suis trop con.

Maintenant qu'Agathe n'était plus là, je me demandais comment j'avais pu ne pas lui parler de la soirée. J'étais tellement heureux de l'amener ici, de la présenter à mes potes, de leur montrer à quel point elle était belle, et marrante, et gentille, et intelligente, de concrétiser les choses, de lui servir mon grand numéro, de l'embrasser. Puis j'avais bu, mes potes m'avaient embarqué dans leurs conneries, Marvin m'a monté le bourrichon en me disant qu'il s'occupait d'elle, que je n'avais pas à m'inquiéter. À présent, Agathe avait disparu, c'était à coup sûr ma faute.

Laura m'a attrapé le bras.

— Allez, Gabin, rentre.

Je me suis dégagé avec brusquerie.

— Lâche-moi !

Je n'avais pas envie de pâtes, j'avais envie de retrouver Agathe.

L'euphorie du décompte était vite redescendue. Plutôt que d'essayer de joindre Agathe une nouvelle fois, j'ai appelé sa mère, mon dernier espoir. La ligne a sonné plusieurs secondes qui m'ont paru une éternité. Dans la précipitation, j'étais sorti en tee-shirt, le froid rongeait ma peau. Enfin, on a décroché.

— Allô ?

— Allô ? Véronique ? C'est Gabin. Agathe est rentrée ?

Si elle ne l'était pas, je venais de signer mon arrêt de mort. La mère d'Agathe a marqué un silence qui m'a terrifié. D'un ton sec, elle a fini par dire :

— Oui, et elle est très fâchée contre toi, elle ne veut pas te parler.

Sur ces mots, elle a raccroché. Le téléphone est resté entre mes mains et debout, dans la rue obscure, j'ai senti mon cœur se tordre de soulagement et de culpabilité. Une part de moi s'était dit que, si je jouais l'indifférent, Agathe aurait encore plus envie de m'aborder. J'avais bêtement cru qu'en sortant du cadre des fêtes de famille, elle sortirait de sa carapace et deviendrait plus extravertie. J'avais merdé. Il fallait absolument réparer mes erreurs. Cette idée en tête, je suis rentré prendre mon manteau, mes clés et mon casque. Hugo, en me voyant passer, m'a demandé ce que je foutais. Sèchement, j'ai rétorqué :

— Je pars, faut que je rentre.

— Gabin, t'as bu, tu vas pas conduire.

Il avait parlé fort, attirant l'attention de la bande. Soudain, ils se sont attroupés autour de moi pour me faire barrage, me piquant mes clés, me volant mon casque et mes gants, et me prenant en étau pour m'empêcher de partir. Je me suis débattu comme un animal enragé, grognant et donnant des violents coups d'épaule, en vain.

— Putain, mais lâchez-moi !

Face à des potes qui soulevaient de la fonte trois fois par semaine, je ne faisais pas le poids. Je n'ai de ce moment qu'un souvenir flou, je me rappelle les cris de protestation, les poignes fermes sur mon corps et la sensation brusque de m'effondrer sur le canapé. Hugo m'a attrapé par le col et m'a forcé à le regarder dans les yeux. Il m'a gueulé dessus :

— Gabin, Gabin. Mec, écoute-moi, tu t'es vu ? T'es complètement bourré ! Est-ce que tu t'entends ? Est-ce que tu entends à quel point t'es bourré ? Tu tiens pas debout, mec !

Ils se trompaient, je n'avais jamais eu les idées aussi claires. J'avais arrêté de boire il y a un moment déjà. Eux étaient bien plus éméchés, ils étaient mal placés pour me faire la morale ! Je devais partir, retrouver Agathe, m'excuser, recoller les morceaux avant que notre relation n'éclate pour de bon. Je me suis levé du canapé pour prouver à Hugo à quel point il avait tort.

— Je suis pas bourré !

Pourtant, la seconde d'après, j'ai perdu l'équilibre, j'ai vacillé et je me suis écroulé sur la table basse, la tête la première.

Je me suis réveillé dans le canapé, sous une couverture épaisse. Il faisait encore nuit, mais les lampadaires de la rue éclairaient le salon d'une lueur jaune. Déshydraté, j'avais la bouche pâteuse et des courbatures lancinantes dans tout le corps. Je n'avais jamais souffert de mal de crâne les lendemains de cuite, mais, quand mon front a effleuré le cuir du canapé, j'ai gémi de douleur. En touchant ma peau, j'ai senti une belle bosse au-dessus de mon œil droit. Souvenir de mon baiser avec la table, je suppose.

Autour de moi, le reste de mes amis dormaient profondément, emmitouflés dans des sacs de couchage et des plaids. Pierrick dormait sur le tapis, en PLS, comme s'il était tombé là et ne s'était jamais relevé. J'ai déposé ma couverture sur lui en allant aux toilettes. Dans la salle de bains, j'ai scruté mon reflet dans les moindres détails. La bosse avait bleui, les cernes sous mes yeux s'étaient violacés. J'avais une sale gueule, qui témoignait de la soirée pourrie de la veille. Dans ma mémoire, les dernières heures étaient voilées d'un rideau opaque, mais je me rappelais clairement un truc : j'avais tout gâché avec Agathe.

J'ai trouvé mon téléphone dans ma poche, il était six heures et demie, je n'avais aucun message d'Agathe. L'envie urgente d'arranger les choses m'a forcé à me bouger. Contrairement à la veille, j'avais les idées nettes, ou du moins j'étais assez lucide pour conduire. En prenant mes affaires – mes potes avaient mis mes clés dans mon casque, pas très malin, si vous voulez mon avis –, je suis tombé sur Loïc. Couché sur son matelas, il avait la figure éclairée par la lumière bleue de son téléphone. En soirée, il faisait toujours des nuits blanches et attendait le petit matin en regardant des vidéos. On s'est fixés de longues secondes, mais il n'a rien dit. Je suis parti.

En rentrant, j'ai pris une douche, je me suis changé, je me suis lavé les dents – primordial quand on revient d'une soirée – avant de reprendre aussitôt la route. Je ne pouvais pas attendre la prochaine fête de famille pour me faire pardonner, je devais racheter mes fautes immédiatement.

Dans les rues calmes du 1er janvier, j'avais l'impression que les pétarades de la mobylette réveillaient tout le monde sur mon passage, extirpant les gens de leur sommeil imbibé d'alcool. J'ai longé des routes départementales bordées de champs, le givre les recouvrait d'une pellicule blanche. Même sous mes gants, mes doigts s'ankylosaient à cause du froid matinal. Le soleil perçait à l'horizon, bien derrière les maisons. Quelqu'un avait peint le ciel de nuances de rose et de bleu clair. Le paysage aurait été plaisant si je n'avais pas tant eu envie de crier et de tout envoyer valser.

Le lotissement d'Agathe a fini par se dessiner. À force, je connaissais par cœur le dédale des rues et des impasses. Là où elle habitait, toutes les voies portaient des noms de fleurs : myosotis, pensées, lilas, lavande. La maison d'Agathe était dans l'impasse des Jonquilles, je trouvais la coïncidence bienheureuse : Agathe avait ce côté lumineux et rayonnant du jaune de la fleur. Je me suis garé au croisement des rues, pour ne pas attirer les soupçons.

Avant de m'avancer vers ma sentence, j'ai enfoncé la casquette d'Agathe sur mon crâne. Mon casque à la main, j'ai remonté l'allée à pied. Mon souffle se transformait en buée à chaque respiration. Tout était affreusement silencieux, j'ai hésité à faire demi-tour pour ne pas perturber ce calme. Plutôt que de frapper à la porte d'entrée, j'ai collé ma tête contre la fenêtre de la cuisine pour voir si quelqu'un était réveillé. J'aurais aimé tomber sur Jean-Paul ou Charlène, à défaut d'Agathe. Manque de bol, Véronique était dans la cuisine, en robe de chambre, un café fumant à la main.

M'apercevant, elle est venue ouvrir la fenêtre, le regard dur, les lèvres sévères. Elle ne m'a même pas salué. Pour l'amadouer, j'ai montré le sac de croissants et de pains au chocolat que j'avais acheté sur la route.

— J'ai apporté le petit déjeuner. Est-ce que je peux entrer ?

— Agathe n'est pas levée.

— Je peux l'attendre, ai-je proposé.

Cette idée ne semblait pas l'enchanter. La mère d'Agathe a posé sa tasse sur le rebord de la fenêtre, croisé les bras en me jetant un regard assassin et pris une longue inspiration. J'allais en prendre pour mon grade.

— Gabin, au fond de moi, je sais que tu es un gentil garçon. Tu es drôle, tu es sympathique et, même si tu as cette tendance à faire plein de choses stupides, tu es terriblement attachant.

— Merci, ai-je accepté le compliment avec insolence.

Véronique m'a interrompu avec fermeté :

— Ne me coupe pas. Hier soir, j'ai récupéré ma fille en larmes, sous un abribus. Elle était assise dans le froid depuis une heure et demie. Je me fiche de passer pour une mère poule qui surprotège sa fille et lui interdit de voir certains garçons. Je ne peux pas accepter qu'on fasse pleurer ma fille comme tu l'as fait. Gabin, je vais te laisser entrer ce matin, pour que tu lui fasses des excuses sincères. Mais, cet après-midi, tes parents doivent venir pour le café, tu resteras chez toi. Tant que je n'aurai pas dit à ta mère « Gabin peut venir à la maison », tu n'es plus le bienvenu ici. Est-ce que c'est compris ?

Penaud, j'ai acquiescé. J'avais cru qu'affronter Agathe serait la partie la plus délicate. À y réfléchir, Véronique me terrifiait bien plus. D'un signe de la tête, elle m'a indiqué d'entrer. La serrure de la porte d'entrée s'est déverrouillée dans un cliquetis, j'ai essuyé mes pieds sur le paillasson. Si en plus de faire pleurer sa fille je salissais sa maison, Véronique m'en voudrait à vie. Elle m'a arraché le sac de viennoiseries des mains.

— Merci pour le petit déjeuner.

Véronique a tourné les talons, en piochant un croissant dans le pochon. Je suis resté sur le pas de la porte, perdu. J'ai demandé :

— Je peux aller la réveiller ?

N'obtenant pas de réponse, j'ai pris ça pour un oui. La moquette sur l'escalier étouffait mes pas, l'étage baignait dans un silence endormi. La chambre d'Agathe se trouvait au bout du couloir ; sur la porte, un panneau disait « Défense d'entrer (sauf si vous avez des bonbons à me donner) ». La main sur la poignée, j'ai failli faire demi-tour. Pourquoi ne pas lui écrire une lettre d'excuses à la place ? J'étais sûr qu'Agathe n'avait jamais reçu de lettre, ça pouvait être romantique… Mais j'avais fait tout ce chemin et affronté Véronique, il aurait été trop bête de reculer maintenant.

J'ai laissé la porte entrouverte, quelques rais de lumière filtraient entre les volets. Dans l'obscurité et sur la pointe des pieds, je me suis assis sur le lit. Les couvertures s'entrecroisaient, les coussins étaient éparpillés sur le matelas et, au milieu de cette masse informe de draps, Agathe dormait. Au début, j'ai voulu la secouer gentiment pour la réveiller, mais je m'en suis gardé. Quel droit avais-je de la toucher quand je m'étais comporté comme un parfait connard ? Au lieu de quoi j'ai chuchoté :

— Agathe ! Agathe, réveille-toi, c'est Gabin.

Si j'avais dû élever la voix, celle-ci se serait brisée. La poitrine d'Agathe s'est soulevée au rythme de sa respiration perturbée. Encore endormie, elle a marmonné :

— Mmh, pourquoi t'es là ? C'est un rêve ? Je dois pas rêver de toi, je te déteste.

C'était peut-être lâche de réclamer son pardon pendant qu'elle dormait, mais le remords me tordait les tripes et m'étouffait, j'ai balbutié :

— Je… je suis venu m'excuser. Je suis désolé pour ce qui s'est passé hier soir. S'il te plaît, Agathe, pardonne-moi.

Tu peux me donner une claque si tu veux. En fait, à partir de maintenant, tu peux me gifler dès que je te fais du mal.

Elle avait bien entendu, puisqu'elle a levé une main molle et cherché mon visage. Agathe a aplati sa paume contre mon nez, on aurait dit une caresse de chat.

— Tu peux taper plus fort, l'ai-je encouragée.

Elle a refait une tentative, mais ne m'a pas fait plus mal. Peut-être retenait-elle ses gestes ; moi, à sa place, je me serais giflé sans hésiter. Aller-retour, même ! Au moins, le numéro a réveillé Agathe, elle a allumé sa lampe de chevet, la lumière jaune m'a aveuglé. Les premières secondes du face-à-face ont été rudes. Je portais sa casquette en espérant la faire sourire, mais elle ne s'est pas déridée, pas une fois. Je m'y attendais, ça ne m'a pas fait moins mal… J'ai répété, au cas où le message n'était pas bien passé :

— Je suis désolé. Je suis désolé de t'avoir délaissée hier soir.

— C'est quoi, ton excuse ?

— J'en ai pas. Je suis nul, tu as le droit de m'en vouloir.

C'était compliqué de connaître le fond de sa pensée. Agathe croisait les bras et évitait mon regard. De mon côté, j'attendais sa réaction l'estomac noué d'appréhension. Une part naïve de moi me persuadait qu'elle allait balayer cet épisode désagréable et qu'on allait reprendre là où on en était. Après tout, par le passé, elle avait pardonné mon indifférence à son égard quand j'étais avec mes potes…

Une éternité plus tard, elle a soufflé :

— Je t'en veux. Évidemment, je t'en veux. Mais… je m'en veux aussi. Si je te dis pourquoi, tu vas te moquer de moi.

— Non. Promis.

Son regard s'est baladé sur le plafond. J'aurais tout donné pour qu'il croise le mien. Plus elle détournait les yeux, plus j'avais la sensation d'être invisible. Agathe a rassemblé ses esprits, coincé ses mèches rebelles derrière ses oreilles, ramené ses genoux contre sa poitrine. Chacun de ses tics nerveux faisait monter la pression en moi. Enfin, elle a expliqué :

— Je m'étais peut-être fait des films… Je croyais que… je pensais qu'il y avait un truc entre nous. Un truc en plus, et pas seulement de la complicité. Mais hier, quand je t'ai vu avec tes amis, si différent, encore plus extraverti que d'habitude, j'ai réalisé que je ne savais rien de toi. Rien du tout. Toi non plus, tu ne connais rien de moi. Je ne sais pas quelle est ta couleur préférée, je ne sais pas si tu es bon en maths… Gabin, jusqu'à hier soir, je ne connaissais même pas le prénom de tes meilleurs amis ! Tu vois, je parle de tous ces détails que les gens qui te voient tous les jours savent sur toi.

J'ai eu un mouvement de recul, décontenancé. Son discours me révoltait. J'ai répliqué avec ferveur :

— Arrête, Agathe, tu connais plein de choses sur moi. Tu connais ma famille, c'est une sacrée partie de moi. Tu connais aussi mes musiques préférées, tu sais à quel point je suis mauvais joueur, tu me laisses toujours les pistaches les plus ouvertes parce que tu sais que je déteste les décortiquer. C'est con, hein ! Mais c'est aussi simple que ça. En vérité, tu me connais mieux que tous les gens qui ont vu mon bulletin de notes. Quand je suis avec toi, je suis moi. J'essaie pas d'être cool pour m'intégrer. On a un *truc*, Agathe, on… on s'est embrassés une fois et c'était le meilleur baiser de mon existence. On a un *truc*, mais on n'a jamais pris le temps de définir ce *truc*. Si on le faisait, ça pourrait fonctionner, si on prenait le temps, on pourrait… être ensemble. Agathe, tu pleures ?

Elle a secoué la tête, essuyant sa joue au même moment. Mon cœur s'est brisé, c'était à cause de moi qu'elle pleurait, j'étais l'unique responsable de ses larmes.

— Tu peux pas…

La voix d'Agathe s'est éraillée, elle s'est raclé la gorge avant de reprendre :

— Tu peux pas m'inviter à une soirée, la passer en oubliant mon existence et venir me réveiller avec tes beaux discours. C'est pas réglo de ta part. J'ai envie de te croire, mais je ne suis pas masochiste. Je ne vais pas te laisser me rouler dessus avec un camion encore une fois.

— J'ai pas mon permis poids lourd, de toute façon.

Elle a souri, mais le rictus amer n'avait rien de réjouissant.

— On doit se tenir à ce qu'on était, Gabin. On doit continuer à faire des batailles de nourriture et à perdre des gamins dans les magasins. On n'est pas faits pour plus. Autant oublier toute cette histoire et rester des potes de fête de famille. C'est ce qu'on était de base : des gens qui ne se voient qu'aux repas de famille. Ça doit redevenir comme avant.

Cette idée m'était insupportable.

— Et entre deux repas de famille ? Qu'est-ce que je dois faire ? Attendre de te revoir ? Barrer les jours sur le calendrier ?

Agathe a haussé les épaules.

— Joue au foot, organise des combats de coqs. Tu trouveras bien des conneries à faire.

J'ai bien perçu la plaisanterie dans sa voix, mais la blague n'a pas allégé l'atmosphère. Avec dépit, j'ai accepté le marché. Il n'aurait servi à rien d'argumenter, de la supplier de me laisser une chance. Agathe avait choisi de se protéger, je la comprenais. Tout ce que j'espérais, c'était qu'un jour elle change d'avis.

Pour combler le blanc et sortir de l'embarras, j'ai demandé :

— Tu as faim ? J'ai apporté des pains au chocolat.

— Tu as apporté des pains au chocolat ?

Agathe a bondi en vitesse, encore en pyjama. Seul dans sa chambre, j'ai pris une photographie mentale des lieux, puisque je ne les reverrais plus jamais. Agathe venait de me dire qu'on ne devait se voir qu'aux réunions de famille, et sa mère m'avait demandé de ne plus y assister.

Il nous avait fallu quatre mois, à Agathe et moi, pour faire un pas l'un vers l'autre. Ce n'était pas celui que j'aurais voulu. Au matin de cette nouvelle année, nous venions de sceller un pacte tacite : ne pas tomber amoureux l'un de l'autre. Plus on me demandait de ne pas faire quelque chose, plus j'avais envie de le faire. Heureusement pour moi, je ne pouvais pas tomber amoureux d'elle, pour une bonne raison.

Je l'étais déjà.

Chapitre 12

La galette des Rois

Agathe

Cette année, la galette des Rois se faisait chez ma sœur et pas chez nous. C'était une véritable angoisse pour ma mère, car Charlène n'avait pas demandé la recette de la frangipane. Maman ne lui faisait pas confiance, elle craignait de se voir servir une galette de supermarché. Ma mère avait le sens du sacré quand on en venait aux traditions culinaires. La recette se transmettait de mère en fille depuis cinq générations, et Charlène vivait ce jour-là son baptême de galette.

Maman m'a dépêchée pour apporter à ma sœur tous les ingrédients. Armée de mon sac plastique qui contenait farine, sucre, poudre d'amande et tonnes de beurre, j'ai traversé le bourg sous un grand soleil. Il ne manquait plus que la cape et je participais à une reconstitution théâtrale du *Petit Chaperon rouge*. Je me demandais bien qui tenait le rôle du grand méchant loup…

Charlène et Olivier habitaient dans un hameau à l'opposé de notre lotissement. Ils avaient acheté un vieux corps de ferme pour une bouchée de pain, et dans la veine du tout bio, du zéro déchet et de l'éducation positive qu'ils prévoyaient pour leur enfant, ils s'étaient mis en tête de retaper eux-mêmes la maison. Quand ils ne travaillaient pas – elle comme aide-soignante et lui comme vendeur en jardinerie – ou n'étaient pas en repas de famille, ils passaient leurs week-ends dans des bleus de travail à rénover leur baraque pièce par pièce. Pour le moment, les murs n'étaient pas peints et à l'étage, dans leur chambre, le parquet n'avait même pas été posé. En revanche, ils avaient une cuisine flambant neuve. J'ai frappé à la porte, personne n'a répondu, alors je suis entrée. J'ai débarqué au milieu d'une conversation houleuse.

— C'est mon frère ! a déclaré Olivier, énervé. Comment ça, je n'ai pas le droit d'inviter mon frère ? C'est n'importe quoi !

— Ce sont les règles, a expliqué Charlène. Ton frère a brisé le cœur de ma sœur, pas de galette des Rois pour lui.

— Et comment tu le sais, ça ? Hein ? Comment tu peux être sûre que ce n'est pas ta sœur qui aurait brisé le cœur de mon frère ?

— Oh, quand même ! Tu connais Agathe, c'est un sucre d'orge. Elle n'oserait jamais. Ton frère, c'est une autre histoire…

— Quoi ? Mais ça va pas ? De quel droit tu te permets de dire du mal de mon frère ?

Charlène et Olivier se disputaient souvent ; même avant leur mariage, ils étaient les rois des prises de bec. On s'y habituait, mais cette fois leur querelle me mettait mal à l'aise : j'étais au centre. Pour signaler ma présence, j'ai frappé à la porte de la cuisine. Charlène et Olivier se sont tournés vers moi comme un seul homme, avant de se taire. J'ai déposé les courses sur la table.

— Tiens, maman t'a acheté ça. Elle t'a mis la recette de la galette à la frangipane avec.

Charlène a levé les yeux au ciel avec un soupir agacé.

— Incroyable… Elle ne me fait vraiment pas confiance.

Ma sœur a déballé les courses, empilant les plaquettes de beurre les unes sur les autres. Je me suis trémoussée d'embarras avant d'oser dire, les yeux au sol :

— Vous savez, vous pouvez inviter Gabin. C'est pas grave, ce qui s'est passé, c'est pas comme s'il m'avait larguée après six ans de relation. On n'était même pas ensemble. C'était rien, il était avec ses amis, c'est normal qu'il les ait privilégiés.

Je me justifiais beaucoup trop, Charlène a rejeté mes arguments, restant sur sa position de départ – à savoir celle de ma mère.

— On n'invite pas Gabin. Il a merdé, il doit être puni, il ne mérite pas de galette.

Olivier a eu un rire méprisant.

— Maintenant, il y a une échelle du mérite de la galette ? Non, mais vous vous entendez ?

— Bien sûr ! Avoue-le, ton frère a été abject avec Agathe. Tu le défends parce que c'est ton frère ; ça aurait été n'importe qui d'autre, tu serais d'accord avec moi.

— Il a dix-sept ans ! On était tous cons, ados. Moi aussi, j'ai donné des faux espoirs à des filles, est-ce qu'on aurait dû me priver de galette des Rois ?

— Eh bien peut-être, a tranché Charlène. Ça ne t'aurait pas fait de mal !

Je ne savais plus où me mettre. Je les ai suppliés pour qu'ils cessent de s'engueuler :

— Stop ! Arrêtez de vous prendre la tête, tous les deux. Invitez Gabin. Ça va, je vous dis. Ça ne me dérangera pas de le voir, et puis ça lui fera plaisir. Il aime beaucoup la galette.

À cette dernière phrase, j'ai compris que j'étais perdue pour la France. Je connaissais jusqu'aux goûts culinaires de Gabin. Dans un sens, ça n'avait rien d'étonnant, chacune de nos entrevues avait plus ou moins pour but de partager un repas. Parfois, le simple fait de le voir faisait gargouiller mon estomac.

Il était presque quinze heures, le rendez-vous pour manger la galette des Rois avait été fixé à 16 h 30. Rentrer chez moi n'aurait servi à rien, même si ce n'était pas l'envie qui me manquait. J'étais fatiguée, j'avais des devoirs à boucler et, surtout, je ne supportais plus l'apitoiement de Charlène sur mon sort. Elle traitait le problème avec le sérieux accordé à une véritable rupture. Depuis une semaine, elle m'appelait tous les soirs, elle débarquait à l'improviste, on regardait la duologie de *Mamma Mia !* pour me réconforter, et tout du long elle pestait contre Gabin et me rassurait sur mon avenir amoureux. J'acceptais avec résignation, j'aurais préféré qu'elle me foute la paix.

Ce n'était pas une rupture, Gabin et moi n'avions *jamais été ensemble.* Charlène ne lâchait pas le morceau, persuadée que j'avais le cœur brisé et que je pleurais en secret sous la douche. Après que ma mère l'avait viré le 1er janvier, j'avais passé la journée dans mon lit, faisant le deuil de cette relation avortée. Désormais, tout roulait. Gabin n'était plus un problème : il n'avait jamais été mon copain.

J'ai aidé ma sœur à préparer la galette ; elle a pris quelques libertés avec la recette de maman et j'ai dû lui promettre de ne pas balancer. Au moment où j'enfournais le plat, Charlène a poussé un cri strident, j'ai manqué de tout renverser.

— On a oublié la fève ! On n'a pas de fève. Agathe, on n'a pas de fève, on ne peut pas faire une galette sans fève.

Flageolant encore sous le choc, j'ai marmonné :

— Oui, j'ai compris.

Charlène se prenait la tête entre les mains, se touchait le front avec accablement, secouait le menton d'un air horrifié.

— Comment on va faire ?

— Tu n'as pas de fève chez toi ?

— On les a toutes jetées lors du déménagement.

— On n'a qu'à demander à Gabin d'en apporter une. Il a un tiroir rempli de fèves. Il en faisait collection quand il était petit.

Ma sœur a posé sur moi un regard inquisiteur. J'ai dit, sur la défensive :

— Quoi ?

— « Il a un tiroir rempli de fèves. Il en faisait collection quand il est petit », m'a-t-elle imitée d'une voix aiguë et railleuse. Dis ce que tu veux, Agathe, je reste certaine que tu sortais avec ce gars.

J'ai levé les yeux au ciel, on avait déjà eu cette conversation des dizaines de fois. Charlène a insisté, comptant ses arguments sur ses doigts :

— Vous vous êtes embrassés. Vous connaissez tout l'un de l'autre. Il t'a présentée à ses amis. Il t'a présentée à ses *parents*.

— N'importe quoi, je connaissais déjà…

— Vous vous laissiez des petits mots mignons. Vous vous êtes offert des cadeaux pour Noël. Vous avez eu des disputes de couple. Vous… Tu veux que je continue ?

— Non merci.

— Agathe, tu sortais avec Gabin.

J'ai posé la galette sur la table, retiré mes maniques, puis j'ai quitté la cuisine. Charlène m'a interceptée alors que j'enfilais mon manteau, elle avait de la farine dans les cheveux et des grumeaux de beurre sur son tablier.

— Tu rentres ? s'est-elle étonnée.

— Oui, tu m'énerves.

— C'est complètement bête, le temps de marcher jusqu'à la maison, tu devras monter dans la voiture et revenir.

— Eh bien, peut-être que je ne reviendrai pas !

J'ai claqué la porte. Ma sœur pouvait être horripilante, elle n'y comprenait rien. C'était facile pour elle, Olivier et elle s'étaient rencontrés à l'époque du collège et étaient amoureux depuis. À force d'être en couple, elle en oubliait la règle fondamentale : si les personnes n'avaient pas décidé clairement qu'elles étaient ensemble, alors elles ne l'étaient pas.

Sur le chemin, j'ai mis mes écouteurs et la musique aussi fort que mon téléphone le permettait, espérant que le volume au maximum annihile mes pensées. Mauvaise idée, l'effet inverse s'est produit. La mélodie m'a coupée du monde autour de moi. J'ai repensé à la dispute entre ma sœur et Olivier : qui aurait le dernier mot ? Est-ce que j'allais revoir Gabin ? Est-ce que je voulais revoir Gabin ? Oui. Non ! Non, bien sûr que non. Une minuscule semaine s'était écoulée depuis le matin du 1er janvier, je n'étais pas prête à lui pardonner. Ou peut-être l'avais-je déjà fait… Si, à y réfléchir. Si, j'avais carrément envie de le revoir. J'avais envie qu'on plaisante, qu'on s'amuse, qu'on retrouve l'ambiance des fêtes de famille du début. Derrière cette idée, je cachais tant bien que mal les sentiments que j'éprouvais à son égard. J'aurais peut-être dû me protéger, ne jamais le revoir et reléguer cette histoire dans le passé. J'aurais peut-être dû accepter d'enterrer ma relation avec Gabin, pas de repas du dimanche, pas de galette des Rois, pas de retrouvailles.

Quand je suis arrivée devant chez moi, le moteur de la voiture tournait, papa attendait que maman finisse de se préparer. Il a paru surpris de me voir.

— Eh bah ? Tu n'es pas chez ta sœur ? Allez, monte. On part.

Il m'a fallu moins d'une seconde pour faire mon choix. J'ai grimpé sur la banquette arrière.

En me pointant à nouveau chez Charlène, une demi-heure après mon départ, j'ai eu l'air conne. Ma sœur m'a accueilli par quelques remarques cinglantes que je n'ai pas relevées avant de disparaître dans la cuisine. Les parents de Gabin n'étaient pas arrivés, mais une voix familière m'est parvenue. Suivant l'odeur de pâtisserie alléchante, je me suis approchée de la cuisine mais suis restée dans le salon, une épaule appuyée contre l'encadrement de la porte. Mon air détaché était bien loin de refléter l'appréhension qui me nouait la gorge.

Penchés sur la table, Gabin et Charlène examinaient des fèves éparpillées sur la nappe. Ma sœur en prenait une, l'observait à la lumière, Gabin la lui arrachait des mains de peur qu'elle ne la casse. Un sourire tendre s'est dessiné sur mes lèvres, je l'ai aussitôt réprimé, par fierté. Gabin a attrapé une des fèves et s'est exclamé :

— Celle-là, c'est *vraiment* ma préférée.

— Les trois d'avant aussi étaient tes préférées.

— Elles sont toutes trop magnifiques, j'ai peur de les trahir en faisant un choix.

Charlène a haussé les sourcils avec condescendance.

— Ce sont juste des bouts de porcelaine…

— Ne l'écoutez pas, a chuchoté Gabin à l'intention de sa collection. Elle ne vous comprend pas…

Ma sœur a soupiré, le laissant à ses lubies. En sortant de la cuisine, elle m'a tapoté l'épaule comme pour me souhaiter bon courage. Charlène, qui s'était indignée contre les frasques de Gabin à mon égard, me laissait seule avec lui à la première occasion. Quelle sœur exemplaire !

Quand Gabin a levé la tête vers moi, une décharge électrique m'a secouée. Quand il m'a souri tristement, mon cœur s'est serré. J'ai tenté de rester digne, je ne voulais pas lui rendre son sourire, ça aurait été lui tendre la main. Il a pris une inspiration, j'ai cru qu'il allait s'excuser de nouveau. Au lieu de quoi il m'a confié avec dépit :

— L'année dernière, j'étais à deux doigts de finir ma collection des Schtroumpfs, mais ma mère a refusé d'acheter d'autres galettes.

Le sujet était à côté de la plaque, ça m'a presque rassurée. On ne s'aventurait pas en terrain miné. J'ai renchéri :

— Tu continues ta collection ? Je croyais que c'était un délire de gosse.

Son regard m'a signifié que je venais de dire un truc bête.

— J'ai pas dix-huit ans, je suis encore un enfant.

J'ai ri.

— Ah oui ? Tu deviendras adulte le jour de tes dix-huit ans ? Le matin de ton anniversaire, tu te lèveras, tu te mettras à boire ton café, à te plaindre des impôts, et tu arrêteras de collectionner des fèves ?

— C'est le plan.

Pourquoi continuer à le cacher ? Mon sourire béat était revenu malgré mes efforts pour le réprimer. Je me suis approchée de la table pour jeter un coup d'œil aux fèves. J'en ai pris une, elle était cassée.

— Harry Potter n'a plus de tête, ai-je commenté.

— Pas grave, j'en ai six de lui. Il a fallu dix-sept galettes avant d'obtenir Dumbledore. En plus, je me suis pété la dent sur Hermione.

— Sortie de son contexte, cette conversation serait beaucoup trop bizarre.

J'ai reposé Harry Potter sur le tas et attrapé une autre fève. Les épaules de Gabin se sont crispées sur le coup, une lueur de terreur animait son regard. Il m'a chuchoté :

— S'il te plaît, fais super attention avec Super Mario. C'est la pièce maîtresse de ma collection. Quand ils ont mis en vente les galettes, il n'y avait que dix exemplaires en circulation.

Son sérieux soudain m'a plus amusée qu'autre chose. Gabin parlait de cette fève comme de la prunelle de ses yeux. Pour me jouer de lui – et peut-être pour me venger de toutes les misères qu'il m'avait fait subir –, j'ai testé ses limites, lançant la fève en l'air et la rattrapant dans la paume de ma main. Gabin tressautait d'effroi. Il a fait un pas vers moi, inquiet, j'ai reculé, un air malin sur le visage.

— Agathe, s'il te plaît, je suis sérieux. C'est fragile.

— Comme mon cœur, ça ne t'a pas empêché de le briser.

La blague n'était pas malintentionnée. Je ne lui jetais pas ce reproche à la figure, je plaisantais sincèrement, me disant qu'au train où on allait, notre complicité aurait raison de l'amertume. Gabin s'est immobilisé, désolé. J'ai froncé le nez.

— C'est trop tôt, c'est ça ?

— Un peu, a-t-il soufflé. Allez, Agathe, rends-moi la fève avant de faire une connerie.

L'affolement dans son regard était bien trop marrant. J'ai reculé encore, la fève dansait entre mon pouce et mon index, Super Mario narguait un Gabin livide.

À force de marcher à reculons, je me suis cogné la tête sur le coin d'une porte de placard restée ouverte. Le heurt a fait un bruit sourd. Sous le choc, j'ai lâché la fève, la porcelaine a rebondi sur le carrelage et volé en éclats.

— La vache ! s'est exclamé Gabin. Ça va ? Tu t'es pas fait mal ?

J'ai porté mes doigts à l'endroit du coup. Gabin a attrapé ma tête et vérifié à travers mes cheveux que je ne saignais pas. Plus tard, en repensant à ce moment, je réaliserais ce que son geste signifiait : Gabin tenait à moi. Sa fève préférée était tombée, mais c'était vers moi qu'il s'était précipité pour s'assurer que j'allais bien. Lorsqu'on connaissait la passion qu'il portait à ces fichues fèves, ça *comptait*. Gabin m'a relevé la tête et m'a souri.

— C'est bon. T'as rien.

Je crois avoir murmuré un « merci » fébrile. Je ne sais plus. Mes yeux se sont arrêtés sur un morceau de fève qui avait glissé sous la table. Les autres éclats avaient disparu dans la cuisine.

— Par contre, Super Mario…

Suivant mon regard, Gabin a ramassé le fragment de sa fève collector. Il ne m'a pas crié dessus, il a déposé l'éclat dans la boîte et rangé les autres fèves. La porcelaine contre le métal a fait un raffut d'enfer. D'un soupir, il a relativisé :

— Tant pis. Je vais avoir dix-huit ans cette année, de toute façon. La collection de fèves, c'est fini.

J'ai eu un pincement au cœur coupable pendant qu'il refermait la boîte. Le minuteur du four a sonné, ma sœur est apparue.

— Tes parents sont là, Gabin. Va leur dire bonjour.

— Je vis avec eux, lui a-t-il rappelé. Et puis, avant que je parte, ma mère m'a gueulé dessus à cause des chaussettes sales qui traînaient dans ma chambre. Je pense pas qu'elle veuille me dire bonjour.

— Peu importe, dégagez, vous deux, a ordonné ma sœur.

Dix secondes plus tard, elle s'écriait à en faire trembler les murs :

— À table !

Dans la salle à manger, le placo n'était pas encore peint, on voyait les rainures du plâtre. Papa et Michel, le père de Gabin, discutaient des travaux. Parfois, ils tapaient sur les murs pour vérifier s'ils étaient porteurs. Mon père, surtout, faisait semblant de s'y connaître. Il était libraire et ne savait rien faire de ses mains. Maman s'occupait du bricolage à la maison.

Sur la table, ma sœur avait dressé le service à dessert reçu en cadeau de mariage. L'argenterie brillait encore. Dans un coin, le sapin de Noël commençait à faire la gueule, Charlène et Olivier ne l'avaient pas encore enlevé. J'ai tiré une chaise et je me suis assise la première. Gabin s'est installé à ma gauche avec un naturel déconcertant. Quand le reste de la famille a eu pris place, Charlène a posé sur la table une galette des Rois encore fumante. Ignorant les commentaires et critiques de maman sur le doré de la pâte feuilletée ou sur la cuisson « qui aurait mérité une ou deux minutes de plus ! », Charlène a demandé :

— Qui va sous la table ? Gabin ? Agathe ?

On s'est regardés, avant de déclarer en chœur :

— Moi.

— Quoi ? Pourquoi ? C'est moi le plus jeune ! a protesté Gabin.

— N'importe quoi, me suis-je énervée. Tu es né en juin, et je suis née en août.

— C'est moi qui ai apporté la fève.

— Et moi j'ai fait la galette.

— Allez tous les deux sous la table, si vous y tenez tant que ça, a proposé Alexandra.

Il ne fallait pas nous en dire plus. Gabin et moi nous sommes laissés glisser de nos chaises sous la nappe. Me retrouver dans cette forêt de jambes a fait resurgir en moi des souvenirs d'enfance oubliés. Seulement, on n'était plus des enfants. Le dessous de la table était étroit pour nous deux. Je me suis recroquevillée. Gabin a crié le prénom de son frère, il me tournait le dos. Je lui ai chuchoté :

— Qu'est-ce que tu fabriques ? Euh… Maman, enfin, Véronique.

— J'attache les lacets de mon père ensemble, a-t-il répondu à voix basse avant de hausser à nouveau la voix : Charlène !

— T'es un gamin. Michel !

— C'est pour ça que tu m'aimes. Alexandra !

Un frisson m'a parcourue. Il blaguait, pas vrai ? Il plaisantait, comme d'habitude. Je suis restée silencieuse, l'impatience a soulevé la tablée. Reprenant mes esprits, j'ai bégayé :

— J-Jean-Paul.

Gabin a levé des yeux graves sur moi, presque aussi chamboulé que moi. Sous la table, l'air est devenu plus rare. Il ne restait que nos deux parts. Gabin a murmuré :

— Tu m'aimes, hein ? Parce que moi, oui.

À voix haute, il a ajouté :

— Agathe !

— La dernière part sera donc pour Gabin, a conclu ma sœur.

Gabin est retourné sur sa chaise en premier. Je suis restée quelques secondes cachée, déboussolée et cramoisie. Quand j'ai émergé, j'avais l'impression que les regards étaient rivés sur moi. En réalité, personne n'avait rien entendu, nos parents s'émerveillaient du feuilleté de la pâte, de la rondeur de la frangipane et complimentaient Charlène sur sa galette – sauf maman, qui la soupçonnait de ne pas avoir suivi *sa* recette. Difficile de croire aux péripéties qui avaient ponctué la distribution des parts.

Gabin était un mystère. Il m'avait avoué ses sentiments d'une façon improbable. Comme ça, en attribuant les parts d'une galette des Rois.

J'ai eu la fève. Ma sœur aussi. Et la mère de Gabin. En fait, tout le monde a eu la fève, Charlène en avait glissé une dans chaque part. La nuit tombait déjà quand les assiettes ont été vides. Les parents de Gabin ne pouvaient pas s'attarder, ils sont vite partis, leur fils les a suivis sur son scooter. Sans une explication, il a enfilé son manteau et m'a fait la bise pour me dire au revoir.

Bordel, qu'est-ce qui ne tournait pas rond chez ce gars ?

Il y a des milliards d'hommes sur terre ! Des milliards ! Et moi, j'avais choisi celui qui concevait l'amour comme une partie de poker. Il bluffait, se couchait, misait un peu, beaucoup… Aujourd'hui, il venait carrément de faire tapis.

Chapitre 13

La Saint-Valentin

Gabin

Ma mère méritait un Oscar. La veille, elle nous avait livré une prestation poignante : « Non, tu m'emmènes passer le week-end en thalasso à Saint-Malo pour la Saint-Valentin ? C'est pas vrai. Mon chéri, c'est adorable ! Alors, là, je ne m'y attendais vraiment pas. » Elle avait découvert la réservation de l'hôtel il y a trois mois, et elle ne s'y attendait pas ? Mon œil ! Mes parents, d'aussi loin que je m'en souvienne, n'avaient jamais fêté la Saint-Valentin. Mon père offrait peut-être un bouquet de fleurs à l'occasion, mais jamais de voyage surprise. Le mariage de Charlène et Olivier avait peut-être ravivé son romantisme.

Tiens, en parlant d'amour.

Précédemment dans *Agabin*.

Agathe et moi, on s'était fait la promesse implicite de ne pas tomber amoureux ; problème, j'étais déjà tombé amoureux d'elle avant de faire la promesse. Agathe a cassé la fève la plus rare de ma collection, mais je ne lui en ai pas voulu. J'ai beau avoir toutes les raisons de m'énerver, quand je suis avec elle, je n'arrive pas à être en colère. On s'est retrouvés pour manger une galette.

C'était sympa. Jusqu'à ce que je lui avoue mes sentiments sous une table où flottait une bonne odeur de pieds. Moins sympa. Depuis, Agathe ne m'a pas parlé. Je lui avais envoyé un message pour lui proposer un ciné. Elle n'a jamais répondu.

À mon avis, Agathe croit que j'ai voulu tenter un coup de maître en lui avouant que je l'aimais. Elle doit s'imaginer que je suis en train de jouer avec elle, que j'essaie de la manipuler pour me faire pardonner. Elle n'a pas répondu de peur d'être prise pour une conne, ou pire, d'être *encore* prise pour une conne. Pas du tout !

En vérité, j'ai paniqué comme un claustrophobe dans un ascenseur. Agathe était là, devant moi, peut-être pour la dernière fois, car sa mère et sa sœur avaient mis ma tête à prix. J'ai pensé : *Gabin, si tu dois ne plus jamais la revoir, quitte sa vie avec dignité.* Et depuis, c'était malheureusement ce qui s'est passé : en un mois et une semaine, pas de nouvelles, pas de repas. Les fêtes de fin d'année avaient mis nos estomacs sous pression, tout le monde avait besoin d'un break. C'était la première fois qu'on arrêtait de se parler pendant si longtemps. Agathe m'avait rayé de son existence, elle me manquait terriblement, mais je n'osais plus faire un pas vers elle de peur de l'étouffer. Je souffrais dans mon coin, mes potes me raillaient à longueur de journée. C'était ma première peine de cœur, eh bah, c'était pourri.

Le vendredi soir, deux jours avant la Saint-Valentin, mes parents ont pris la route. Ils allaient passer le week-end à se faire masser et à barboter dans des jacuzzis, les petits veinards. J'avais la maison pour moi tout seul et la liberté de faire pipi la porte ouverte pour entendre la télévision.

Il était vingt heures, je mangeais des pâtes – j'étais tout à fait le cliché de l'adolescent peu débrouillard, qui ne sait cuisiner rien d'autre que des pâtes – quand mon téléphone a sonné. Le numéro était masqué, j'ai décroché le cœur battant. Je n'ai pas eu le temps de dire « Allô ? » qu'on m'a ordonné :

— Habille-toi en noir et mets des lunettes de soleil. Rendez-vous au stade de foot dans quinze minutes.

La ligne s'est coupée, j'ai fixé l'écran de mon téléphone de longues secondes, ahuri. Il n'y avait pas de mystère sur l'identité de la personne, j'aurais reconnu sa voix parmi des milliers. Agathe avait un timbre particulier, sa voix s'éraillait sur les sonorités aiguës. Je n'en revenais pas. Elle avait fait le premier pas. Après un silence radio d'un mois et une semaine, elle brisait enfin la glace entre nous. Agathe avait pris les choses en main, Agathe voulait me revoir. Agathe acceptait de me reparler. Elle ne m'en voulait peut-être pas tant que ça.

Mes pâtes ont refroidi dans mon assiette, j'ai foncé à l'étage pour m'habiller, un feu au creux de moi. Je brûlais d'impatience de la revoir et j'avais trop peur qu'elle change d'avis si j'étais en retard au rendez-vous. Je me suis habillé en couleurs sombres et, avant de sortir, j'ai enfoncé ma casquette « Beauf de Bretagne » dans la poche de mon blouson. J'ai sorti mon scooter du garage en un temps record, j'ai passé gants, cache-col et casque, et j'ai mis un autre casque entre mes pieds au cas où je devrais prendre Agathe comme passagère. Une chaleur heureuse irradiant dans ma poitrine, je me suis élancé dans la nuit d'hiver.

Le stade de foot se trouvait à l'entrée de la commune d'Agathe. Les projecteurs allumés illuminaient le terrain et ses alentours, les petits terminaient leur entraînement. Je me suis engagé dans le parking, à la recherche d'Agathe. Comme elle n'était nulle part, j'ai tourné un peu avec mon scooter, les doigts engourdis par le froid. Enfin, elle est apparue au portail, vêtue d'un pantalon et d'une veste en cuir noir. Un bonnet aplatissait ses cheveux crépus. J'ai roulé à sa rencontre. Quand j'ai garé mon scooter et ai voulu lui parler, elle a levé une main pour m'en empêcher.

— Ce soir, on est des espions en mission. C'est top secret, si tu grilles notre couverture, je te tue. Compris ?

J'ai acquiescé frénétiquement. Avais-je espéré en secret qu'elle me donnait rendez-vous pour m'avouer qu'elle m'aimait en retour et me pardonnait ? Peut-être. Étais-je blessé par son ton sec, son salut froid et la distance qu'elle maintenait entre nos corps ? Bien sûr. Préférais-je de loin voir Agathe ainsi, cassante et glaciale, plutôt que ne pas la voir du tout ? Absolument. Elle m'avait appelé, ce n'était pas pour rien. J'ai répliqué :

— Tu as misé sur le bon cheval ! Je suis un super espion. J'ai un bac plus trois en espionnage.

— Bac plus trois ? C'est pas assez. Je vais devoir prendre un autre candidat.

— Bac plus cinq ! ai-je surenchéri. J'ai un master en espionnage, option tuning et beauf.

Agathe a haussé un sourcil.

— Je ne sais pas si ça suffira. Il me faut quelqu'un de patient, discret, diplomate…

— C'est tout moi. Patient… Je patiente tout le temps, c'est mon hobby. Discret… Eh bien, je suis la personne la plus discrète du monde, on ne m'entend jamais. Et diplomate… J'ai eu plein de diplômes : mon brevet des collèges, mon diplôme de secouriste, mes deux ASSR…

Agathe a pincé les lèvres, elle se retenait de rire. Finalement, elle a déclaré :

— D'accord, ça le fera pour cette fois.

J'ai brandi mon poing serré d'un air victorieux.

— Alors, explique-moi. C'est quoi la mission ?

Les yeux d'Agathe pétillaient sous les étoiles, le bout de mon nez était rouge, nos souffles se transmuaient en buée vaporeuse. Agathe a dit :

— C'est la Saint-Valentin dans deux jours.

Son ton solennel laissait croire qu'elle venait de lâcher une bombe, du genre : « Les États-Unis viennent d'envahir le Canada. » Je le savais bien, que c'était la Saint-Valentin, j'y pensais depuis plus d'un mois. La grande question était : allais-je la passer en célibataire ? Agathe ne me parlait plus, ne me répondait pas, ne donnait aucun signe de vie. Je m'étais dit que oui, cette Saint-Valentin, comme les seize autres avant, je serais seul. À moins que… Si je me démerdais bien ce soir, je pouvais changer la donne. L'espoir revenait. Arborant un air désinvolte pour surcompenser mes attentes, j'ai rétorqué :

— Et ?

— Je t'ai déjà parlé de Farah ?

— J'ai jamais entendu parler de Farah.

Ni d'une Farah, ni d'une Lucille, ni d'une Cunégonde ! Agathe ne m'avait parlé d'aucune de ses amies proches, or je doutais que la raison soit qu'elle n'en avait pas. Je pense plutôt qu'elle avait honte de moi…

— Farah est en couple avec un garçon, mais elle le soupçonne de la tromper. Il faut qu'on découvre si c'est vrai avant la Saint-Valentin.

— Ah ! Pour savoir si elle va lui faire une scène ou non.

— Non, pour savoir si elle doit lui faire un cadeau ou non. Gabin, réfléchis un peu ! Farah lui a proposé qu'ils se voient ce soir, mais il a dit qu'il était « occupé ».

Elle a mimé des guillemets avec ses doigts.

— Tu sais ce que ça signifie ? m'a-t-elle interrogé.

— Qu'il est occupé ?

— Que s'il la trompe, c'est ce soir !

J'ai fait la moue, la supposition me paraissait tirée par les cheveux.

— Tu sais, moi, quand je suis « occupé », souvent ça veut dire que j'essaie de faire des pompes en caleçon dans ma chambre. Mais si tu le dis…

— Mais toi, tu es Gabin, t'es pas comme les autres mecs.

Le compliment m'a fait chaud au cœur, mais j'ai tout de même protesté :

— Mmh, je suis à peu près sûr que tous les autres mecs font des pompes en caleçon dans leur chambre. Mais soit, admettons qu'il va tromper Sarah.

— Farah.

— Farah, pardon. C'est quoi le plan ?

— Le gars habite près de l'hypermarché. On va faire le guet en face de chez lui et voir si on trouve des indices. Un vélo, un scooter, des ombres par la fenêtre… Si on a de la chance, on tombe sur lui et son autre meuf dans l'allée. Pigé ?

J'ai acquiescé. Le plan était foireux. Basé sur du vent et des préjugés comme quoi tous les garçons trompent leur copine, il avait de minces chances d'aboutir. J'ai gardé mes commentaires pour moi, Agathe semblait motivée à aider son amie, je ne voulais pas lui retirer ce plaisir. Et puis… Pourquoi l'aurais-je fait ? J'avais l'occasion d'être avec elle. Je ne voulais plus laisser passer aucune opportunité.

J'ai tendu à Agathe le casque entre mes pieds, elle l'a enfilé sans mon aide. Comme au Nouvel An, elle a grimpé à l'arrière de mon scooter. En revanche, plutôt que de s'accrocher à ma taille, elle a saisi les poignées du siège. Message reçu, fini la proximité… J'ai démarré au moment où les joueurs quittaient l'entraînement avec leurs parents. J'ai entendu un ou deux « Bobby » hélés au loin, les gamins avaient reconnu mon scooter vert et jaune. Je me suis empressé de sortir du parking.

Sur la route, le vent glacial fouettait nos corps. Agathe me criait les directions dans les oreilles, faisant clignotant avec ses bras. Ses mouvements et les rafales faisaient tanguer la mobylette, je devais donner des coups de guidon pour contrebalancer le tout. On a failli tomber plusieurs fois. En arrivant devant le supermarché, je me suis garé en vitesse.

— C'est pas là, a dit Agathe.

— Arrête de bouger ! ai-je hurlé en la regardant dans le rétroviseur. Arrête de te balancer si tu ne veux pas qu'on tombe dans le fossé.

Elle a marmonné des mots dans son casque.

— Hein ?

— Pardon…

— Ouais, je préfère.

Pour lui montrer que je n'étais pas si énervé que ça, j'ai fait un clin d'œil dans le rétroviseur. Elle a souri sous sa visière. On est repartis pour nous engager dans le lotissement du gars. J'ai attaché le scooter à un poteau, pendant qu'Agathe étudiait le plan sur son téléphone. Elle s'est élancée avant que j'aie terminé ; pendant qu'elle avait le dos tourné, j'ai sorti la casquette de ma poche et je l'ai enfoncée sur mon crâne. Après ça, j'ai couru pour la rattraper.

Elle avait les yeux rivés sur l'écran de son téléphone. Je lui ai fait remarquer :

— T'as vu ? J'ai mis la casquette que tu m'as offerte.

— C'est génial, Gabin, je suis fière de toi.

J'ai attribué son ton cassant à sa concentration. Les rues étaient calmes, la maison des parents du garçon se trouvait en face d'un parc arboré. Agathe a décrété que c'était l'endroit parfait pour installer le poste d'observation. On s'est enfoncés dans les buissons, que l'hiver avait débarrassés de leurs feuilles. Vêtus de noir, on aurait pu passer inaperçus si la lumière de nos téléphones ne nous avait pas éclairé la tronche. Je voyais mille failles au plan d'Agathe, mais je n'en ai fait remarquer aucune. Agathe souhaitait un endroit confortable, avec une belle vue sur la façade. Pour tracer son chemin, elle écartait des branches, je me les prenais dans le visage. Comme cette fois, dans la forêt. Décidément, Agathe, moi et les branches d'arbres, c'était le triangle amoureux du siècle ! Au bout de la huitième, j'ai râlé. J'étais peut-être amoureux d'elle, mais il y avait des limites à ma complaisance.

— T'as fini de m'envoyer des branches dans la gueule ?

Agathe a maugréé :

— Pauvre petit chou qui se prend des branches dans la figure… Bientôt, il nous demandera des bisous magiques.

— Je ne vais pas demander de bisou magique, je sais que j'abuserais.

La dernière fois, elle m'avait mis un vent magistral, j'en grelottais encore. Agathe a pris le reproche comme un défi :

— Si tu me demandes un bisou magique, je t'en ferai un.

Boum boum boum dans ma poitrine. Je me suis raidi, pensant qu'elle plaisantait. Agathe ne laissait rien transparaître, elle aurait pu être sérieuse, pour ce que j'en savais ! Alors, j'ai tenté :

— D'accord. J'en veux un sur la joue. Regarde, tu m'as griffé.

Contre toute attente, elle a embrassé ma joue. Quelque chose a explosé en moi. Ce n'était pas un simple bisou sur la joue, c'était un bisou d'*Agathe*, c'était le premier contact physique depuis un mois et une semaine, c'était un symbole de son pardon. L'émoi m'a remué les entrailles, je me suis efforcé de garder mon sang-froid.

En réalité, je bouillonnais de bonheur. Ce n'était pas suffisant, j'en voulais davantage. Pour tester les limites d'Agathe, j'ai levé mon index devant son nez.

— Là aussi.

Agathe a roulé les yeux, soupiré, et attrapé ma main avec une douce violence. Elle a planté un minuscule baiser sur ma phalange. J'ai continué :

— Tu sais quoi ? Je crois bien que je me suis pris une branche sur la lèvre aussi.

— Faut qu'on y aille, Gabin.

J'ai soupiré bruyamment, exagérant ma déception. Au fond de moi, j'étais aux anges. La troisième tentative était peut-être tombée à l'eau, mais les deux précédentes étaient une réussite. J'ai traîné dans les pas d'Agathe, pour lui cacher mon excitation. Mais… merde, j'étais vraiment en extase…

On a enfin trouvé un coin dégagé, en face de la maison du type. On s'est assis à même le sol, sur la terre humide, mes fesses étaient trempées dans la seconde mais j'ai subi l'inconfort de la situation. Agathe ne disait rien, elle envoyait un message à sa copine, comme quoi on était sur les lieux. J'ai retiré mes lunettes de soleil. Le monde est devenu plus clair. Tapis dans les buissons, nous étions invisibles, mais le lotissement autour de nous était éclairé par les lampadaires et les spots des allées de garage. Les arbres ont émis des hululements, la nuit nuageuse n'offrait pas d'étoiles, la lune était noire. J'ai entouré mes genoux de mes coudes et, dans le silence, j'ai murmuré :

— Et maintenant ? On attend ?

— C'est ça.

Un silence lourd et poisseux s'est installé. L'enthousiasme était retombé d'un coup, après les effusions des bisous magiques. Un frisson de froid a parcouru mon échine, mon optimisme m'abandonnait. Trouver quelque chose, briser la glace, il fallait agir. J'ai proposé :

— Est-ce que tu veux faire un jeu ?

— Non.

J'ai pincé les lèvres, à court d'idées. Agathe s'était recroquevillée, les genoux contre la poitrine. Elle avait visiblement froid.

— Tu veux ma veste ?

— Non, c'est bon, merci.

Nouvelle gifle. Je ne la comprenais plus. Elle me soufflait le chaud et le froid sans arrêt, elle me faisait passer d'un extrême à l'autre. Elle m'appelait après un mois sans nouvelles, mais c'était pour une escapade grotesque.

Elle me laissait penser qu'elle m'avait pardonné, avant de se fermer à toute conversation. Elle se comportait comme si j'étais son pote, alors qu'elle savait que j'étais amoureux d'elle. J'avais joué au con, oui, mais pour le coup sa vengeance était cruelle. Le silence s'éternisait, et rien ne m'était plus insupportable que l'absence de bruit. Dans un ultime essai, j'ai demandé :

— Agathe, pourquoi tu m'as appelé ?

Elle s'est tournée vers moi, les verres fumés masquaient son regard.

— Pour une mission d'espionnage, je te l'ai expliqué. Et puis tu étais le seul de mon répertoire qui a un scooter.

J'en avais assez des excuses pourries, je l'ai arrêtée.

— Non, pourquoi tu m'as appelé après tout ce qui s'est passé ? Le placard, le Nouvel An, la galette ? Pourquoi tu continues à m'appeler et à proposer qu'on se voie ? Et pourquoi, une fois qu'on est ensemble, tu es méchante ?

— Je ne suis pas méchante… a-t-elle soufflé.

— Soit tu me détestes, soit tu…

Les mots n'ont pas réussi à sortir. À la place, j'ai dit :

— Soit tu ne me détestes pas. Là, j'ai l'impression que tu fais les deux à la fois !

Agathe a cherché ses mots, retenant sa réponse en otage. J'étais tendu, mes doigts tremblaient d'appréhension. Je crois même m'être mordu la joue jusqu'au sang, tant je stressais. Enfin, Agathe a révélé ce qu'elle avait sur le cœur :

— J'ai pas arrêté de penser au moment où tu m'as dit que tu m'aimais.

Enfin, le moment espéré arrivait. En la rejoignant ce soir, je n'avais pas simplement voulu être en sa compagnie et m'amuser. J'espérais mettre les choses à plat. Cartes sur table. Les non-dits et les sentiments refoulés, ça commençait à me bouffer.

— Moi aussi, lui ai-je confié. J'y pense depuis un mois. Je ne sais toujours pas si c'était une bonne idée ou une énorme connerie.

— Les deux. Le truc, Gabin, c'est que moi aussi, je t'aime.

Je suis resté interdit, sous le choc. Sa phrase a tourné dans mon esprit. Je n'avais pas rêvé, hein ? Si moi, j'avais fait ma déclaration à un moment improbable, elle l'avait prononcée sans ciller. À croire qu'elle venait de m'annoncer moins vingt pour cent au rayon charcuterie. J'en ai perdu mes mots, bégayant :

— Mais… je… Agathe ! C'est super ! Il faut qu'on fasse quelque chose, je sais pas, moi… Des enfants, par exemple.

Elle a pouffé de rire.

— Si c'était aussi simple…

J'avais le souffle coupé, la bouche ouverte, seul mon cœur battait la chamade. Du reste, j'étais paralysé. Nos souffles sont restés en suspens quand une silhouette est apparue à la fenêtre du salon éclairée. C'était notre homme, il était seul. Il s'est assis dans le canapé, notre garde s'est de nouveau baissée. Agathe avait retiré ses lunettes mais continuait d'éviter mes yeux. Moi, je cherchais les siens, en vain. Elle a ajouté :

— Je t'aime, mais je ne veux pas t'aimer.

J'ai froncé les sourcils.

— Tu sais, je suis pas très intelligent. Il va falloir m'expliquer.

— Gabin, t'es comme un énorme fondant au chocolat. Chaque fois que je te vois, j'ai qu'une envie : te dévorer.

Le problème, c'est que je suis au régime, et si je te mange je vais culpabiliser, et il faudra que je coure un marathon pour t'éliminer et me débarrasser de cette culpabilité.

Je n'y pigeais rien. Tout ce que je comprenais, c'était que, chaque fois que l'un était prêt à passer à l'étape suivante, l'autre freinait les choses à coup de justifications bancales.

— D'habitude, tes comparaisons me parlent, mais celle-là, j'ai capté un beignet. Agathe, tu répètes toujours qu'on n'est pas faits pour être ensemble, mais comment tu peux le savoir ? On n'a jamais été ensemble ! Donne-moi au moins une chance, je peux être un petit ami d'enfer. En ce moment, je porte une casquette « Beauf de Bretagne » juste pour te faire sourire. Il a suffi d'un seul appel pour que je te suive sans poser de questions. Tu essaies de te convaincre que je suis pas quelqu'un pour toi, mais au fond tu sais bien que c'est faux. On est faits l'un pour l'autre. S'il te plaît, donne-moi une seule chance, et tu verras : je ne te ferai plus jamais pleurer, promis.

J'ai cru que, touchée, elle allait me sauter au cou pour m'embrasser. Seulement, Agathe m'a attrapé le poignet et, en se levant, elle m'a tiré hors des buissons.

— Il nous a grillés ! Il nous a vus ! Cours !

Sans me poser de question, j'ai détalé, dépassant Agathe. On a dévalé les rues du lotissement jusqu'au poteau où j'avais attaché mon scooter. Une fois là-bas, il nous a fallu de longues secondes pour reprendre notre souffle. Je me suis appuyé contre un mur, la tête me tournait sous le coup de l'adrénaline. Agathe m'a fixé, haletante. Elle avait profité de la distraction pour éviter le sujet brûlant de notre relation. Mais, si elle pensait s'en sortir si facilement, c'était mal me connaître. J'ai insisté :

— Je veux juste une réponse simple à une question simple. Oui ou non. Est-ce que tu veux être avec moi ? Oui ou non. On s'occupera de tout le reste après. Alors ? Oui ou non ?

Agathe a remis ses lunettes de soleil, me privant de ses yeux et de ce qu'ils pouvaient me dire. Elle restait muette, je l'ai secouée, agacé de son manque de réaction.

— Agathe !

— Je sais pas ! Voilà. T'es content ? Je sais pas ! J'ai jamais fait ça. Tomber amoureuse, tous ces machins. Et si ça me faisait mal, d'être avec toi ? Si ça nous blessait tous les deux plus qu'autre chose ?

— Je ne te ferai jamais de mal !

La tension était électrique. Quand Agathe a baissé les yeux, j'ai dégluti, comprenant mon erreur. Je me suis repris :

— Je ne te ferai plus jamais de mal…

— Promis ?

Elle a levé son petit doigt en l'air. Cette vision m'a attendri. Lentement, j'ai marché vers elle et j'ai enlacé mon auriculaire autour du sien.

— Promis.

Nos doigts se sont détachés, on est restés les bras ballants l'un en face de l'autre, éclairés par le halo du lampadaire. Il suffisait d'une impulsion, d'une invitation de sa part. Une partie de moi était terrifiée à l'idée de faire un pas vers elle, craignant de tout gâcher une nouvelle fois. Les regards accrochés, les lèvres frémissantes, chacun a entendu que l'autre parle. Agathe a souri, je l'ai imitée ; gênée, elle a baissé les yeux. À voix basse, elle a dit :

— Avant tout, il faut que je te pose une question sérieuse.

— Vas-y.

À ce stade, j'étais prêt à tout entendre. Je l'ai écoutée, pantelant.

— Si on se met ensemble… Comme la Saint-Valentin est dans deux jours, est-ce que je devrai te faire un cadeau ? C'est la dèche en ce moment, et deux jours, c'est vraiment peu de temps…

Elle a explosé de rire, et j'ai compris qu'elle se payait ma tête. Même dans les moments intenses, on ne pouvait pas nous retirer notre sens de la rigolade. Mes épaules se sont affaissées de soulagement, une vague de chaleur a parcouru mon corps.

Alors, d'un geste lent, j'ai attrapé la main d'Agathe pour l'attirer à moi. Quand je me suis penché sur elle pour l'embrasser, ma casquette a heurté son front. Dans un éclat de rire, j'ai retiré mon couvre-chef, et j'ai retenté l'expérience. Seulement, cette fois, mon front a heurté ses lunettes de soleil. Ce n'est qu'après nous être débarrassés de tout notre attirail qu'on s'est embrassés.

Agathe et moi étions un couple de bras cassés, mais enfin, on était un véritable couple.

Chapitre 14

Mardi gras

Agathe

Notre dernière entrevue dans cette cuisine s'était terminée par une regrettable bataille de nourriture. La chantilly avait maculé des cheveux, des vêtements gardaient le souvenir de la farine, je m'étais pris de la sauce barbecue dans les yeux. Heureusement, cette fois, l'heure était au calme. Assise sur le plan de travail, balançant mes pieds dans le vide, je pianotais sur mon téléphone pendant que Gabin faisait des crêpes. Scrutant mon flux Instagram, je suis tombée sur une photo du cousin de Gabin, rencontré à Noël. Il avait posté un selfie de lui à l'aéroport, lunettes de soleil et passeport entre les dents. Je l'ai montré à Gabin, intriguée. Il a commenté avec nonchalance :

— Ah oui ! Il est parti rejoindre son copain en Amérique du Sud pour les vacances.

— C'est une belle histoire, quand même. Faire des milliers de kilomètres pour voir son copain.

Gabin m'a demandé :

— Et nous, tu penses qu'on a une belle histoire ?

— Bien sûr. On a dansé sur du K. Maro, fait des batailles de nourriture, perdu des gosses dans les magasins, et j'ai même essuyé ta morve. C'est une très belle histoire.

Il a fait couler la pâte dans la poêle, un sourire béat aux lèvres. Je l'ai observé. Ses traits, ses yeux, le grain de beauté qu'il avait dans le cou.

Gabin n'était pas un canon, il était loin de correspondre aux garçons de dix-sept ans – qui en avaient en réalité vingt-cinq – des séries et des films hollywoodiens. Non. Ses joues étaient bien garnies, sa mâchoire ronde, il avait d'énormes poches sous les yeux, même en ayant dormi douze heures par nuit trois jours d'affilée. Ses prunelles, d'un brun profond quels que soient la lumière ou le temps, juraient avec son teint pâle de vampire. En fait, Gabin avait le physique d'un gars qu'on croisait au supermarché, entouré de ses potes, qui achetait de la bière. Pas dégueu, mais pas ouf non plus. Il n'aurait pas été le personnage principal d'un roman. Il aurait été le meilleur ami de ce héros. Drôle, pas très malin, bourru. Dans un autre contexte – en marchant dans la rue, dans une foule de festival –, je ne me serais pas retournée sur lui.

Pourtant, à cet instant, je n'avais qu'une envie : embrasser chaque centimètre carré de son visage. Gabin avait le charme de l'amour. Plus je l'aimais, plus il devenait beau. Ses défauts et imperfections étaient sublimés par mon regard concupiscent. Désormais, il valait un million d'acteurs américains.

Mon téléphone a vibré. Depuis le début du week-end, mes camarades de classe ne parlaient que de la grosse soirée à venir. On était un samedi de fin février. Gaston Thomas fêtait son anniversaire. Je n'étais pas allée au réveillon du Nouvel An chez lui, il m'en voulait à mort.

Depuis une semaine, il me harcelait pour que je vienne. Son message me rappelait l'adresse et me disait :

Tu peux venir avec ton copain, mais il n'est pas obligé de venir ;)

Ah oui… mon copain. (Vous vous rendez compte que Gabin est mon copain ?) Je l'ai mis au courant :

— Il y a un gars de ma classe qui fait son anniversaire ce soir. Il me drague lourdement, donc j'ai sorti la carte « Je suis en couple ». Donc voilà, toi aussi tu es invité.

— Soirée ? Trop bien.

Gabin était toujours partant pour faire la fête.

— Y aura tes copines ?

J'ai acquiescé, ce serait la première fois qu'il rencontrerait mes amis. Vu comment ça s'était passé quand il m'avait présenté les siens, j'appréhendais.

— Et le gars ? Celui qui fête son anniversaire, il s'appelle comment ? Faut lui faire un cadeau ?

— Gaston. Non, pas de cadeau, on a fait une cagnotte.

Gabin a froncé les sourcils, peut-être surpris du prénom improbable de mon camarade. Ce ne devait pas être facile de porter un prénom rare, mais dans le cas de Gaston c'était pire, car il était la parfaite caricature du personnage de *La Belle et la Bête* : imbu de sa personne, simple et détestable. J'allais à son anniversaire pour éponger la dette de cette fichue calculatrice prêtée. Ce n'était pas une sinécure, je vous le dis.

— Gaston Thomas ? s'est étonné Gabin.

— Tu le connais ?

— Vite fait.

Après cette réponse mystérieuse, il a terminé de cuire ses crêpes, mettant une dose astronomique de beurre dans sa poêle avant de verser la pâte. Quand il les posait dans l'assiette, du gras transpirait sur la porcelaine. Il m'en a proposé une, j'ai refusé, l'estomac lourd à la simple idée de la manger. Gabin, lui, ne s'est pas privé. Il a badigeonné une crêpe de pâte à tartiner et l'a engloutie en deux bouchées. Il en avait partout autour de la bouche et s'est essuyé les lèvres avec la manche de son pull blanc.

C'était bien lui, mon petit ami.

Gabin a tenu à apporter ses crêpes à la fête. Pour la première fois, il avait cuisiné autre chose que des pâtes au ketchup. Fier comme un coq, il voulait montrer l'exploit à tout le monde. Je le soupçonnais aussi de vouloir faire bonne impression auprès de mon cercle d'amis. Il ne montrait rien, mais j'étais convaincue qu'il n'en menait pas large. C'était la première soirée que l'on faisait ensemble depuis le fiasco du réveillon du Nouvel An. Pour me rassurer, je me suis rappelé que la semaine que l'on venait de passer ensemble avait été un conte de fées.

Le week-end de la Saint-Valentin avait été empreint de moments embarrassants et de premières fois maladroites. Les premiers câlins, baisers, les premiers après-midi seuls où, soudain, on ne savait plus comment s'occuper. C'était une chose de s'avouer nos sentiments, de se mettre en couple, c'en était une autre de sortir ensemble pour de bon. Au début, ni Gabin ni moi n'osions reprendre nos plaisanteries et nos gamineries, comme par crainte de faire un pas de travers et de vexer l'autre. De même, nos corps ne se connaissaient pas. Où avais-je le droit de le toucher ? J'osais à peine lui prendre la main, je ne m'imaginais pas la passer sous son tee-shirt. Et encore, à ce stade, nos contacts se limitaient à des étreintes et à des bisous, on ne se risquait pas à aller plus loin. Tels des explorateurs, on prenait le temps de cartographier l'inconnu avant de s'y aventurer. Ce n'était pas l'envie qui me manquait – et sans aucun doute, à lui aussi !

On s'est rendus chez Gaston avec son scooter, les crêpes religieusement placées entre les pieds de Gabin. Il était vingt-trois heures passées, on avait eu ordre de ne pas se pointer avant, mon camarade de classe avait précisé : « Hé, oh, on n'est pas des beaufs, on commence pas l'apéro à dix-huit heures ! » J'avais montré le message à Gabin, il avait ronchonné, vexé, car lui et ses copains commençaient toutes leurs fêtes à dix-huit heures. Quand on est arrivés, l'ambiance était déjà à son apogée. Parmi les invités, j'ai reconnu un visage familier sur lequel j'étais incapable de mettre un prénom. C'était un garçon, assis dans le canapé un paquet de chips au vinaigre à la main. Il ne bougeait pas, ne parlait pas. Il mangeait ses chips et observait les gens. J'ai donné un coup de coude dans les côtes de Gabin.

— C'est pas ton pote ?

— Mais non ! Loïc ! Il est là ! Trop bien ! Attends, je vais lui proposer des crêpes, je reviens.

Sur ces mots, il m'a laissée en plan. Cette fois, j'étais moins énervée qu'au Nouvel An : on se trouvait dans mon cercle de connaissances, je n'étais pas livrée à moi-même. À la recherche de mon groupe d'amies, j'ai fait le tour du salon, de la cuisine, du jardin sans jamais les trouver. Lasse, j'ai appelé Zoé. Elle a décroché, je lui ai demandé où elle était. Elle a dit : « Dans mon lit. » Et les autres ? Dans leur lit aussi, apparemment. Elles avaient zappé l'anniversaire de Gaston. « De toute manière, on l'aime pas tant que ça… » avait précisé Farah quand je les avais engueulées sur la conversation de groupe. Super, maintenant, je ne connaissais personne d'autre que Gabin. Voilà pourquoi je détestais les soirées, ça ne se passait jamais comme prévu ! Je me suis bien gardée de dire aux filles que si elles étaient venues elles auraient rencontré Gabin, tant pis pour elles !

Mon petit ami – pardon si je le précise trop souvent, j'ai encore du mal à assimiler l'information –, lui, était comme un poisson dans l'eau. Il proposait ses crêpes à quiconque croisait son chemin, et avait déjà serré deux ou trois mains connues. Gabin connaissait toute la région, ou plutôt toute la région connaissait Gabin. Quelle ironie ! On faisait une fête avec les gens de *ma* classe, et Gabin était plus à l'aise que moi.

Deux mains m'ont attrapé les épaules. J'ai sursauté, Gaston était sorti de nulle part.

— Agathe ! C'est cool, tu es venue cette fois. Tu sais, j'étais super déçu de pas te voir le 31. Tu m'as affreusement manqué.

J'ai levé les yeux au ciel, il en faisait toujours des tonnes, ce gars-là. D'un geste prudent, je me suis défaite de son emprise, faisant un pas en arrière.

— Les filles ne sont pas là, lui ai-je fait remarquer.

— Non, mais tant que toi, tu l'es, ça m'est égal.

Sur ces mots, Gaston m'a adressé un clin d'œil. J'ai grimacé. Il a tenté de me faire un massage du cou pour me détendre, mais je l'ai esquivé. Gaston était ultra-lourd, encore pire que Gabin, car il n'était même pas drôle. Il était juste fatigant et envahissant. Mon camarade de classe a tapé des mains et m'a demandé :

— Bon, parlons français. Ton copain et toi, vous avez conclu ? Au lit, je veux dire.

J'ai manqué de m'étrangler.

— Hein ?

— Agathe… On est super potes, maintenant. Tu peux me le dire si t'es satisfaite. Et si tu l'es pas… enfin, tu vois, on peut s'arranger.

Je suis devenue cramoisie. Gaston n'était pas un ami, pas même un « pote ». C'était un gars de ma classe dévergondé qui avait pour objectif de « profiter de sa jeunesse », en d'autres termes : boire beaucoup d'alcool et sortir avec beaucoup de filles. Le pire dans l'histoire ? Il y arrivait. Malgré ses manières déplacées et sa misogynie effrontée, les secondes candides gloussaient et se pâmaient dès qu'il posait les yeux sur elles. Il n'était pas méchant, il n'était peut-être même pas malintentionné, mais ce n'était clairement pas mon ami. J'étais venu à son anniversaire en espérant y trouver mes copines, et pour faire ma bonne action de l'année. Je regrettais.

Une voix nous a interrompus. Gabin venait à ma rescousse.

— Salut, Gaston, bon anniversaire ! Tu veux une crêpe ? C'est moi qui les ai faites.

Gaston a froncé les sourcils, comme surpris de le voir chez lui. Les deux se sont toisés, une tension de rivalité électrisait la pièce. Gabin, son assiette de crêpes à la main, Gaston, les bras croisés à mes côtés. Mes soupçons se sont confirmés : ces deux-là se connaissaient déjà. Mon camarade de classe a répondu avec une cordialité contrite :

— Gabin ? Quel plaisir ! Qu'est-ce que tu fais là ?

— Je suis venu avec Agathe.

— Tu es venu avec…

Gaston s'est penché vers moi et a murmuré avec fureur :

— C'est Gabin ton copain ?

J'ai acquiescé. Gaston a pris une inspiration accablée. L'air d'un chien de garde, il a pris cinq crêpes dans l'assiette de Gabin, les a enroulées avant de tout mettre dans sa bouche, les joues remplies comme celles d'un écureuil. Avant de nous laisser tranquilles, il nous a fait signe des doigts qu'il nous surveillait, montrant ses yeux puis Gabin. À nouveau seule avec ce dernier, j'ai froncé les sourcils.

— C'était quoi, ce numéro ?

Balayant l'air d'un revers de la main, Gabin m'a signifié de ne pas m'en inquiéter. Il a posé les crêpes sur la table basse et m'a attirée à lui pour me faire un câlin ; je me suis raidie. Lui n'avait aucun mal à afficher ses sentiments en public, à balancer notre relation à la figure de tous. D'un naturel réservé, moi, je n'étais pas à l'aise, surtout pas au bout d'une minuscule semaine. J'ai souffert du câlin et des regards posés sur nous. Gabin a perçu mon embarras, puisqu'il m'a lâchée et a chuchoté :

— Pardon.

J'ai trouvé ça trop mignon.

Après ça, on s'est décidés à prendre un verre. On a pioché dans le buffet, où les bouteilles d'alcool côtoyaient celles de jus d'orange. J'ai versé un fond de rhum dans un gobelet en plastique, et Gabin a soulevé le cul de la bouteille en riant. L'alcool a coulé à flots, remplissant la moitié de mon verre.

— Arrête, tu veux me tuer ! Je ne bois pas souvent, je ne connais pas ma limite.

— C'est simple, m'a-t-il expliqué. Au moment où tu penses à enlever tes vêtements, ça veut dire que ta limite n'est plus très loin. Je parle d'expérience.

Il me paraissait peu probable que je veuille retirer mes vêtements, même très soûle. J'ai noyé le rhum dans du jus d'ananas ; malgré tout, la première gorgée était dégoûtante. J'ai eu beau fournir un effort monumental, le goût ne passait pas. Gabin m'a observée en riant, les mains dans les poches. Son attitude désinvolte m'a interloquée.

— Hé, pourquoi tu ne bois rien, toi ?

— Pour le moment, je vais rester sobre.

— Pourquoi ? l'ai-je interrogé.

— Crois-moi, ça vaut mieux pour tout le monde.

Mon premier verre terminé, je m'en suis resservi un avec moins d'alcool et plus de soft. C'était meilleur. Au troisième, le monde commençait à tourner. Après ça, je n'ai bu que du jus d'orange. Malheureusement, Gaston m'a piégée dans un concours de shots. À partir de là, mes souvenirs sont flous. De mémoire, j'ai crié, ri, dansé et même couru dans le jardin sans manteau – chose parfaitement irresponsable en cette nuit de fin février, même si l'Agathe de cette soirée se fichait pas mal des températures glaciales, elle avait juste envie de courir dans le jardin. À un moment, j'ai aperçu Gabin sur le canapé, discutant avec Loïc. J'ai voulu le rejoindre, mais quelqu'un m'a attrapée par le pull et m'a tirée en arrière. Le temps que je reprenne mes esprits, j'étais dans la cuisine, accoudée à un îlot central, sous une lumière blanche aveuglante. Gaston, de l'autre côté du meuble, mangeait un yaourt. Ce simple fait m'a tellement perturbée que j'ai demandé :

— Pourquoi tu manges un yaourt ?

— C'est pour les protéines.

Ça n'a pas éclairé ma lanterne. Il a ajouté :

— Bon, ma petite Agathe, il faut qu'on discute, toi et moi.

Il s'est penché sur le plan de travail, sa chaîne en argent pendait au-dessus de son yaourt et menaçait de tremper dedans. L'esprit brumeux, j'ai fixé les mouvements de sa cuillère pendant qu'il raclait le pot. Encore et encore. Je me suis dit *Bordel, c'est un yaourt sans fin* et j'ai pensé que ce serait une super idée marketing, le yaourt sans fin. Ça se prêterait même à un super slogan : « Le yaourt sans faim ». Je montais déjà tout un business plan dans ma tête quand Gaston a repris, la bouche pleine :

— Quand tu m'as dit que t'avais un copain, j'ai pensé : « Très bien, elle n'a pas encore pris conscience que j'étais là. Ça arrive. » Tu vois, on fait tous des erreurs dans la vie. Seulement, tu ne m'avais pas dit que c'était Gabin Schneider, ton copain.

J'ai haussé les épaules.

— Pourquoi je te l'aurais dit ? Tu ne connaissais même pas mon nom avant la semaine dernière. Tu m'as appelée Marguerite quand tu m'as demandé mon cours d'éco.

En temps normal, je n'aurais jamais été aussi cash, surtout pas envers le *grand* Gaston Thomas. L'alcool me désinhibait.

— C'était pour rire, a-t-il rétorqué. Comment j'aurais pu oublier ton prénom ? Pas le tien, Agathe…

J'allais partir, barbée par la conversation. Je n'avais pas envie de me faire draguer. Voyant que je tournais les talons, Gaston m'a retenue, une gravité dans la voix :

— Plus sérieusement, fais attention avec Gabin. Ça me ferait mal qu'il te brise le cœur.

Au début, je n'en ai trop rien pensé. Gaston et Gabin, de toute évidence, ne s'appréciaient pas. Au vu du caractère narcissique du premier, il cherchait sûrement à foutre la merde entre nous, pour s'amuser.

— Mais oui bien sûr… ai-je ricané. Gabin est très *très* méchant, et il va me tromper, et je vais pleurer toutes les larmes de mon corps…

— C'est pas ce que je veux dire. Écoute, je connais Gabin depuis qu'on est gosses. Il est solitaire, même s'il fait croire le contraire à tout le monde. Un sale truc lui arrive, et il repousse tout son entourage. Il m'a déjà fait le coup, il peut te faire le même. Tu crois que t'es une part importante de son existence, et *bam*, il te jette comme une chaussette trouée. Juste parce qu'il a besoin d'être seul.

Un instant, je l'ai cru. Gaston était un boute-en-train doublé d'un mythomane – il disait toujours avoir fait ses devoirs sans avoir ouvert un cahier de la semaine –, mais son sérieux m'a décontenancée. Et s'il avait raison ? Non, il affabulait. Il cherchait à se venger.

— Tu me fais marcher, c'est ça ?

— Non, je…

Je l'ai coupé avant qu'il ne termine sa phrase.

— Bon, il me faut un autre verre.

Je l'ai planté pour le buffet. Dessus, le contenu des bouteilles diminuait à vue d'œil, les meilleurs gâteaux apéritifs avaient disparu – ne restaient que les billes soufflées goût jambon – et les gobelets vides s'accumulaient car tout le monde perdait son verre et en prenait un nouveau pour se resservir à boire. J'ai commis la même erreur. Dans le canapé, Gabin discutait toujours avec Loïc. Me sentant légère et euphorique, je l'ai rejoint, m'affalant sur ses genoux. Il a étouffé un cri sous mon poids. Son gémissement m'a fait rire.

— Ça, c'est parce que, chaque fois que je te vois, c'est pour manger. J'ai pris deux kilos depuis que je te connais, Gabin, deux kilos. Oh, waouh, tes cheveux sont trop bien.

Oubliant ma première remarque, j'ai pétri sa chevelure. Il s'est laissé faire en rigolant.

— Tu es très bourrée, Agathe.

— Oui, mais j'ai pas encore envie d'enlever mes vêtements. Enfin, pas en public.

Sur cette phrase, je l'ai embrassé. Envolée, ma crainte du regard des autres ! Je n'avais plus peur de témoigner mon affection. Loïc, à côté, était sur son téléphone, il ne faisait pas attention à nous. Gabin a passé une main dans mon dos, je me suis blottie dans son cou. Il m'a demandé :

— Tu sais pourquoi je n'ai pas bu ?

J'ai secoué la tête, je frottais ma tête contre sa joue comme un chat.

— Il fallait que je sache quel genre de personne soûle tu es. Tu sais ce que tu es, Agathe ? Tu es une bourrée amoureuse.

J'avais à peine compris sa phrase que j'ai chuchoté :

— Je t'aime.

— Je m'en doutais. En général, les filles qui ont l'habitude de rembarrer les mecs sont des bourrées amoureuses.

— Tu te souviens quand on était dans le placard et que tu as eu une érection ? C'était drôle. Et quand tu es venu me voir au mariage en me demandant de coucher avec toi ? Gabin, on devrait coucher ensemble. Genre, maintenant.

— D'accord... Tu es vraiment, très, très bourrée.

— Mais je t'aime ! J'ai jamais couché avec un garçon avant, il faut bien que j'essaie. J'ai fait plein de trucs pour la première fois avec toi. J'ai chanté sur du Patrick Sébastien pour la première fois. J'ai mangé une coquille Saint-Jacques pour la première fois. Plein de trucs ! Je vais coucher pour la première fois avec toi aussi, c'est dans l'ordre des choses.

Sans réfléchir aux autres qui nous entouraient, sans me préoccuper de Loïc qui mangeait des chips au vinaigre, j'ai entrepris de déboutonner la chemise de Gabin. Il m'a attrapé les poignets pour m'en empêcher.

— Agathe, quand tu penses à cnlever les vêtements des autres, ça veut aussi dire que tu as atteint ta limite.

J'ai fait la moue.

— T'es méchant !

— Viens, on va regarder les étoiles.

— Gabin. Tu es aussi romantique que les mecs dans les romans !

En se levant, il m'a emportée avec lui. J'ai voltigé par-dessus son épaule, la tête en bas, et je me suis retrouvée avec une vue plongeante sur l'arrière de son jean.

— Tu as des très jolies fesses !

Il n'a pas répondu, j'imagine qu'il a souri. Il m'a transportée comme un sac de patates jusque dehors. L'alcool et les gâteaux apéritifs se brassaient dans mon estomac, le monde commençait à tourner autour de moi. Sur la terrasse, Gabin m'a posée. Les ombres des arbres ondulaient au clair de lune, la maison de Gaston me paraissait lointaine, très lointaine. Gabin a remarqué que mon esprit était à mille lieues et m'a forcée à le regarder dans les yeux.

— Agathe, tu te sens bien ? Pas envie de vomir ?

— Pas tout de suite.

Il m'a assise contre un mur, à même la dalle de béton. J'ai posé ma tête sur son épaule, et ensemble on a fixé le ciel d'une nuit sans nuages. Gabin a pointé les étoiles et a entrepris de me distraire.

— Ça, tu vois, c'est la constellation du Cygne.

J'étais peut-être soûle, mais pour autant je ne me laisserais pas baratiner.

— N'importe quoi ! ai-je protesté. La constellation du Cygne n'est visible qu'en été. Peut-être que tu n'es pas un vrai mec de roman, en fait.

— Merde… Je pensais que ça passerait tout seul.

Je me suis nichée contre lui. La rue était silencieuse, son corps était chaud. C'était la première fois que je me sentais autant à ma place quelque part.

— Gabin ?

— Oui ?

— Je suis bourrée.

Il a explosé de rire.

— J'ai bien vu.

— Est-ce que tu vas me quitter parce que je suis bourrée ?

Sur l'instant, cela m'inquiétait réellement. Gabin s'est encore esclaffé, avant de déposer un baiser sur ma joue.

— Non, Agathe, je ne te quitterai pas.

J'ai fermé les yeux pour savourer l'instant.

Les gens se demandent : « Comment on sait qu'on est amoureux ? » Les réponses se ressemblent : on rougit quand on entend le prénom de l'autre, on pense à lui ou à elle, on a des papillons dans le ventre. Ces affirmations sont au mieux niaises, au pire fausses. Il n'y a pas de symptômes à l'amour. On le sait. On repense aux anciennes relations, on regarde la nouvelle, et on le sait.

Gabin a interrompu le flot de mes pensées :

— À quoi tu penses ?

— J'ai encore envie de courir dans le jardin.

Sur un coup de tête, je me suis levée et j'ai tiré Gabin par le bras pour qu'il m'accompagne. On s'est aventurés dans l'obscurité du jardin, les autres n'ont dû percevoir de nous que des silhouettes lointaines et des éclats de rire. La suite de la nuit, je ne m'en souviens plus trop… Une chose est sûre, en revanche : on n'a pas couché ensemble.

Chapitre 15

La journée des compliments

Gabin

J'ai pris l'initiative d'aller chercher Agathe après les cours. Apparemment, ça plaisait aux filles, le coup du beau mec qui attendait devant les grilles du lycée avec une bécane d'enfer, une cigarette à la bouche et un blouson en cuir sur les épaules.

Bon… je ne fumais pas, je portais une doudoune avec de la moumoute, mon scooter était vert et jaune. C'est l'intention qui compte.

À midi passé, j'ai vu Agathe sortir d'un bâtiment, au loin, et remonter la cour. C'était un mercredi matin et, comme tous les mercredis matin, personne ne faisait d'efforts pour passer quatre heures enfermé dans une salle sans aération, avec des professeurs barbants. Agathe portait un vieux jogging avec de la peinture blanche sur une jambe, avait enfermé ses cheveux dans un chignon serré et n'était pas maquillée. Quand elle m'a aperçu, ses écouteurs dans les oreilles, elle a soupiré.

— Génial, maintenant tu vas rompre avec moi parce que tu m'as vue dans ma tenue du mercredi matin. Aucun garçon ne voudra jamais de moi s'il me voit dans ma tenue du mercredi matin.

— J'aime bien ta tenue du mercredi matin, elle est beaucoup mieux que ma tenue du mercredi.

J'ai ouvert mon blouson, c'était un tee-shirt floqué au logo de l'entreprise de BTP de mon père. J'ai ajouté :

— Et puis, tu es toujours belle, peu importe ce que tu portes.

Elle a plissé les yeux, probablement surprise que je ne me moque pas d'elle.

— Qu'est-ce qui t'arrive ? Gabin, est-ce que tu as pris de la drogue ? Tu me le dirais si tu te droguais, hein ?

J'ai ri.

— Non, j'ai rien pris. Mais tu sais, hier c'était la journée internationale des compliments. Et, comme on ne s'est pas vus hier, j'ai décidé de la déplacer à aujourd'hui.

— Tu as décidé de déplacer une journée internationale comme ça ? Il y a des gens qui manifesteraient pour moins que ça, tu sais.

J'ai levé les yeux au ciel et ai tendu la main pour l'attirer à moi. Enfin, Agathe a cessé d'être sur la défensive, elle m'a embrassé, passant ses bras autour de mon cou. Après dix bonnes secondes, elle s'est détachée pour évaluer la position dans laquelle on se trouvait : moi appuyé contre le siège de mon scooter, elle pendue à ma nuque pendant que je la tenais par la taille.

— J'arrive pas à croire qu'on est devenus ce couple en jogging qui s'embrasse sur un scooter à la sortie du lycée !

— Être beauf, c'est une mentalité, c'est un *lifestyle*.

Elle a ri. Pour seulement entendre ce son, j'aurais pu passer le reste de ma journée à dire des conneries. Certains de mes potes affirmaient que convoiter une fille pendant longtemps menait forcément à une déception : soit elle n'acceptait pas et on avait le cœur en miettes, soit elle acceptait et on ne voulait plus d'elle, on s'ennuyait vite, la complicité nourrie par les jeux de séduction se dissipait. À ces gars, je voulais leur dire deux choses. La première : ils ne connaissent pas Agathe. La seconde : on ne se lasse jamais quand on tombe amoureux.

Agathe a dit :

— Pour quelle grande occasion tu as sorti ton scooter tuné et ta plus belle moumoute ?

— Je t'emmène manger un truc.

— Ah…

— Cache ta joie, surtout.

— Mais non ! s'est-elle exclamée. Je pensais juste qu'il faut qu'on passe chez moi. J'ai pas pris d'argent, tenue du mercredi matin oblige.

— T'inquiète, je t'invite.

Agathe a porté une main à sa bouche bée, mimant une profonde surprise. Dans une expiration exagérée et d'une voix tremblotante, elle a joué la comédie :

— C'est la plus belle preuve d'amour que tu m'aies jamais donnée.

J'ai attrapé son tee-shirt pour l'embrasser et la faire taire, avant de lui donner un casque pour qu'elle monte derrière moi.

Je vous le promets, on n'avait pas l'intention d'aller au McDo. Le scooter, le jogging, c'était déjà beaucoup, et un rendez-vous galant devant un Big Mac, c'était peut-être une limite à ne pas franchir. Seulement, en arrivant devant la crêperie préférée d'Agathe – oui, bon, on est bretons ou on ne l'est pas –, on est tombés sur un panneau qui disait « Fermé pour cause de vacances au ski ». Je ne sais pas pourquoi ils avaient tenu à préciser que c'était

« au ski », sur le coup, ça nous a bien fait rire. Agathe et moi sommes restés devant la vitrine, et j'ai cherché une solution pour pallier sa déception grandissante.

— Tu veux aller où ? Une autre crêperie ?

— Non, a-t-elle refusé. J'aurais l'impression de trahir celle-ci.

J'ai soupiré.

— Dis-moi, dans ce cas ! On peut trouver une brasserie, un resto viet, un salon de thé ?

Elle a levé les yeux sur moi, et je n'ai pas eu besoin qu'elle me dise ce qu'elle avait en tête. Je devinais ses pensées en lisant dans son regard.

— Non, Agathe, on a dit qu'on n'irait pas au McDo pour notre premier resto à deux.

— Je sais… En même temps, t'aurais pas envie d'un McFlurry Daim caramel, là, tout de suite ?

Plus j'y réfléchissais, plus l'idée me tentait. L'odeur des frites me chatouillait déjà les narines, mes papilles frétillaient à l'idée du goût familier des hamburgers. Avec un soupir las, j'ai remis mon casque et maugréé :

— C'est à cause des gens comme toi que les grandes firmes internationales contrôlent le monde.

— Pendant un moment, j'ai cru qu'on avait échangé nos identités. Moi qui te pousse à faire un truc dangereux pour la santé, et toi qui craches sur le capitalisme.

J'ai souri, elle est remontée derrière moi et on est repartis sur les routes. Nos lycées se trouvaient à trente minutes de scooter de nos villages. Il y avait deux McDo dans la ville, on s'est garés sur le parking du plus proche. Des files de mobylettes s'alignaient devant la façade : le mercredi, c'était le point d'amarrage de nombreux lycéens. À l'intérieur, c'était une ruche. Les lieux grouillaient d'employés en uniforme, de jeunes en bande, d'enfants qui couraient partout et de parents qui tentaient de rassembler ces derniers pour savoir ce qu'ils voulaient manger. L'odeur alléchante de friture a fait naître un sentiment de nostalgie en moi : j'en avais passé, des soirées à m'amuser dans l'aire de jeu et à chouiner pour avoir une glace. Dans cette ambiance animée, quelque chose détonnait. Je n'ai pas réussi à mettre le doigt sur le problème avant qu'Agathe me fasse remarquer :

— Pourquoi les gens tirent tous la gueule ?

Alors, je l'ai vu. Les airs renfrognés, les sourcils froncés et les engueulades à foison. Cet homme prenait la tête à une pauvre serveuse au comptoir parce qu'elle avait oublié sa sauce barbecue. Ce gamin pleurait assis sur le carrelage car le jouet de son Happy Meal ne lui plaisait pas. Pour ajouter à l'ambiance morose, l'orage a grondé, une pluie battante a fouetté les vitres en plexiglas. Les friteuses bipaient de toutes parts, les employés hurlaient les numéros de commande et tout le monde, *tout le monde*, passait un moment désagréable. J'ai plaisanté :

— C'est peut-être la culpabilité de savoir qu'ils servent le capitalisme.

Quand je me suis tourné vers elle, Agathe avait disparu. Elle n'était ni au comptoir ni aux bornes, et j'ai fini par la trouver une bonne minute plus tard, tapant la causette avec une famille attablée près de l'entrée. J'ai foncé sur elle, juste à temps pour l'entendre déclarer à la mère :

— Vous avez une mine resplendissante et vous avez trois enfants à gérer ? C'est incroyable, je vous admire !

La femme a rougi, moi aussi. Allons bon, qu'est-ce qui était arrivé à la timide Agathe ? J'ai attrapé ses épaules en douceur pour la ramener à moi, un sourire contrit à l'attention de la femme.

— Agathe, qu'est-ce que tu fais ? lui ai-je glissé à l'oreille.

À voix haute, de manière à faire profiter tout le monde du spectacle, elle m'a répondu :

— C'est la journée internationale des compliments, Gabin ! Enfin, techniquement, c'était hier, mais Gabin ici présent a le pouvoir de déplacer les journées internationales.

J'ai posé ma main sur son front, pour vérifier sa température ; je me suis même demandé si elle n'avait pas séché les cours pour aller picoler avec des camarades de classe. Cette Agathe extravertie n'avait rien à voir avec mon Agathe. D'une pression de la main, je lui ai intimé d'arrêter, mais elle ne bougeait pas. Les enfants nous regardaient avec de grands yeux amusés.

— Tu es malpoli, Gabin, fais un compliment aux gens.

— Que… quoi ?

Elle m'a donné un coup de coude dans les côtes qui m'a coupé la respiration. Je devais halluciner, ou bien j'avais été transporté dans une réalité parallèle, où Agathe était moi et où j'étais Agathe. Néanmoins, je me suis plié à l'exercice. J'ai dévisagé la femme avec perplexité et bredouillé :

— Vous avez des super… goûts vestimentaires.

— Ce qu'il veut dire, c'est que vous déchirez. Passez une bonne journée !

Sur ces mots, elle a enfin fait volte-face. Je me suis empressé de la suivre et de m'extirper de cette situation embarrassante.

— C'était quoi, ça ? Qu'est-ce que t'as essayé de faire ?

Avec un sourire mystérieux, Agathe a rétorqué :

— Tu te souviens de toutes les fois où tu m'as foutu la honte en public ou devant ma famille ? C'était une vengeance.

Je suis resté planté au milieu du McDo, muet devant ce coup foireux qu'elle venait de me faire. Ce coup de maître. Ce coup de… Gabin.

— C'est pas cool, ça ! C'est vraiment pas cool !

On a pris deux menus à emporter, pour deux raisons : la première, les gens nous regardaient bizarrement ; la seconde, les enfants de la famille complimentée s'étaient pris d'affection pour nous et ne nous lâchaient plus d'une semelle. Le sac en papier kraft marron à la main, on s'est posés dans un parc en face, la pluie avait cessé mais le ciel restait menaçant. Dans les allées, le sable détrempé prenait une couleur brunâtre. On a trouvé un banc protégé par les branches d'un sapin, Agathe avait quand même enfoui son crâne sous la capuche de son ciré noir. Les visiteurs se faisaient rares, seul le chant des oiseaux berçait notre repas. Malgré la pluie, il ne faisait pas froid. Mars débutait, l'hiver touchait à sa fin. J'ai dit :

— Ah ! On n'est pas bien, là ?

Sur ces mots, j'ai tendu son sachet de frites à Agathe, en piquant une ou deux au passage. Elle m'a frappé le dessus de la main.

— Ne pique pas mes frites. Pourquoi tu prends des potatoes si c'est pour me piquer des frites après ?

— Je préfère les potatoes aux frites, mais c'est important de goûter parfois à des frites pour se rappeler pourquoi on a pris des potatoes. Tu peux pas comprendre, c'est un truc de gens qui prennent des potatoes.

— Elle est minable, ton excuse. J'aime pas les potatoes, alors comment tu me rémunères pour les frites piquées ?

— Je t'échange deux frites contre mon cornichon, ai-je négocié.

Agathe a accepté le marché. J'ai ouvert mon hamburger et elle a attrapé le cornichon entre son pouce et son index. Quand elle l'a mangé, j'ai grimacé. Les cornichons dans les hamburgers, c'était le pire affront que l'on m'ait jamais fait. Agathe a soudain ri.

— En trois semaines, on est déjà devenus un vieux couple.

— Tu trouves ? Bah ! Tant pis. Je donnerais n'importe quoi pour continuer à échanger tes frites contre mes cornichons.

— Moi aussi, a-t-elle murmuré.

J'ai souri, avant de croquer dans mon pain. Ce n'était pas le rendez-vous galant escompté, mais c'était tout de même parfait. Agathe m'a alors posé une question sans transition :

— Tu crois que ça va fonctionner ?

— Nous deux ?

— Oui.

Sa question m'a troublé. Ça l'inquiétait tant que ça ? Moi, je ne me l'étais pas posée, trop content d'être parvenu à quelque chose avec elle. Je n'avais pas envie d'imaginer la fin. Ses peurs ont fait naître des craintes nouvelles en moi, mais je me suis efforcé de le lui cacher. Me voulant rassurant, j'ai affirmé :

— Y a pas de raison. Maintenant que tu as goûté à la joie de m'avoir à tes côtés, tu ne pourras plus jamais renoncer à moi. Gabin, une fois qu'on en a pris une bouchée, on ne peut plus s'en passer !

— Tu parles comme si tu faisais campagne, s'est-elle exclamée en riant.

— Gabin, président ! Pour une France tunée et l'indépendance de la Bretagne !

J'ai levé mon hamburger, et elle a trinqué en cognant son sandwich contre le mien. Après ça, on a terminé notre repas dans la bonne humeur. Il n'y avait pas à s'éterniser plus longtemps : c'était un mercredi midi, il pleuvait, on s'était assis dans un parc et on avait bien mangé.

On était heureux.

Chapitre 16

La Saint-Patrick

Agathe

— Est-ce qu'on peut avoir une bière, Agathe et moi ?

Toute la famille était attablée dans un bar, le serveur n'était pas encore passé pour commander. J'épluchais la carte des boissons depuis cinq minutes sans rien trouver à mon goût. Gabin avait eu l'audace de demander si l'on pouvait prendre une bière. Ma mère a aussitôt refusé :

— Bien sûr que non, vous n'avez pas dix-huit ans.

Il m'a lancé un regard intrigué, j'ai haussé les épaules, désolée. Oui, ma mère croyait encore que les adolescents ne buvaient pas avant leurs dix-huit ans. Gabin et moi avons dû faire le deuil de notre idée. Ma mère vivante, jamais quelqu'un qui n'avait pas de carte d'électeur n'aurait le droit de boire de l'alcool en sa présence. On s'est contentés d'un cocktail sans alcool trop sucré, Olivier et ma sœur ont fait exprès de nous passer leur pinte sous le nez, pour nous narguer. Gabin a grimacé.

— Faites pas trop les malins. Vous êtes dans un bar avec vos parents…

— Vous aussi, lui a rappelé Olivier.

— Mais on n'est pas des vieux de bientôt quarante ans…

Ma sœur a protesté :

— On a vingt-cinq ans !

— Et quarante ans, ce n'est pas vieux, a surenchéri Alexandra.

Gabin a eu un sourire en coin, il a murmuré :

— Tic-tac, tic-tac.

Il s'est pris une bourrade derrière le crâne par Charlène. Elle ne détestait rien de plus que l'idée de vieillir. J'ai siroté mon cocktail en riant, l'ambiance était à la rigolade. Dehors, les rues débordaient de gens qui, comme nous, étaient sortis pour l'occasion d'une soirée de beuverie. C'était la Saint-Patrick. Aucun d'entre nous n'était irlandais, mais l'occasion de boire un verre ne pouvait se refuser, surtout pas en Bretagne. Olivier avait récemment accepté un poste en CDI, il fallait trinquer à son avenir. Les deux familles avaient fait le déplacement jusqu'à Brest pour profiter de l'ambiance électrique de la ville. Dans nos communes, les PMU n'avaient ni musique branchée ni cocktails colorés.

Nous avons porté un toast à Olivier, à la Saint-Patrick et au plaisir d'être ensemble. Il y avait autour de cette table une configuration rigolote : deux familles et que des couples. On s'était tous bien trouvés.

Petit à petit, les verres se sont vidés et les esprits se sont échauffés. Autour de nous, des groupes d'étudiants vidaient verre sur verre en riant. L'ambiance survoltée du bar brisait aussi les barrières de la politesse entre nous. Olivier, par exemple, s'est surpris à tutoyer mon père, lui qui l'avait toujours vouvoyé avec une déférence absolue. J'ai senti que l'alcool montait à la tête de ma mère quand elle a demandé à Charlène comment s'était passé son dernier rendez-vous chez le gynécologue. Ma mère était pudique, surtout en public. Les scènes étaient drôles à voir, encore plus pour ceux qui ne buvaient pas et observaient les autres s'enfoncer lentement dans les abîmes de l'ivresse. Alexandra et Michel, comme nous, ne buvaient pas. Ils avaient pour mission de ramener ce beau monde. Gabin me caressait la cuisse sous la table et faisait semblant d'être plongé dans une conversation. Ses doigts couraient sur ma jambe et s'entrelaçaient aux miens par moments. Il avait les mains chaudes, j'en adorais la sensation. Dans le brouhaha général, je lui ai glissé :

— Tu dors chez moi, ce soir ?

Il a paru surpris de la proposition, presque interloqué.

— Je peux dormir chez toi ? C'est pas illégal dans le règlement de ta mère ?

Maman avait accueilli l'annonce de notre relation avec réserve. Elle avait beau répéter qu'elle adorait Gabin et qu'elle était heureuse pour nous, elle gardait en mémoire l'épisode calamiteux du Nouvel An et le fait qu'elle m'avait ramassée à la petite cuillère. Chaque fois qu'elle nous voyait ensemble, elle se crispait à l'éventualité qu'un jour il me fasse de nouveau du mal. En repensant à la discussion avec Gaston, j'ai réalisé qu'au moins deux personnes craignaient pour mon cœur. Ça commençait à faire beaucoup. Malgré tout, j'ai chassé cette pensée. Jamais, à cet instant, je n'aurais voulu envisager que Gabin puisse me blesser. J'étais bien trop amoureuse.

Je lui ai répondu :

— Attends, tu vas voir. Maman, est-ce que Gabin peut dormir à la maison ?

Elle était pompette mais n'en perdait pas sa droiture pour autant.

— C'est hors de question.

Je lui ai chuchoté, pour que Gabin n'entende rien :

— Tu sais, maman, ça risque rien. J'ai mes règles.

Après un long regard dans le vide, elle est revenue sur sa décision.

— D'accord, mais pyjama obligatoire. Personne ne dort en sous-vêtements sous mon toit.

Gabin m'a interrogée du regard, sûrement curieux de connaître mon tour de passe-passe. Je n'ai affiché qu'un sourire mystérieux. Quand j'ai réalisé les conséquences de la réponse de ma mère, un frisson d'appréhension a couru sur mes bras. Gabin et moi nous étions déjà endormis ensemble, dans le canapé, devant un mauvais film, mais on ne s'était jamais couchés dans le même lit. Ce n'était peut-être rien, je me posais probablement trop de questions…

Sirotant nos cocktails, on a fait semblant de prendre des selfies niais, en se faisant des bisous sur la joue ; en réalité, on prenait en photo Charlène et Olivier car on ne voulait pas manquer le moment où les effets de leurs pintes de bière paraîtraient sur leurs visages. À la quarante-deuxième photo, si vous êtes curieux. Ma sœur faisait des grimaces contre son gré, le frère de Gabin rougissait du nez aux oreilles et transpirait à grosses gouttes au point que son col de chemise était imbibé. Alexandra a capté notre manège et, plutôt que de nous dénoncer, elle s'est incrustée sur nos faux selfies. On gloussait tous les trois comme des dindes à chaque photo compromettante. C'était une super soirée.

Vers vingt-trois heures, il a fallu rentrer. La foule d'étudiants prenait de plus en plus possession des lieux, la température dans le bar grimpait à vue d'œil et la chemise d'Olivier n'était pas capable d'absorber plus de sueur. Il y avait une trentaine de minutes de route. Seulement, les garçons n'avaient pas envie de partir. Papa et Olivier voulaient reprendre un verre et continuer de discuter des choses futiles de la vie. Ils se prenaient la tête depuis une heure sur la politique du pays, leurs arguments se faisant de moins en moins articulés après chaque nouvelle gorgée. Les lourdes négociations de maman et Charlène ne les ont pas fait fléchir et finalement Michel, le père de Gabin, s'est sacrifié : il n'avait pas bu et ramènerait ces deux-là quand ils seraient décidés à partir. Sur ce consensus, on a quitté le bar et on s'est entassés dans la voiture de maman. Alexandra conduisait – pour des raisons évidentes. J'étais coincée sur la banquette arrière entre Charlène et Gabin.

Personne ne parlait, on écoutait religieusement la voix de l'animateur radio qui appelait des gens pour qu'ils lui racontent leurs peines de cœur. La lune était noire, la route était mouillée car il avait plu toute la journée. Alexandra a déposé Charlène, puis a fait un arrêt devant notre maison. Maman avait eu le temps de reprendre ses esprits et se sentait de conduire Alexandra jusque chez elle : elle m'a laissé les clés de la maison et Gabin et moi sommes rentrés, seuls, dans la pénombre de l'entrée. Pendant que j'enlevais mes chaussures, je lui ai demandé :

— T'es fatigué ?

— Pas vraiment.

— On peut continuer la série, si tu veux.

Oui, on avait commencé une série ensemble. On avait même fait exprès d'en sélectionner une avec huit saisons, histoire d'avoir un prétexte pour ne pas se séparer. Gabin a accepté, on est montés dans ma chambre. Dans l'escalier, il m'a attrapé la main. Le geste paraissait anodin, mais j'ai eu un frisson. Tranquillement, on s'est installés sur mon lit, l'ordinateur portable entre nous, et on a regardé un épisode dans le noir, nos bras et nos doigts emmêlés, ma tête sur son épaule.

Au milieu de l'épisode, quelqu'un a frappé à la porte de ma chambre. Gabin s'est aussitôt détaché de quelques centimètres, sur le qui-vive. La voix de ma mère a résonné :

— Je peux entrer ? Chacun a sa langue dans sa propre bouche ?

— Oui, maman…

Elle a ouvert la porte, une main devant les yeux. Écartant les doigts, elle a jeté un coup d'œil mélodramatique dans notre direction. Il n'y avait rien d'alarmant, on se touchait à peine ! Attention, contact adolescent dans le viseur !

— Je montais juste vous prévenir que tout était en ordre. Alexandra est bien chez elle, et j'ai eu ton père au téléphone, il m'avait l'air très bourré. Michel est en train de le convaincre de quitter le bar. Ton père est un homme brave, Gabin.

J'ai opiné avec un sourire contrit, l'envie de lui dire « C'est bon, tu peux partir, maintenant ! » me démangeait. Enfin, maman nous a lâché les baskets. En sortant, elle n'a pas manqué de laisser la porte entrouverte avec une désinvolture calculée. Bien évidemment, elle l'avait fait exprès, on parlait de ma mère !

Lorsque le générique de fin de l'épisode a commencé à défiler sur l'écran, j'ai fermé l'ordinateur. Il était presque une heure du matin, la maison était calme, presque trop, ça en devenait étouffant. C'était bizarre que mon père n'ait pas tout cassé en rentrant. Peut-être Michel avait-il sous-estimé ses talents de négociateur et étaient-ils toujours coincés au bar. J'ai allumé la lampe de chevet, Gabin s'est frotté les yeux, comme s'il émergeait d'une transe. Son geste m'a attendrie, j'ai dit :

— On va se coucher ? Tu m'as l'air fatigué.

Dans le hochement de tête de Gabin, j'ai perçu le même trouble que je ressentais. Nous qui étions d'ordinaire si complices, la nuit pimentait notre relation d'un trac inconnu. Je crois… je crois que ni l'un ni l'autre nous ne savions où mènerait cette soirée, et aucun de nous n'osait poser la question. Gabin s'est redressé en position assise. Il paraissait agité, énervé… excité, peut-être aussi. Il a formulé, et sa voix s'est éraillée au début de sa phrase :

— Tout… tout à l'heure. Je… j'ai entendu ce que tu as dit à ta mère. Est-ce que tu as vraiment tes règles ? Enfin, non, pardon. T'es pas obligée de répondre. Je… désolé. On s'en fout.

— Non !

Il a haussé un sourcil, décontenancé. J'ai continué :

— Je ne disais pas : « Non, ne sois pas désolé. » Enfin si, aussi. Ne sois pas désolé. Mais non, je n'ai pas mes règles. Je savais que ma mère n'accepterait pas que tu dormes ici sinon.

Il a hoché la tête avec frénésie, sans mot dire. Un frisson a parcouru mon échine. Je tremblais, je claquais des dents, et les battements irréguliers de mon cœur affluaient à mes tempes.

Gabin a levé les yeux sur moi, aussi nerveux.

— Tu crois que c'est un bon moment pour…

Il m'a fallu ravaler ma salive pour dénouer ma gorge. J'ai bien cru ne jamais réussir à parler. Est-ce que j'y pensais depuis des semaines ? Oui. Est-ce que j'étais terrifiée à l'idée de faire l'amour avec Gabin pour la première fois ? Absolument.

— Honnêtement ? J'en sais rien du tout.

Il y a eu un silence. Long, profond, empli de sous-entendus pour la suite de la nuit. Gabin l'a brisé :

— Tu en as envie ?

— J'imagine.

— Je ne ferai rien si tu me dis « J'imagine », je veux que tu sois sûre.

Sa réponse m'a d'abord déstabilisée. En fait, c'était pile ce que j'avais envie d'entendre. Gabin a soutenu mon regard le temps que je réponde, patient. Il n'y avait aucune pression dans ses yeux, il avait l'air aussi angoissé que moi. Mon hésitation ne venait pas de la crainte de ne pas être prête, ou de me lancer avec la mauvaise personne. En fait, je redoutais de ne pas être à la hauteur de ses attentes. Depuis cette fois dans le placard, j'avais souvent pensé : *C'est obligé, il m'a déjà imaginée toute nue.* Et s'il n'aimait pas mon corps ? Qu'il me trouvait disgracieuse, qu'il était dégoûté par les vergetures sur mes hanches ? Si tous les défauts que je relevais quand je me regardais dans le miroir lui sautaient aux yeux ? S'il s'était fait une idée de mon corps totalement idéalisée ? Je n'étais pas taillée comme dans les magazines de mode, longiligne et mince, je n'étais pas comme ces déesses du fitness des réseaux sociaux, et je n'avais pas non plus la confiance lumineuse des meneuses du mouvement body positive. J'étais moi, et mon corps, à cet instant, ne me paraissait pas suffisant.

Et si, une fois face à ma nudité, il était incapable de… me désirer ? Et si je le décevais ? Cette idée m'horrifiait.

Le doute me tenaillait. Malgré ça, une petite voix me criait de foncer. C'était le moment parfait, et j'en avais vraiment, vraiment envie. J'aurais été trop bête de rater l'occasion et de laisser mes complexes gagner. Gabin me regardait toujours, ses traits doux rayonnaient d'amour, et de le constater a balayé mon dilemme. C'était Gabin. C'était la seule chose qui comptait. J'ai murmuré :

— OK.

— OK ?

J'ai acquiescé, tremblante, fiévreuse, les nerfs à vif. Il m'a embrassée. J'ai frissonné. Le baiser a foudroyé mon corps. Le premier baiser de notre première fois.

Gabin m'a saisie par la taille. Soudain, ses gestes se sont faits maladroits, moins assurés, on aurait dit qu'il avait peur de me casser. Au fur et à mesure qu'on s'embrassait, nos deux corps se sont rapprochés pour faire disparaître une distance devenue insupportable. La boule dans mon ventre et le sifflement dans mes oreilles avaient quelque chose de bon. C'était le genre de trac qui me rappelait qu'on était en vie.

Soudain, Gabin a interrompu le baiser.

— Tu as une… ? J'en ai pas du tout.

On savait exactement ce qui était sur le point d'advenir, pourtant on ne prononçait aucun mot qui y aurait fait penser. Comme si on cherchait à entretenir le mystère. Je l'ai taquiné, pour faire redescendre la tension qui me raidissait :

— Quoi ? T'as rien ? Je croyais que les gars étaient toujours préparés à l'éventualité.

— C'est une technique. Tu fais croire à la fille que tu n'as rien prévu, comme ça elle se dit : « Oh, il est mignon, il avait des intentions pures. »

J'ai ri, Gabin a plaqué sa main contre ma bouche. Dans une pièce voisine, ma mère ronflait. Je me suis calmée, l'excitation mêlée de peur me faisait perdre mon bon sens.

— Tu sais quoi ? ai-je chuchoté. J'en ai. Le lycée a fait une distribution en début d'année.

J'ai fouillé dans le tiroir de ma table de chevet, le préservatif y était bien caché, enfoui sous des feuilles de papier et des épingles à cheveux. Quand je l'ai déposé dans la paume de Gabin, j'ai rougi de plus belle. Ces quelques secondes de battement avaient fait resurgir en moi les craintes du début. J'avais besoin d'air.

— Je fais juste un tour dans la salle de bains, je reviens.

Gabin a acquiescé, assis sur le lit, le préservatif dans la main, comme ne sachant pas quoi en faire. Les jambes tremblantes, j'ai poussé la porte de ma chambre qui communiquait avec la salle de bains de l'étage. Avant de la refermer, je l'ai interpelé :

— Gabin ?

Il a levé la tête.

— Je suis vierge.

— OK, a-t-il soufflé, livide. Moi aussi.

L'aveu m'a rassurée mais pas calmée. Une fois seule dans la salle de bains, j'ai fixé mon reflet dans le miroir et je me suis adressé un discours d'encouragement :

— Agathe, tu es une grande fille, il faudra que tu passes par là. Tu es avec un garçon que tu aimes, et qui t'aime en retour. Rien ne peut mal se passer. Il y a pire comme situation, tu pourrais perdre ta virginité avec un inconnu rencontré en soirée ! Oui, d'accord, tu ne vas pas en soirée… C'est pas la question ! Agathe, tu es avec le garçon idéal. C'est Gabin. C'est le meilleur petit ami que cette terre ait connu. Alors tu te détends, tu relâches la pression, et tu profites de l'instant dont tu te souviendras toute ta vie.

Ça allait mieux. Je crois.

J'ai déboutonné le haut de mon chemisier – *petite poitrine, maxi décolleté* – et j'ai essayé de remonter mes seins pour les rendre attirants. Puis j'ai paniqué. Je n'étais rasée ni sous les aisselles, ni sur les jambes. Alors oui, l'avènement du féminisme, l'acceptation du corps tel que la nature nous l'a donné, je suis pour tout ça, à deux cents pour cent, même. Seulement, ce soir, il fallait que j'aie les jambes douces… Pardon, les filles, je me ferais pardonner ça, promis.

Désespérée, j'ai cherché un rasoir parmi les pots de crème et les bouteilles de parfum, quand j'ai entendu des coups timides contre la porte. Je me suis raidie, paniquée à l'idée que ma mère ait compris ce qu'on avait en tête.

— Agathe ? m'a appelée Gabin. Est-ce que tu peux sortir ?

Quelque chose n'allait pas. La voix de Gabin avait perdu de sa jovialité habituelle, il ne semblait plus nerveux, il paraissait… brisé. Les derniers mots s'étaient évanouis dans le silence. Oui, il y avait un *truc*. La main tremblante – elle n'avait pas cessé de tressauter depuis cinq minutes –, j'ai ouvert la porte. Je suis à peine sortie qu'il s'est écroulé dans mes bras, mou, comme une poupée de chiffon.

Au début, je n'ai rien senti d'autre que son corps brûlant (et habillé) contre le mien, et son nez enfoui dans mon cou. Puis une sensation humide m'a chatouillé la peau et, en percevant deux ou trois soubresauts de son dos, j'ai compris qu'il pleurait. Ma première pensée a été de me dire que c'était ma faute, qu'il voulait rompre, que j'avais fait quelque chose de mal. Alors, je l'ai vue. Ma mère, le téléphone à la main, les yeux injectés de sang, interdite.

Lentement, l'angoisse a changé de nature. Finies les peurs de découvrir nos corps, terminées les craintes du monde inconnu de la première fois. L'effroi assourdissant dans les yeux de ma mère m'a glacé le sang. Maman a désigné Gabin avant de secouer la tête, et j'ai compris. J'ai bouché les oreilles de mon petit ami, pour l'empêcher d'entendre – une seconde fois ? – la nouvelle. Ma mère a enfin parlé :

— Alexandra vient de m'appeler… Les garçons ont eu un accident de voiture. Une voiture à cent cinquante kilomètres heure sur la quatre-voies. Elle a percuté la voiture de Michel en se rabattant. Le conducteur avait bu.

Sa voix s'est brisée, elle a repris :

— Olivier était sur la banquette arrière, il n'a rien. Ton père est à l'hôpital. Le père de Gabin… il est mort sur le coup.

Ma mâchoire s'est décrochée. Sous le choc, je n'ai pas pleuré. Je ne réalisais pas bien ce qui s'était passé. Un brouhaha voilé a pris le pas sur mes pensées. Mon premier réflexe a été de relever le menton de Gabin pour le regarder. La vision de ses traits anéantis m'a asséné le coup de grâce. J'ai éclaté en sanglots.

— Ça va aller, ai-je soufflé, ça va aller. Je suis là.

J'ai senti que mes mots de réconfort n'avaient aucun effet. Malheureusement, aucune formule magique ne guérit de la douleur de la perte d'un parent. Gabin était incapable de parler, il s'est agrippé à moi avec frénésie, comme si… comme s'il voulait être certain que je resterais avec lui. Ma mère partait pour l'hôpital, elle passait chercher Alexandra. Elle a proposé à Gabin de le ramener auprès de sa mère, mais il n'a rien dit, il ne l'a même pas regardée, il continuait juste de me serrer dans ses bras. Sans bouger, j'ai fait signe à ma mère d'y aller sans nous. J'ai laissé Gabin m'étreindre aussi longtemps qu'il le souhaitait, impuissante.

J'ai réussi à persuader Gabin de s'allonger. Je l'ai enlacé, j'ai passé ma main dans ses cheveux, et je lui ai parlé pour le distraire. Il est resté le visage enfoui dans mon chemisier. Je ne sais pas s'il dissimulait ainsi une honte de pleurer devant moi. Je n'en avais rien à faire, je n'en avais, mais alors, *strictement* rien à faire. Il pouvait pleurer, il devait pleurer. J'ai fait la conversation seule, lui rappelant des beaux souvenirs, lui répétant à quel point je l'aimais, lui chuchotant qu'il était merveilleux, qu'il méritait tout l'or du monde.

Mon cœur à moi avait été pulvérisé. J'étais dévastée par la mort brutale du père de Gabin, l'accident du mien, et surtout j'étais anéantie que Gabin ait perdu un être cher. Sa tristesse me faisait beaucoup, *beaucoup* plus de mal que la mienne, sans savoir si c'était l'émotion la plus empathique ou la plus égoïste de ma vie. Ma douleur immense ne provenait pas de la mort de Michel, je ne la voyais qu'à travers Gabin et sa souffrance à lui. La culpabilité s'est ajoutée à l'équation, j'avais l'impression de déshonorer l'esprit de l'homme en étant malheureuse non pour lui mais pour son fils.

Alors que mes sanglots avaient séché, des larmes chaudes ont coulé sur mes joues. J'ai retenu mes tremblements, raide. Mes efforts ont été vains, Gabin a vu mon chagrin. Il s'est redressé dans un soupir, m'a regardée dans les yeux. Sa peau avait rougi sous le coup de l'émotion, ses joues luisaient à la lumière, trempées. D'un geste calme, il a essuyé mes pleurs du bout des doigts et m'a embrassé la pommette. Puis il s'est lové à nouveau dans mon cou. Ce geste m'a troublée dès ce soir-là, et longtemps, par la suite, j'y repenserais.

La fatigue a eu raison de son tourment, Gabin s'est endormi contre moi. Entre ce moment et l'instant où je suis tombée de sommeil à mon tour, j'ai fixé le plafond, laissant les larmes couler le long de mes joues. Depuis l'enfance, je croyais à une forme de karma, imprégnée de valeurs chrétiennes : les gentils reçoivent des bons points, les méchants sont punis. Le monde, ainsi divisé, était simple à comprendre.

Désormais, j'avais saisi. C'était le discours d'une personne qui n'avait jamais été confrontée à la dure réalité de l'existence humaine, à ses retournements, et à l'injustice profonde qu'elle recelait. Une rage féroce envers l'univers a séché mes pleurs. Une question tournait dans mon esprit : pourquoi eux ? Pourquoi cette famille ? C'étaient de bons amis, de bons voisins, de bons parents, ils étaient généreux, drôles, attentionnés. Pourquoi le destin frappait-il des personnes qui n'avaient rien demandé ? Il n'avait pas le droit. Le sort ne pouvait pas détruire Gabin, sa mère et son frère de la sorte. Ils étaient bons. Gabin était bon. On pouvait toujours trouver à lui reprocher son humour gras, son insolence, sa maladresse, mais il n'était pas une mauvaise personne.

De quel droit la Nature s'autorisait-elle à prendre la vie des gens sans raison ?

Chapitre 17

Le grand ménage de printemps

Gabin

— C'est une photo de moi qui plante un bouleau pubescent. *Betula pubescens* en latin. Dans les légendes celtes, c'est l'arbre créateur de l'univers. En Russie, on dit qu'il possède des propriétés curatives. Je l'ai appelé Gabin, je me suis dit qu'il t'aiderait à cicatriser.

J'ai attrapé la photo. Dessus, mon ami posait accroupi à côté d'une jeune pousse. La terre était fraîchement retournée à ses pieds, il avait un pouce en l'air et portait des lunettes de soleil aux verres fumés orange. Cette vision m'a arraché un sourire, j'ai glissé la photo dans mon agenda.

— Merci, Loïc.

Loïc est retourné à son bureau, le professeur de gestion est entré. Ses yeux ont embrassé la classe avant de se poser sur moi, il m'a adressé un sourire compatissant, j'ai baissé la tête. Tout le monde savait. J'avais raté les cours de la matinée, le mot avait dû courir dans les rangs : « Il est où, Gabin ? », « Attends, tu sais pas ? C'est l'enterrement de son père aujourd'hui ». Comme par magie, les personnes qui ne pouvaient pas me voir en peinture étaient devenues des agneaux. Plutôt que de me dégoûter, leur hypocrisie m'attristait. Tout me rendait triste, de toute manière. Le temps, la guerre en Syrie, la destruction de ma famille, les pleurs de ma mère, les petits chatons abandonnés dans la rue, le monde dans lequel on vivait…

On ne peut pas comprendre ce qu'est la perte d'un proche si on ne l'a pas vécue. C'était ma première prise de conscience, ma première pensée après le brouillard et l'obscurité de ces derniers jours. La société nous confronte à la mort chaque jour dans les médias : les crashs d'avions, les guerres, les catastrophes naturelles, les chiffres du cancer, les faits divers, ma mamie qui va à sa cinquième sépulture de la semaine, enterrant au compte-gouttes ses amis, ou Charlène qui nous raconte la mort d'un de ses patients… On avait beau chercher les distractions, commencer une série, un bouquin, on nous jetait là aussi au visage la mort de ces héros. Sinon, hé, qu'y aurait-il à raconter ? On vit coincés sous l'ombre terrifiante de la Grande Faucheuse.

Mais on n'y connaît rien. Je vous l'assure. Quand elle vient frapper à notre porte, qu'on lui ouvre et qu'elle nous gifle sans prévenir, c'est un sentiment bien différent. La compassion s'envole, la pitié pour les « malheureux » devient fade. Au lieu de quoi c'est comme se faire arracher les entrailles sans anesthésie.

J'étais une coquille vide, à présent. On m'avait retiré une partie de moi. Le pire, c'est que je ne m'étais jamais imaginé la perdre.

Longtemps, j'ai pensé que mon père était immortel. Un père, c'est un super-héros. Le mien montait les meubles Ikea sans lire la notice et il tuait les araignées au-dessus du lit. Il pourrait tout affronter, il surpasserait les autres hommes. Il ne serait jamais malade, jamais vieux, jamais mort. Avec les années, le rêve avait perdu en crédibilité, mais j'avais encore du mal à me figurer la vie sans lui. S'il devait mourir, ce serait dans un futur lointain. Après la naissance de mes enfants et les après-midi où il les aurait emmenés cueillir des champignons. Voire jamais. Au fond, je continuais peut-être d'espérer qu'il ne mourrait jamais.

Le pire, pour moi, c'était de ne pas l'avoir vu venir.

Attention, phrase horrible : quand une personne tombe très malade, au moins, ses proches ont le temps de s'y faire. Là, rien. Pas une seconde. J'ai quitté mon père dans un bar, je l'ai revu la fois suivante dans un joli costume, la peau froide et blafarde, et les yeux clos. À ce souvenir, je me fissurais. J'aurais pu frapper les murs au point de me blesser pour exorciser la douleur. Pire que la peine, il y avait la culpabilité. Si seulement on avait insisté pour qu'ils rentrent en même temps que nous. Si seulement on ne les avait pas laissés dans ce bar. Si seulement Olivier et le père d'Agathe n'avaient pas été si insistants.

Je ne mentirai pas, les jours qui ont suivi, j'en ai voulu à ces deux-là. À mort. Et à mon frère plus qu'au reste du monde. C'était plus simple de les accuser, je refusais de croire que seule la malchance entrait dans l'équation. Dans mon esprit, tout était leur faute. *Ils* avaient trop bu, *ils* avaient obligé mon père à rester, et à conduire au moment où tous les jeunes alcoolisées et irresponsables prenaient leurs voitures. Si Olivier et Jean-Paul avaient accepté de rentrer avec nous, alors personne ne serait mort, putain ! Je n'ai pas avoué à Agathe que j'aurais préféré que son père crève à la place du mien. Je n'ai pas osé dire à maman qu'Olivier s'en sortait trop facilement selon moi. Je n'en pensais pas moins.

Lorsque j'ai rendu visite au père d'Agathe à l'hôpital, ma rancœur s'est apaisée. Il souffrait de plusieurs traumatismes et s'était effondré dans mes bras, rongé par les regrets. J'ai compris que le blâmer ne mènerait à rien, ni pour lui ni pour moi. Olivier, en revanche… Je ne saurais l'exprimer… La responsabilité de mon frère dans l'accident me restait en travers de la gorge.

Ce matin, j'avais dû dire au revoir à mon père en jetant une foutue poignée de terre sur son cercueil. C'est donc ça, le deuil ? « Tiens, papa, une poignée de terre pour toi, bisous. » N'importe quoi ! J'ai hésité à aller à l'église, une cérémonie n'allait pas davantage m'aider à accepter sa perte. Et puis, j'allais y voir mon frère et cette idée me filait la nausée. Je l'ai fait pour ma mère. J'étais assis au premier rang, avec le reste de la famille. Les éloges funèbres se sont succédé dans les pleurs et les tremblements de voix, les meilleurs amis de papa avaient préparé un diaporama de photos datant de quand il était jeune, quelqu'un a joué son morceau préféré à la guitare.

Quand on a quitté la nef pour le cimetière, un petit cousin m'a donné un avion en papier réalisé avec le programme de la messe et les paroles des psaumes. Quelques rangées de bancs plus loin, j'ai croisé le regard d'Agathe, elle m'a souri tristement. J'ai compris que l'origami venait d'elle. « Merci », ai-je articulé en silence.

Je n'ai même pas pleuré quand on l'a enterré. J'avais épuisé mes larmes. Mon frère a chialé comme une madeleine. Ça m'a mis dans une colère noire, mais j'ai refoulé ma rage.

L'après-midi, je suis retourné au lycée. Personne ne m'y obligeait, ni ma mère ni les professeurs. Pourtant, dès que j'en ai eu l'occasion, j'ai foncé à l'école. À défaut d'avoir subi la messe, je voulais esquiver le repas post-enterrement. Rien ne m'aurait plus achevé que de recevoir les condoléances de dizaines d'inconnus, qui m'avaient vu pour la dernière fois quand j'avais trois ans. Quoi de mieux que quatre heures de mercatique pour se changer les idées ?

Les heures ont passé. J'ai gribouillé sur mon cours, j'ai regardé les oiseaux par la fenêtre, je n'ai pas fait les exercices donnés par le professeur mais il ne m'en a pas tenu rigueur. Ah bah voilà, au moins un avantage à être orphelin de père, on me foutait la paix ! À la fin du cours, j'ai senti que plusieurs de mes camarades voulaient me présenter leurs condoléances. J'ai fui. Dans le couloir, mon téléphone a vibré dans ma poche, je venais de recevoir un message : Agathe m'attendait devant les grilles du lycée. Je n'avais pas eu l'occasion de lui parler dans la matinée, je n'en avais peut-être pas eu envie non plus.

Quand je l'ai retrouvée, elle m'a tendu un paquet emballé dans du papier aluminium.

— Je t'ai préparé un goûter.

— Merci, mais j'ai pas faim.

Agathe a pincé les lèvres.

— Mange au moins un bout, ça fait trois jours que tu n'as pas pris un vrai repas.

— Je suis grand, Agathe, je sais quand je dois manger et ce que je dois manger.

Mon ton glacial a résonné dans la sécheresse de l'air. Tout le monde me traitait comme si j'étais un animal en détresse, incapable de se prendre en main. Agathe a baissé les yeux, elle était juste inquiète. Je me suis excusé :

— Désolé, c'est super sympa. Merci.

J'ai pris son goûter pour lui faire plaisir, je savais que je ne le mangerais pas. Un poids pesait sur mon estomac depuis ce fameux soir où ma vie s'était arrêtée. Dans le papier aluminium, il y avait des madeleines au chocolat. J'ai levé les yeux sur Agathe, une panique l'a secouée.

— Quoi ? T'aimes pas ? Oh… Merde, il y a du chocolat ! J'avais oublié.

— C'est pas grave, l'ai-je rassurée. Je t'assure que j'ai pas faim.

Je lui ai rendu les madeleines, et j'ai senti qu'elle s'en voulait. Pour l'apaiser, je l'ai embrassée sur le front. Ce n'était pas sa faute, si elle sortait avec le seul gars de cette planète qui n'aimait pas le chocolat. C'était l'intention qui comptait. Au baiser, elle s'est détendue. Quand je l'ai prise dans mes bras, Agathe m'a serré contre elle. Il faisait chaud, pour une journée de mars. Dans une autre vie, je serais allé faire une partie de foot avec des copains.

— Tu viens chez moi ? ai-je proposé à Agathe.

L'erreur, dans ce cas-là, aurait été de rester seul, même si j'en avais terriblement envie. Agathe n'était même pas chiante, au contraire, elle faisait preuve d'une patience à toute épreuve. Elle ne s'énervait pas de mon cynisme, de mes lamentations et de ma tendance à jouer les Calimero. Elle ne disait pas forcément grand-chose non plus. Elle était là, c'est tout. Je ne lui en demandais pas plus.

Agathe a acquiescé à ma proposition. On a commencé à marcher vers l'arrêt du car de ramassage scolaire, quelques rues en contrebas du lycée. D'habitude, l'arrivée des beaux jours me motivait à faire le trajet avec mon scooter – chose impossible en plein hiver – mais, depuis l'accident, j'avais peur de conduire. Les premiers mètres ont été silencieux, comblés par le brouhaha de la sortie des cours et les vrombissements des voitures qui filaient sur la route. Parfois, quand l'une faisait trop de bruit ou passait trop vite, je la suivais des yeux, un stress dans la gorge.

Agathe a brisé le silence :

— Comment ça s'est passé, au lycée ?

— Bien. Tout le monde est super sympa avec moi. J'aurais dû jouer plus tôt la carte du père mort.

Sur le coup, elle n'a rien dit. Encore une fois, j'y étais allé fort. Nos pas crissaient sur le bitume du trottoir. Sentant la tension s'installer, je me suis excusé une nouvelle fois :

— Pardon.

— Gabin, si tu veux être seul, il faut que tu me le dises, je comprendrai.

— Non ! ai-je aussitôt refusé. Non, reste.

« Reste près de moi », avais-je envie d'ajouter. Je crois que le message est passé quand même. Agathe a glissé sa main dans la mienne. La chaleur de sa peau me reliait à la terre. Sans elle, j'aurais pu partir loin dans les méandres de mon esprit. Elle ne disait plus rien, alors j'ai chuchoté :

— Je t'aime, Agathe.

Comme si mes mots avaient appuyé sur un interrupteur, son visage s'est illuminé d'un bonheur radieux. Elle a gardé le silence, mais s'est hissée sur la pointe des pieds pour déposer un baiser sur ma joue. Même si elle n'avait rien dit en retour, je ne doutais pas une seule seconde de son amour.

Le car nous a déposés sur la place bétonnée de la mairie. De là, on a marché pour regagner mon lotissement. Les rues étaient animées du bruissement des feuilles qui dansaient au vent. Il me semblait avoir cligné des yeux entre le moment où l'hiver avait déshabillé les arbres et aujourd'hui, où ils vibraient de couleurs flamboyantes. Le vert des chênes, le jaune des ajoncs et le rose des magnolias m'agressaient, me donnaient mal au crâne. Je marchais la tête baissée, les yeux rivés sur le trottoir. Au moins, ça, c'était gris et rassurant. Le monde m'apparaissait trop resplendissant, je prenais ça comme un affront.

Agathe parlait peu. On avait passé le trajet en car en silence, elle regardait le paysage, je jouais sur mon téléphone pour me distraire. Je me demandais à quoi elle pensait. Le matin, pendant les obsèques, elle était restée en retrait, à l'église et au cimetière. Je ne sais pas si c'était par politesse ou par désintérêt. En fait, je m'en fichais. J'étais content de l'avoir auprès de moi, c'est tout. J'appréciais qu'elle ne cherche pas à me réconforter ou à me faire des séances de psy. J'appréciais qu'elle me laisse être en colère et m'apitoyer sur mon sort. Quand tout le monde me serinait des phrases bateau du genre « Je sais que c'est dur, mais ça ira mieux, tu verras » ou « Ton père voudrait que tu sois heureux », Agathe n'en faisait rien. Elle me donnait l'entière permission d'être une tête de con.

En rentrant, on a entendu du bruit et humé une odeur de peinture. Et pour cause, dans le séjour, maman était en pleins travaux. Elle avait vidé l'immense bibliothèque et entrepris de la repeindre en blanc. La décoration intérieure était un sujet de discorde de longue date entre mes parents : maman ne jurait que par l'épuré et le moderne, papa était attaché aux meubles mastoc et rustiques, qui « baignaient dans leur jus ». Combien de fois s'étaient-ils pris la tête à propos de cette fichue bibliothèque ? Les livres jonchaient la pièce à vivre, empilés à hauteur de taille. Il y en avait partout : par terre, sur la table, les chaises, le canapé. La musique à fond, maman donnait des coups de pinceau énergiques sur le bois. Elle chantonnait par-dessus la mélodie.

Agathe est apparue derrière moi, avec le même air interdit que moi. Quand maman nous a vus, elle a baissé le son et désigné la bibliothèque.

— C'est quand même mieux, non ? m'a-t-elle demandé. Ça illumine la pièce ! Bien sûr, il faudra que je passe une seconde couche demain, mais ça rend déjà bien, je trouve.

Je suis resté coi. On avait enterré papa dans la matinée.

On avait enterré papa dans la matinée.

Il était mort, et la première chose qu'elle faisait, c'était repeindre une bibliothèque à propos de laquelle ils s'étaient disputés pendant des années. Cette idée m'a filé la nausée, j'ai fait volte-face pour me réfugier dans ma chambre. Elle était dingue, cette bonne femme. Elle avait pété les plombs. Je me suis effondré sur mon lit avec l'envie de pleurer. La tête dans l'oreiller, j'ai grogné de désespoir. J'avais envie de casser des trucs. J'avais envie de défoncer cette bibliothèque à grands coups de pied. Quelqu'un a frappé à la porte de ma chambre, j'ai dû marmonner un « Entrez » dans le coussin.

Quelques secondes plus tard, Agathe s'est glissée à côté de moi. Allongée sur le côté, les deux mains jointes sous son oreille, elle me faisait face. J'ai tourné la tête vers elle. Ses grands yeux noirs me dévisageaient, l'air désolé. Elle avait un bouton d'acné au-dessus du sourcil, juste un. La chanceuse. Moi, le chagrin avait constellé mon visage de rougeurs en tout genre. On a passé une bonne minute à se regarder dans le blanc des yeux, sans rien dire. Les jours s'écoulaient et on se parlait presque pas. Et moins on se parlait, plus j'avais la sensation qu'elle m'échappait. Les lèvres d'Agathe ont tremblé, ses yeux se sont embués, j'ai cru qu'elle allait pleurer avant moi. Dans un murmure, elle m'a avoué :

— Je ne sais pas quoi te dire.

J'ai secoué la tête, j'ai haussé les épaules. Il n'y avait rien à dire. C'était ça, le pire. Aucun mot, aucune parole n'aurait pu me remonter le moral.

— Ça va aller ?

J'ai haussé les épaules, j'ai secoué la tête de nouveau. Non, ça n'irait pas. Probablement plus jamais. Pour seule réponse, Agathe s'est blottie contre moi. J'ai entouré ses épaules d'un bras protecteur, et pendant un temps j'ai eu l'impression d'être celui qui soutenait l'autre. En réalité, sans Agathe, je me serais effondré dès la première seconde. J'étais exténué des émotions de la journée, le sommeil m'a emporté aussitôt. Et, Agathe auprès de moi, je n'ai même pas fait de cauchemars.

En me réveillant, j'étais seul dans mon lit, le jour avait grandement diminué. Mon radio-réveil indiquait dix-neuf heures passées. Dans les vapes, je suis descendu au rez-de-chaussée, d'où l'écho d'une conversation m'est parvenu. J'ai suivi les voix. Dans le séjour toujours encombré de centaines de livres, maman et Olivier mettaient le couvert. Un crépitement d'huile et une odeur d'oignons achevaient le tableau. Je devais encore avoir la marque de l'oreiller sur la joue, car ils se sont gentiment moqués de moi en me voyant débarquer. J'étais encore ensommeillé, mes mouvements étaient machinaux. J'ai bu un verre d'eau, répondu un « Ouais » guttural à une question de maman et, quand j'ai repris mes esprits pour de bon, ma première réaction a été celle-ci :

— Elle est où, Agathe ?

— Véronique est venue la chercher. Elles passent la soirée à l'hôpital.

— Ah.

J'ai posé mon verre d'eau devant mon assiette et me suis installé à table sur l'ordre de ma mère. Étrangement, mon estomac rugissait. Il s'était réveillé lui aussi, et avait réalisé que je ne l'avais pas nourri depuis trois jours. Maman a déposé plusieurs entrées sur la table, les restes du midi. Après l'enterrement, quelques membres de la famille et des amis proches avaient organisé un repas à la mémoire de papa. Peu importait le motif de la célébration, c'était toujours une occasion pour manger.

J'ai tartiné généreusement une tranche de pain avec du pâté de campagne. En face de moi, mon frère m'a imité. Je n'étais pas enchanté de le voir, mais ma sieste avait engourdi mon ressentiment. Jusqu'à ce qu'il dise :

— On va chez le notaire demain, Gabin. À 15 heures.

J'ai grimacé.

— Je suis obligé de venir ?

— Ce serait bien que tu sois là.

J'ai soupiré. Super, en plus, je devais me coltiner des rendez-vous barbants et des procédures administratives.

— J'ai cours demain, ai-je tenté d'esquiver.

Maman est intervenue :

— Je te ferai un mot, ne t'en fais pas.

J'ai mastiqué ma tartine, tendu. Ils ne comprenaient pas. Je n'en avais rien à faire d'aller chez le notaire, ils pouvaient se débrouiller sans moi. Face à mon air bougon, Olivier a tenté de m'expliquer :

— Je sais que ça te fait chier, mais plus vite on lance la question de la succession, plus vite…

— Est-ce qu'on pourrait attendre une semaine avant de s'intéresser au fric ? Hein ? Est-ce qu'on pourrait au moins faire semblant d'être tristes avant de parler d'argent ?

— Gabin… a fait maman.

— J'ai pas envie d'y aller. J'ai pas envie de parler d'héritage ou de refaire les peintures de la maison. Je veux juste… Laissez tomber, vous pouvez pas comprendre.

Cette dernière phrase a indigné mon frère.

— Tu crois qu'on ne peut pas comprendre ? Sur quelle planète tu vis, Gabin ? Moi aussi, j'ai perdu mon père, figure-toi.

— Oui, mais toi, c'est en partie ta faute s'il est mort, alors t'as pas le droit de te plaindre.

— Gabin ! a piaillé ma mère.

J'ai lâché ma tartine dans mon assiette. Un morceau de pâté est tombé sur la nappe. Je n'avais plus faim. La rage avait à nouveau noué mon estomac, et cette fois je n'étais pas sûr de réussir à le dénouer un jour. Rester à table m'était impossible, pas quand j'avais mon frère en face de moi. Je lui en voulais tellement. Merde, je lui en voulais à mort. À cet instant, j'aurais préféré qu'il crève dans cette voiture à la place de mon père. La fureur me rendait irrationnel, mais sur le coup j'étais persuadé que, dans un scénario alternatif, j'aurais été plus heureux. Dans l'escalier, j'ai entendu mon frère dire :

— Connard.

— Va te faire foutre ! lui ai-je hurlé.

J'ai claqué la porte de ma chambre. Moi qui n'avais jamais fait de crise d'adolescence, j'en déroulais toute la panoplie. Je me suis affalé sur mon lit, les yeux au plafond, les mains sur le ventre. J'ai hésité à appeler Agathe pour pester contre mon frère, mais j'ai renoncé. Je préférais me morfondre dans le silence et la solitude.

C'était une bonne chose que j'aie fait une sieste dans l'après-midi, parce que cette nuit-là je n'ai pas pu dormir du tout.

Chapitre 18

Le dimanche de Pâques

Agathe

Mon père était sorti de l'hôpital trois semaines après l'accident, mais sa santé restait fragile. Il se déplaçait en fauteuil roulant et souffrait chaque fois qu'il riait. On avait donc ordre de ne pas faire de blagues. Ça n'aurait pas été un problème si mon père n'avait pas été si bon public. Malgré le séisme de l'accident, les visites de l'infirmière et les lourdes séances de rééducation à venir, la vie à la maison reprenait son cours. On mangeait toujours devant le journal de 20 heures, on n'avait toujours pas assez d'eau chaude pour tous prendre nos douches le matin, on devait toujours donner notre linge à laver le vendredi soir en prévision des machines du week-end.

Les vacances de Pâques avaient débuté, bien méritées à mon sens. Elles avaient toujours été mes préférées, car elles apportaient le soleil et les balades à vélo en famille. Bon, cette année, on ne ferait pas de balades à vélo, mais le ciel bleu perpétuel compensait cette déception. En fait, la vie était paisible. Avoir papa à la maison m'occupait. Le matin, je devais l'aider à s'habiller, il était enfermé dans un corset thérapeutique. Le midi, je nous préparais à manger. L'après-midi, on s'installait sur la terrasse et on travaillait : moi je révisais pour le bac, et lui lisait toutes les sorties littéraires qu'il avait en retard. Parfois, il m'interrompait et partageait une citation avec moi. C'étaient de bons moments, et je m'en sentais coupable.

Gabin gérait mal la mort de son père. Genre… Super mal. Ses colères étaient plus intenses de jour en jour – pire, il broyait du noir de plus en plus foncé. J'avais beau lui tenir compagnie et lui faire des câlins, au bout d'un moment je manquais de solutions à son chagrin. D'un autre côté, la santé de mon père m'avait inquiétée, ces dernières semaines, et je n'avais pas pu partager mes craintes avec Gabin, de peur de paraître insensible. OK, mon père était à l'hôpital et souffrait, mais le sien était *mort*. Je ne me sentais pas légitime d'aller mal.

Quand tout s'est arrangé pour notre famille, le sentiment de culpabilité a empiré. Pour le coup, je n'avais plus *aucune* raison de me plaindre ; même si j'étais stressée à cause du bac et des vœux pour l'année à venir, même si j'avais passé une mauvaise journée. Me plaindre aurait été comme voler du malheur à Gabin.

On se voyait toujours, mais moins. Les mercredis après-midi et les samedis. Le reste du temps, on se parlait par SMS, mais il mettait un temps fou à me répondre et nos conversations tournaient vite en rond :

Ça va ?

Oui et toi ?

Bof.

Pourquoi ?

Il se plaignait alors de son frère, de sa mère, du lycée et de la décoration de sa maison. Alexandra faisait son deuil en bougeant des meubles et en achetant des bibelots. Gabin avait du mal à comprendre qu'elle cherchait ainsi à aller de l'avant. Tout ce qu'il voyait, c'était qu'elle effaçait les souvenirs de la vie commune avec Michel. Il n'arrivait pas à digérer cette idée et j'avais beau tenter de le raisonner, il n'écoutait personne d'autre que la voix mesquine et critique dans sa tête.

Gabin me manquait.

Pas physiquement – on était souvent ensemble –, mentalement. L'ancien Gabin me manquait, celui des blagues lourdes et des beauferies. Celui qui participait à des batailles de nourriture et collectionnait les fèves à l'effigie de personnages de jeux vidéo. Parfois, je me demandais si on ne l'avait pas enterré en même temps que Michel. Il n'était plus là, il était parti, et plus les jours passaient, plus je doutais qu'il revienne. Gabin avait perdu la lueur de malice qui animait son regard et, sans elle, c'était comme s'il ne vivait plus. Gabin me manquait et mon amour pour lui avait de moins en moins de consistance.

Bien sûr, je ne l'aurais pas quitté ! D'abord, ça aurait été cruel. Il avait perdu son père, s'il se faisait aussi larguer, il s'écroulerait. Ensuite, je me sentais bien avec lui. J'appréciais nos moments à deux, mais notre complicité nous glissait entre les doigts et pas un jour ne se levait sans que je me dise que Gabin n'était peut-être plus mon âme sœur…

Maman voulait organiser un repas de famille pour fêter Pâques. Ce serait le premier depuis l'accident. Il y aurait mes grands-parents maternels, mes oncles, tantes et cousins éparpillés aux quatre coins de la métropole et qui venaient rendre visite à mon père souffreteux – il ne l'était pas, mais ils l'appelaient ainsi pour le taquiner. En théorie, il y aurait aussi les Schneider. En théorie, car Gabin et Olivier ne se parlaient plus. Ils n'acceptaient même pas d'être dans la même pièce. Maman avait envoyé l'invitation aux deux, sans grand espoir, comme jetant un appât dans l'eau pour voir qui mordrait. Moi-même, le samedi soir, je n'avais aucune idée de si Gabin viendrait.

La voiture d'Alexandra s'est garée dans l'allée. Elle avait accepté l'invitation sitôt celle-ci envoyée, Alexandra avait besoin de voir du monde, de se changer les idées. Quand elle rendait visite à ma mère, j'écoutais leurs conversations, cachée dans l'escalier. Elle disait que la maison était trop grande et trop vide pour elle, qu'elle ne supportait pas d'y être enfermée.

Lors de son arrivée, ce jour-là, je l'ai épiée par la fenêtre du salon. Le siège passager était occupé, mon cœur a eu un raté : il était là ! La sensation au creux de mon estomac m'était étrangement familière. J'avais l'impression de revivre nos premières rencontres, lorsque l'appréhension me tiraillait le ventre. Comment la journée allait-elle se passer ? Gabin allait-il faire attention à moi ? Est-ce qu'on se retrouverait à deux dans un placard ? Il a claqué la portière derrière lui et, malgré mes doutes, j'étais heureuse de le voir.

Incapable d'attendre, j'ai couru à l'extérieur pour lui sauter au cou. Devant ce câlin brusque, il a grogné :

— Mollo. Je viens de me réveiller.

Sa froideur m'a désarçonnée. Je me suis détachée de lui. Pour endiguer sa mauvaise humeur, j'ai dit :

— Ma mère a préparé une chasse aux œufs !

— Ah.

— Ça te dit rien ?

Il a haussé les épaules.

— Si, si. C'est sympa.

Il n'en pensait visiblement pas un mot. Alexandra, véritable pile électrique à côté de son fils, nous a mis plusieurs plats entre les mains. À chaque repas, elle cuisinait des quiches pour l'apéritif. Alexandra était la reine des quiches – sans mauvais jeu de mots. Gabin et moi sommes allés dans le jardin, avons déposé les quiches sur la table de la terrasse, autour de laquelle plusieurs invités étaient déjà assis.

Gabin a salué tout le monde d'une poignée de main franche, je l'ai vu tiquer au moment de prendre celle de mon père.

De retour dans le séjour, il m'a demandé :

— Ton père est en fauteuil ?

Sa question m'a interpelée. Je ne me souvenais plus si je le lui avais dit. Peut-être ne l'avais-je pas fait, pour ne pas l'embarrasser avec des souvenirs de l'accident… J'ai répondu :

— Oui, à cause de ses côtes cassées.

Gabin a affiché un air confus. Son regard s'est perdu dans le vide.

— Quoi ? me suis-je inquiétée.

— N-non, rien. Je… Je me rappelais plus.

Je lui ai pris la main.

— C'est pas grave.

Puis, me hissant sur la pointe des pieds, j'ai déposé un baiser sur sa joue. On ne s'était même pas encore embrassés de la journée, et je n'arrivais pas à m'ôter de la tête l'idée que l'on vivait nos derniers moments ensemble… J'aurais cru que Gabin se serait laissé faire sans réagir, mais il m'a retenue, a pris mon visage entre ses mains et m'a donné un baiser digne de ce nom. Mon corps a fondu comme si c'était le premier que nous échangions. C'était le cas, en quelque sorte. Le premier véritable baiser depuis que notre monde avait implosé.

Soudain, la porte d'entrée a valdingué. Gabin et moi avons sursauté et braqué des yeux effrayés sur l'invité. Je craignais que ce ne soit Olivier, venu casser la figure de son petit frère – je ne savais pas s'il en était capable, mais j'en avais peur. Contre toute attente, notre hôte n'avait rien d'un grand gaillard : il était haut comme trois pommes, et la dernière fois que je l'avais vu il portait un costume de chat. Augustin a crié :

— Aaaah ! À l'attaque du lapin de Pâques ! Je vais lui piquer tous ses œufs !

Cette fois-ci, il avait revêtu une panoplie de pirate : tricorne, cache-œil et sabre en plastique. Quelqu'un lui avait même dessiné une moustache avec du crayon pour les yeux. Il s'est précipité vers nous et a commencé à frapper nos jambes avec son épée.

— Ennemis en vue ! Ennemis en vue ! Jetez-les à l'eau !

— Augustin ! a crié sa mère – ma tante.

Mais le petit garçon ne l'écoutait pas, il avait déjà couru dans le jardin pour attaquer le reste de l'équipage. Quand j'ai levé les yeux sur Gabin, j'ai été surprise de voir un sourire sur son visage.

— On va chercher des œufs ? m'a-t-il proposé.

Il ne fallait pas me le demander deux fois.

La chasse aux œufs a été lancée quand tous les cousins et cousines ont été arrivés. On a fourré des sacs plastique bleus qui sentaient le poisson dans les mains des enfants et on les a lâchés dans le jardin. Gabin et moi formions un binôme de choc, notre esprit de compétition mutuel ne s'était pas émoussé : on voulait terrasser les gamins et ramasser le plus d'œufs possible. Bien sûr, j'avais une longueur d'avance, je connaissais toutes les cachettes. Maman les recyclait chaque année depuis mon enfance. Elle dispersait toujours les œufs au pied des massifs de fleurs et aux quatre coins du cabanon de jardin.

Parfois, Augustin tentait de nous mettre des bâtons dans les roues en nous rouant de coups avec son sabre. Le jouet était en plastique, mais il faisait fichtrement mal. Gabin attrapait le petit garçon, l'immobilisait et le chatouillait en guise de vengeance. Le rire cristallin de mon cousin perçait l'écho des conversations des adultes.

Pendant la chasse, Charlène et Olivier ont fait irruption dans le jardin. Stressée, j'ai guetté la réaction de Gabin. Il a sûrement vu son frère, mais il a fait semblant que non. Ce n'était pas la réconciliation que tout le monde espérait, mais au moins ils ne se sautaient pas à la gorge. On a continué de voler les œufs aux enfants. Ma petite cousine pleurait parce qu'elle n'en avait aucun, alors Gabin a eu pitié. Il l'a soulevée pour qu'elle attrape un œuf niché au creux d'un arbre. La fillette a jubilé le reste de la matinée.

Gabin savait y faire avec les enfants. Ils gravitaient autour de lui avec de grands yeux fascinés. Il le leur rendait bien. Il avait beau prétendre les trouver agaçants, Gabin ne s'amusait jamais autant que quand il avait un public de gosses à ses pieds.

Une fois qu'il n'y a plus eu d'œufs à dénicher, on est passés à table. Pour accueillir ce beau monde, la table de la salle à manger était de sortie. Ils avaient dû s'y mettre à trois pour la transporter à l'extérieur. Maman avait même déplié la table de camping – la bleue en formica – pour les enfants. Ils étaient installés à l'ombre, loin des adultes. Parfois, on entendait des cris de protestation, parce que Augustin avait frappé un autre enfant avec son sabre. Sa mère a fini par le lui retirer.

Gabin et Olivier étaient assis à dix mètres l'un de l'autre. Ils ne se sont même pas adressé un regard. Charlène et moi nous lancions des coups d'œil désolés. On aurait aimé qu'ils se rabibochent. C'était difficile de se voir quand nos petits amis respectifs se détestaient. Gabin avait l'impression que je prenais le parti de son frère en rendant visite à ma sœur. Quelle idée de sortir avec deux frangins !

Malgré l'ambiance tendue, j'ai trouvé Gabin de bonne humeur. Il répondait aux questions qu'on lui posait sur ses études à venir, sur les résultats de son club de foot, il mangeait de bon cœur, il riait par moments. Ce spectacle aurait dû me mettre en joie. Seulement voilà, je n'étais pas si emballée à cette idée que j'aurais voulu l'être. D'accord, j'étais heureuse de le voir heureux, mais je n'en restais pas moins vexée : je n'étais pas la raison de son bonheur.

Mon égoïsme m'énervait. J'ai gardé le silence pendant tout le repas. En même temps, j'avais beau refouler mes émotions, elles jaillissaient d'une manière ou d'une autre.

Plus je le voyais s'amuser sans que ce soit grâce à moi, plus je m'interrogeais : étais-je encore amoureuse de Gabin ?

Le dessert a été servi après 15 heures. Le café, encore plus tard. Le soleil tapait rudement sur l'assemblée, malgré les trois parasols qui faisaient de l'ombre. J'avais fait tomber mon pull et mes chaussures et je jouais dans l'herbe avec mes cousines pour digérer. On a fait des roues et des équilibres sur les mains. Gabin m'a rejointe, il était lui aussi en tee-shirt, mais le soleil l'avait déjà eu. Son cou était brûlé, d'un rouge vif. J'ai touché sa nuque, elle était bouillante.

— Tu vas cramer si tu te protèges pas. Va mettre un chapeau !

Il a pouffé de rire.

— Oui, maman, a-t-il ironisé.

Gabin a fait demi-tour. J'ai fait une autre roue, mon poignet a flanché pendant la figure, je suis tombée. Allongée dans l'herbe fraîche, j'étais bien. J'y suis restée, observant mes cousines qui dansaient autour de moi. Gabin est revenu, il s'est installé à côté de moi. En voyant la casquette vissée sur son crâne, j'ai souri. C'était la casquette « Beauf de Bretagne ».

— Je l'avais oubliée, celle-là, lui ai-je confié.

— Quoi ? Comment oses-tu oublier le symbole de notre amour ?

J'ai ri.

— Le symbole de notre amour, mais oui !

— C'est vrai, a assuré Gabin. Je la garde précieusement sous cloche, et le soir je dors avec.

Il n'avait pas perdu son sens de l'humour malgré la tragédie. Quoique… Est-ce qu'il plaisantait vraiment ? J'étais incapable de le dire. Quelques semaines plus tôt, j'étais branchée sur la même fréquence d'ironie que Gabin. Là, j'avais du mal à saisir le véritable sens de ses mots.

Il a joint les mains derrière son crâne. Nos yeux se sont perdus dans le ciel bleu. Des nuages blancs s'y promenaient tranquillement, au gré du vent d'avril. Les rayons du soleil caressaient mes jambes à travers mon jean. C'était un de ces après-midi de printemps où, après un long hiver, vous vous souvenez que l'été existe.

Gabin a formulé :

— Faut que je te dise quelque chose.

J'ai froncé les sourcils. Cette phrase sentait le roussi. Ce qui puait encore plus, c'était l'absence d'appréhension au creux de moi. Gabin a pris une longue inspiration.

— J'avais oublié que ton père était dans la voiture pendant l'accident. J'avais zappé et je ne m'en suis pas soucié non plus. Pardon de ne pas avoir été là pour toi alors que toi tu l'es pour moi. Tu dois croire que je pense qu'à ma gueule.

— T'inquiète, ai-je murmuré.

— Tu peux me le dire si tu m'en veux. Je ne le prendrai pas mal.

— Je ne t'en veux pas, je t'assure.

Peut-être son comportement m'avait-il énervée par moments. Mais qui aurait pu lui en tenir rigueur ?

— T'aurais le droit, tu sais…

— Gabin, l'ai-je coupé, c'est bon, promis.

Il a acquiescé avec complaisance. Dans l'herbe, ses doigts ont trouvé les miens. Ils étaient glacés. J'ai fermé les yeux, une boule s'était formée dans ma gorge. Gabin a dit :

— Je t'aime.

Il le disait trop souvent. Il le martelait tellement que les mots en perdaient leur sens. Pourtant, je sentais qu'il les pensait avec plus de force chaque fois. Je n'ai pas répondu.

Dans la chaleur étouffante de l'après-midi, mon silence a fissuré nos cœurs.

Un cri strident nous a sortis de notre torpeur. Gabin a étouffé un gémissement. Augustin venait de lui tomber dessus. Le petit garçon nous a embêtés le reste de la journée. Au moins, j'ai arrêté de penser à Gabin et à notre chute imminente.

Chapitre 19

La fête des Mères

Gabin

Malheureusement, les adages mielleux que les gens nous serinent après un deuil étaient vrais. Ça finissait par aller mieux. La douleur ne disparaissait pas d'un coup, comme lorsqu'on retire une épine de son doigt, elle se dispersait. C'était comme avancer à travers un brouillard épais : au début, on ne voyait pas où on mettait les pieds, on risquait de tomber dans un ravin à chaque seconde. Mais, petit à petit, le monde autour de nous devenait plus net. On ne savait jamais à quel moment précis le brouillard s'évaporait, on constatait simplement qu'il n'était plus là. De la même manière, je ne me souvenais plus d'avoir sorti la tête de l'eau, je réalisais que certains jours mes pieds effleuraient le fond.

Deux mois s'étaient écoulés depuis la mort de mon père. Dans une vie, ce n'était rien. Dans la mienne, ça me paraissait énorme. Deux mois sans lui. C'était difficile, mais on finissait par apprendre à vivre avec. C'était le plus dur à accepter. La mort frappait votre existence et pourtant, contre toute attente, celle-ci continuait. Je pleurais encore, seul le soir dans ma chambre, j'avais toujours envie de cogner les murs autour de moi. Seulement, réprimer ces sentiments me demandait moins d'efforts. C'était peut-être le signe que la situation s'améliorait.

Le bac approchait dangereusement. Je n'étais pas prêt, scolairement et mentalement. Après le bac, il faudrait se lancer dans des études supérieures, se prendre un appartement en ville, ne rentrer que les week-ends… Il faudrait aussi se faire des nouveaux amis et entretenir la relation avec Agathe à distance. A priori, on étudierait tous les deux à Brest, mais, si je n'étais pas accepté dans les écoles de mon choix, il était possible que je parte à l'autre bout de la France. Je n'étais pas certain que notre couple résiste à ce scénario catastrophe. Les bases étaient bien trop branlantes…

On sortait toujours ensemble, mais sans la saveur des premières semaines. On se voyait une fois par semaine, le mercredi après-midi. La plupart du temps, on révisait ou bien on allait faire un tour de vélo. Puis elle rentrait dîner chez elle et je devais attendre la semaine suivante avant de la revoir. Le week-end, j'avais droit à un appel de sa part. Ce n'était pas comme si elle n'avait rien à me dire, elle bavardait des heures durant. Mais on ne se voyait pas.

Elle aurait mieux fait de me larguer. J'aurais compris. Je ne savais pas pourquoi elle restait. Elle était ainsi depuis le début, Agathe ; on ne pigeait jamais rien à ses actes. Le mystère des premières rencontres n'avait pas disparu. Près de neuf mois après le mariage où on s'était rencontrés, elle continuait de me laisser dans l'obscurité.

Un samedi soir de fin mai, elle ne m'a pas appelé. Chaque mercredi où l'on se séparait, je me disais que la prochaine fois serait la dernière. Après, je ne la reverrais plus. Agathe revenait pourtant tous les mercredis. Ne pas avoir reçu son appel a transpercé ma poitrine : cette fois, c'était sûr, elle romprait avec moi le mercredi suivant.

J'ai tout de même attendu vingt-trois heures passées, regardant mon téléphone toutes les cinq minutes. Quand il a vibré, j'ai fondu dessus. Ce n'était pas Agathe, c'était un message de Loïc. Il avait rendu visite à Gabin dans la journée – l'arbre, pas moi – et m'envoyait une photo, sans contexte, sans légende. La plante se portait bien, Loïc aussi. Il arborait un bob de pêcheur, la ficelle pendait sous son menton, et il prenait la même pose que sur la première photo : accroupi, un pouce en l'air. Personne n'aurait pu reprocher à Loïc le soin qu'il mettait à faire sourire les gens. Il ne portait pas des bobs de pêcheur au quotidien, il l'avait fait en pensant à moi. Je lui ai envoyé des émojis qui pleuraient de rire et me suis promis de lui proposer une sortie sous peu. Avec le décès de papa, je délaissais tout le monde.

Comprenant qu'Agathe n'appellerait pas, je suis descendu boire un verre d'eau avant de me coucher. Dans le salon, j'ai découvert ma mère assise dans le canapé. La télévision était éteinte. À la lueur orangée d'une lampe de table, elle feuilletait un album photo, un sourire discret au coin des lèvres. Une pile d'autres volumes trônait sur l'accoudoir du sofa. Maman m'a aperçu au pied de l'escalier.

— Regarde ce que j'ai retrouvé en rangeant le garage.

Son obsession du rangement et du changement ne la quittait pas. Pièce par pièce, elle faisait du tri, déplaçait des meubles, repeignait des murs et achetait des plantes vertes. D'abord, j'avais cru qu'elle cherchait à chasser le souvenir de papa. La vérité s'est révélée à moi un matin où je l'ai vue astiquer les bouteilles de ses produits ménagers pour en retirer la poussière. Ma mère cherchait à s'occuper l'esprit. Une preuve de plus en était le placard de leur chambre, où les vêtements de papa n'avaient pas été touchés.

Je me suis installé près d'elle. Maman a tourné les pages dans lesquelles papa avait compilé plus de trente ans de vie. Sous les films plastique se déroulaient des images enfouies dans le tréfonds de ma mémoire. Nos vacances à la mer, ma première rentrée, mes premières bêtises avec Olivier immortalisées sur papier glacé. Il y avait aussi des photos du temps antérieur à ma naissance : mon frère avait vécu presque huit ans avant de me voir arriver. Encore avant lui, mes parents s'étaient aimés, avaient fait la fête, avaient visité le monde. En tombant sur une photo de mon père à vingt ans, je me suis exclamé :

— Il avait des cheveux !

Maman a ri.

— Tu lui ressembles, a-t-elle affirmé.

Je me suis penché pour observer la photo de plus près. Des cheveux noirs, une silhouette malingre, des lèvres inexistantes et un teint plus blanc que blanc, constellé de grains de beauté foncés… Oui, on aurait dit que j'avais voyagé dans les années 1990. Sur la photo, papa, dans une chemise tachée de sueur, posait à côté de maman. Perchée sur des talons, elle le dépassait de presque une tête. Ils brandissaient tous les deux des coupes de champagne. J'ai dit :

— C'est bizarre.

— Quoi ?

— De vous voir jeunes. J'ai tellement l'habitude de vous voir vieux que j'oublie que vous avez eu une vie avant moi.

— Eh bah, merci, traite-moi de dinosaure, pendant que tu y es ! s'est vexée ma mère.

— Mais non ! Tu m'as compris.

Elle m'a adressé un clin d'œil. Le silence s'est fait. J'ai tourné d'autres pages, regardé d'autres photos. Il y en avait des tas de maman. La plupart du temps, papa tenait l'appareil photo. Il avait immortalisé sa femme sous des centaines d'angles, dans des centaines d'endroits, à des centaines de périodes différentes de leur vie ensemble. Ce constat m'a interpelé. J'ai interrogé ma mère :

— Vous étiez mariés depuis combien de temps ?

— Vingt-sept ans. Mais on était ensemble depuis trente-deux ans.

J'ai fait le calcul dans ma tête. Ils s'étaient connus à dix-sept ans. Comme Agathe et moi. Ma mâchoire s'est décrochée.

— Et vous vous aimiez toujours ?

— Bien sûr. Pas comme quand on était jeunes et qu'on était collés l'un à l'autre à longueur de journée, évidemment, mais on s'aimait toujours. Avec le temps, ça devient un amour plus calme, moins passionnel, mais ça n'en reste pas moins de l'amour. J'aime ton père, encore aujourd'hui.

Je n'ai pas fait de commentaire. Un amour si long et durable m'impressionnait.

— C'est peut-être ce qui t'attend avec Agathe, a dit ma mère.

J'ai repensé aux dernières semaines, à l'appel de samedi manqué, au fait qu'Agathe ne m'avait pas dit qu'elle m'aimait en retour, à Pâques. Un nœud m'a serré la gorge.

— Je pense pas, ai-je avoué.

— Pourquoi ?

D'un haussement d'épaules, j'ai balayé la question. Maman m'a regardé dans les yeux. Dans le clair-obscur de la nuit, son visage était fatigué et creusé. Ces deux derniers mois l'avaient épuisée. Elle devait travailler, gérer la paperasse, répondre aux messages de condoléances, et sur son temps libre elle retapait la baraque. Tout était venu si vite, elle ne prenait même pas le temps de digérer le choc.

— Tu imagines bien que, pendant trente-deux ans, tout n'a pas été rose. C'est aussi ça, un couple : des efforts pour cultiver l'amour.

J'ai bien compris le sous-entendu derrière sa phrase. Maman n'a pas insisté, elle m'a embrassé sur la joue et m'a ordonné :

— Allez, au lit.

Elle a refermé l'album photo. J'ai bu le verre d'eau pour lequel j'étais descendu. Dans la cuisine, l'heure sur le four s'est arrondie à minuit. Je me souvenais de la date du jour. Avant de me coucher, j'ai dit :

— Bonne fête, maman.

— Merci, Gabin.

Je suis monté dans ma chambre, le cœur léger. Malheureusement, les adages mielleux que les gens nous serinent après un deuil étaient vrais. Ça finissait par aller mieux.

Le dimanche matin, à dix heures tapantes, le moteur de mon scooter pétaradait dans le lotissement. Mon bolide n'avait pas pris l'air depuis plus de deux mois, il n'était pas en grande forme. J'ai essuyé le siège, vérifié les niveaux et fait le plein à la station à la sortie de la ville.

Quand je me suis élancé sur la départementale, je stressais. Surtout quand une voiture me doublait, j'avais sans cesse l'impression qu'elle passait à toute berzingue. À la quatrième, j'ai commencé à me détendre. En voyant la bordure du village d'Agathe se dessiner, puis en arrivant devant chez elle en un seul morceau, j'ai senti ma peur se dissiper. Peut-être allais-je pouvoir reprendre les leçons de conduite, après tout.

J'ai garé mon scooter dans la rue et j'ai frappé à la porte, Véronique m'a ouvert, ses yeux se sont écarquillés de surprise.

— Gabin ! Bonjour. Tout va bien ?

— Oui, oui. Super et toi ?

— Euh… oui. Agathe ne m'avait pas prévenue que tu venais.

— Elle n'est pas au courant, c'est une surprise.

Véronique m'a fait entrer. Agathe était installée à la table du petit déjeuner, son téléphone dans une main, une cuillère dans l'autre. Elle avait encore son bonnet de nuit sur le crâne et aspirait le lait de ses céréales bruyamment. En me voyant, elle a eu la même réaction que sa mère.

— Y a un problème ?

— Mais non, pourquoi est-ce que tout le monde s'imagine ça ?

— Pour rien, m'a assuré Agathe, c'est rare de te voir debout un dimanche avant treize heures. C'est tout.

— D'habitude, je suis en conférence avec ma correspondante étrangère jusque tard dans la nuit, mais hier soir elle a oublié notre réunion.

Un air coupable est passé sur le visage d'Agathe.

— Pardon, je me suis endormie devant un film.

— Pas grave. Mais tu me dois une compensation, du coup. Prépare-toi, on y va.

Elle m'a dévisagé, la bouche ouverte, la cuillère à mi-chemin entre le bol et sa bouche. Quelques gouttes de lait tombaient. Agathe a déclaré :

— Ah ! Genre maintenant ?

— Genre maintenant, oui.

— Je peux finir mes Chocapic ?

J'ai soupiré.

— Bon, d'accord. Tu peux finir tes Chocapic. Mais c'est bien parce que c'est toi.

J'ai pris place sur la chaise d'à côté, et j'ai zyeuté avec insolence le contenu de son bol. Agathe a fini par s'agacer :

— T'en veux un bol ?

— Maintenant que tu le proposes, c'est vrai que j'ai pas pris de petit déjeuner…

Une fois que nos bols de céréales ont été engloutis et qu'Agathe a été habillée, je l'ai aidée à mettre son casque. Après toutes ces virées sur mon scooter, elle ne savait toujours pas l'attacher.

— Tu m'emmènes où ? a-t-elle demandé.

— T'occupe, ai-je rétorqué.

J'ai démarré le scooter, Agathe est montée à l'arrière. Pendant le trajet, elle s'est accrochée à ma taille et pas aux poignées. C'était un bon instrument de mesure pour savoir où en était notre relation. Tout allait bien.

Je l'ai emmenée dans la ville d'à côté, là où se trouvaient nos lycées. Là-bas, en face de son bahut, à côté de l'hôpital, il y avait un musée. Une banderole le long d'un bâtiment annonçait une exposition consacrée aux peintures d'oliviers. C'était Loïc qui m'avait filé le tuyau. Lui y était déjà allé quatre fois et ne tarissait pas d'éloges. Je n'étais pas sûr d'apprécier les œuvres autant que lui, mais cette activité me paraissait parfaite pour un rendez-vous.

Quand on s'est garés sur le parking vide, Agathe a retiré son casque et froncé les sourcils.

— Rassure-moi, il y a un cinéma caché derrière ce musée ?

— Non, non. Je t'emmène voir des peintures d'oliviers.

— Ton frère ? s'est-elle étonnée.

— Les arbres.

Agathe a ri de sa propre blague. Je la sentais réticente à l'idée. À la réflexion, ce n'était peut-être pas la meilleure manière de recoller les morceaux entre nous, mais c'était tout ce que j'avais sous le coude. Finalement, elle a opiné du chef.

— D'accord, voyons ce que ça donne.

J'ai soufflé, soulagé.

L'entrée du bâtiment était aussi peuplée que le parking : il n'y avait personne. Les oliviers ne récoltaient pas un franc succès. On s'est avancés jusqu'au comptoir, nos pas résonnant dans les courbures des arches au plafond. Une surprise nous attendait à l'accueil : le guichetier, engoncé dans un uniforme ringard, nous était familier. Je vous le donne en mille : Gaston Thomas. Son père était le directeur des lieux, il devait filer un coup de main de temps à autre. Il avait les yeux rivés sur l'ordinateur, je me suis fait un plaisir d'écraser la sonnette pour attirer son attention. Quand il a levé les yeux sur nous, il a chuchoté :

— Et merde…

— Bonjour ! ai-je lancé avec un enthousiasme débordant. Nous voudrions deux entrées pour l'exposition sur les oliviers, s'il vous plaît, monsieur.

— Vous êtes toujours ensemble, vous deux ? Agathe, tu m'avais promis que tu étais une femme de goût. Bon, au moins, t'es pas avec ce gus qui vient trois fois par jour.

— Nous voudrions deux entrées pour l'exposition sur les oliviers, s'il vous plaît, monsieur.

— OK, OK, vingt-quatre euros.

— Eh bah ? Le tarif étudiant ?

— T'étudies quoi ? a répliqué Gaston sans se démonter.

J'ai soupiré, agacé.

— Agathe est dans la même classe que toi.

— D'accord, donc tarif réduit pour Agathe, mais comme le jeune homme n'a pas de justificatif, il paiera plein pot. Ça fait… *touc, touc, touc*. Dix-sept euros. Ah non ! Attendez, c'est l'exposition sur les oliviers ? Il faut des lunettes 3D.

— Il faut des lunettes 3D pour voir des peintures d'oliviers ? s'est étonnée Agathe.

— Bien sûr, sinon comment veux-tu voir les oliviers en 3D ? Ça fait donc… vingt-quatre euros.

J'ai levé les yeux au ciel et lui ai concédé ses vingt-quatre euros en apposant ma carte bancaire sur le terminal. Quand le bip a retenti, Gaston a aplati sa main contre son front.

— Ah ! Que je suis bête, les lunettes 3D, c'est pour l'autre exposition ! C'était pas la peine de vous les facturer.

— C'est bon, laisse tomber, ai-je maugréé. File les billets.

Gaston a imprimé les entrées et les a ostensiblement tendues à Agathe.

— Et bonne visite !

On a pris la direction de la galerie aux oliviers. Une fois à distance du comptoir, Agathe m'a glissé :

— Il est moche, son uniforme.

J'ai souri, elle l'avait fait exprès pour me remonter le moral. Et ça marchait.

Nous étions seuls dans la galerie. Je crois même que nous étions les seuls dans le musée. Les allées désertes nous ont offert le privilège de jouer aux abrutis. Au début, on a gardé notre sérieux, étudiant avec intérêt les dizaines de tableaux d'oliviers. Rapidement, l'affaire est devenue lassante. Il n'y avait pas mille manières pour un olivier de toucher notre cœur !

Face à une énième peinture d'arbre, j'ai perdu mon tempérament sage. Agathe m'a rejoint. Les bras croisés, un doigt sur le menton, j'ai dit solennellement :

— Vois-tu, Agathe, l'état d'esprit de l'artiste transpire dans cette peinture. C'en est affolant. Tout a un sens. L'olivier, c'est la vie, et si le ciel est bleu c'est en référence à la muse du peintre, qui venait de manger un bonbon Schtroumpf. Ça saute aux yeux. Tu vois, là, la petite vache ? C'est une métaphore très claire du chocolat. Parce que la vache. Milka. Le chocolat.

Agathe est entrée dans mon jeu.

— Monsieur Jean-Claude Van Damme ! Je ne pensais pas vous rencontrer ici !

— Non, non, certes. Je voyage beaucoup, mais j'ai toujours du temps libre pour venir voir les expositions sur les oliviers.

Elle n'avait pas idée du dragon qu'elle venait de libérer. S'il existait un sosie officiel de Jean-Claude Van Damme sur cette planète, c'était moi – les muscles en moins. De là, la visite s'est transformée en comédie. Agathe et moi prenions des selfies avec les tableaux en arrière-plan, dans des poses inspirées des arts martiaux et des films de la star. On faisait des fausses analyses des peintures, et on arrivait chaque fois à la même conclusion : « C'est une référence à la Bretagne, de toute évidence ! » À un moment, j'ai couru à travers la galerie principale, les bras en arrière, pour imiter Naruto. Au même moment, un couple de personnes âgées est entré. J'ai cru qu'Agathe allait se faire pipi dessus tellement elle riait.

Nous avons poursuivi nos bêtises jusque dans la dernière salle. À ce stade, on en avait ras le bol des peintures d'oliviers ; la farce finale s'est présentée à moi quand j'ai aperçu une estrade et un pupitre dans le fond de la pièce. Je suis monté dessus, j'ai pris appui sur le pupitre et je me suis raclé la gorge. Agathe applaudissait lentement, je la voyais retenir ses rires. Une main sur le cœur, j'ai joué l'émotion :

— Waouh… Je… Je suis sous le choc. Je ne pensais pas monter un jour sur cette scène. C'est un très grand honneur pour moi d'avoir été élu Mister Beauf de Bretagne.

J'ai salué un public imaginaire.

— C'est une récompense de toute une vie pour un Breton. Je suis heureux de savoir que toutes ces heures passées à regarder des tutos pour débrider mon scooter n'ont pas été vaines. Ce titre, je compte bien l'honorer dans l'année qui va suivre. À chaque match de foot, je serai là avec notre drapeau, à chaque fête, je viendrai jouer du biniou. Avant de partir, j'aimerais dédicacer ce prix à la femme qui a toujours été à mes côtés. Agathe, bibiche, il est aussi pour toi, celui-ci.

Son éclat de rire a rebondi contre les murs et les tableaux. Je suis descendu de la scène, un sourire béat sur les lèvres. Le grésillement d'un haut-parleur nous a interrompus, la voix nasillarde de Gaston a retenti dans la salle : « Merci de respecter le mobilier. »

— On y va ? ai-je proposé à Agathe.

Elle gloussait encore, elle s'est contentée d'acquiescer. On a récupéré les casques au vestiaire, et on est sortis du musée en s'efforçant de garder notre sérieux. En passant devant le comptoir, j'ai adressé un signe de la main à Gaston.

— À plus !

Une fois dehors, on riait toujours de nos gamineries. Le soleil était à son zénith, aucun de nous n'avait envie de rentrer. On s'est allongés dans le parc du musée, Agathe a posé sa tête sur mon ventre. Elle a cueilli une pâquerette et s'est mise à en détacher les pétales. Mentalement, je suivais ses gestes au rythme de la ritournelle : « Elle m'aime, elle ne m'aime pas… » À un moment, elle s'est arrêtée et a déclaré :

— C'était sympa. Merci.

— De rien. Ça faisait longtemps qu'on n'avait pas fait de sortie ensemble.

— Les derniers mois ont été mouvementés.

J'ai acquiescé. Agathe a détaché d'autres pétales, j'ai chantonné dans ma tête. Elle a cessé, a relancé :

— On ne se voit plus beaucoup.

— C'est vrai, ai-je confirmé. Ça t'inquiète ?

— Un peu.

J'ai caressé sa joue avec mon index.

— On n'a qu'à faire des efforts, alors, ai-je proposé.

Elle a hoché la tête. Ses doigts ont plumé la pâquerette. La fleur disait qu'Agathe m'aimait.

Chapitre 20

Le lundi de Pentecôte

Agathe

L'anniversaire de Gabin avait lieu dans moins d'une semaine, le 16 juin – cette date faisait de lui un Gémeaux, je l'aurais parié dès notre première rencontre. Pour l'occasion, je souhaitais lui organiser une fête surprise. Depuis la mort de son père, il n'avait pas décompressé. Avec les épreuves du bac imminentes, on fêterait ses dix-huit ans avec une semaine de retard, le soir du 21, quand tout le monde en aurait fini avec les examens. En attendant, j'avais mille et une choses auxquelles penser. La première : la liste d'invités.

J'ai fait le tour de mon répertoire téléphonique. Loïc, bien évidemment. Peut-être Gaston… Derrière leurs bagarres d'ego, je les soupçonnais Gabin et lui de bien s'aimer. Ses potes du club de foot, ses potes du lycée, ses potes de l'association de pêche, ses potes du village… Gabin avait des dizaines de potes. J'ai aussi envoyé un message à son cousin Georges, il avait terminé son année de fac et avait prévu de venir en Bretagne pour les vacances.

Sur une feuille de papier, au milieu de mes révisions d'économie, j'élaborais mon plan : le nombre d'invités, le gâteau, le stock de papier crépon à prévoir. Maman est passée derrière moi et a lu par-dessus mon épaule :

— Ah ! C'est intéressant, les révisions du bac, à ce que je vois.

— C'est de l'économie, en quelque sorte, ai-je rétorqué.

Elle a levé les yeux au ciel.

— Tout va bien, alors, entre vous ?

Je suis devenue cramoisie. Allez savoir pourquoi, quand ma mère me parlait de mon petit ami, ça me mettait dans l'embarras. J'ai opté pour une réponse laconique :

— Ça va.

— Vous étiez un peu en froid un temps, non ?

— Qui t'a dit ça ? Charlène ?

C'était la dernière fois que je me confiais à ma sœur. J'avais beau lui dire « Garde ça pour toi ! », elle colportait les ragots comme une commère de village. Maman n'a pas voulu la trahir.

— On s'en doutait, on ne le voyait plus. Mais si ça va entre vous, tant mieux !

— Maman…

— Quoi ? Je m'inquiète, c'est tout.

J'ai balayé la conversation d'un geste de la main. Je n'avais pas envie d'en parler.

En vérité, je n'en savais rien, si ça allait mieux. Depuis la sortie au musée, on faisait chacun des efforts pour se parler et se voir plus souvent. D'une rencontre une fois par semaine, on était passés à trois. Un ou deux après-midi, Gabin était venu me chercher à la sortie des cours. Sa carapace se fissurait, il grommelait moins, il riait à nouveau. Physiquement, il avait repris des couleurs. Il ne pestait plus autant contre Olivier, même si les ponts entre eux étaient toujours coupés. Il revoyait ses amis, il jouait à nouveau au foot au terrain multisports. Il redevenait le Gabin du début, celui qui m'avait fait craquer, celui dont j'étais tombée amoureuse.

Mais…

Mais mes interrogations ne s'étaient pas envolées. Ça me rendait folle. Je ne savais pas si j'aimais encore Gabin, et le simple fait de me poser la question faisait pencher la balance vers le « non ». Le deuil avait révélé des facettes de sa personnalité qui m'étaient inconnues : il pouvait être méchant, plein de rancœur, froid, distant, égocentrique. Je ne savais pas si je pourrais le supporter ainsi à l'avenir. J'aurais aimé que Gabin reste le garçon idéal que je m'étais figuré dans la comédie romantique qui tournait dans mon esprit. Charlène disait : « Il n'a jamais été le prince charmant. Il t'a fait du mal auparavant, et tu l'aimais quand même à ce moment-là. » Charlène avait raison, mais ici, mon cœur dictait mes pensées.

Je m'accrochais à nous. Je m'agrippais à l'espoir que la situation s'arrange. Peut-être organiser un anniversaire surprise était-il la solution au problème.

Comme s'il lisait dans mes pensées, Gabin m'a envoyé un message. Le SMS était tourné avec dérision, encore une preuve qu'il recouvrait sa bonne humeur :

Marre de réviser votre bac ? PENSEZ À L'OFFRE GABIN. Vous y trouverez deux entrées pour la PISCINE MUNICIPALE ainsi qu'un TRAJET À SCOOTER GRATUIT. Offre valable ce lundi 10 juin. Offre non cumulable avec d'autres offres Gabin proposées par le passé. Pour accepter l'offre Gabin, merci de répondre OUI à ce numéro. SMS non surtaxé.

J'ai ri bêtement, avant de l'appeler. Il a décroché dans la seconde. Sans salutations préalables, j'ai demandé :

— Tu veux m'emmener à la piscine ?

— Si tu veux. Sinon, on fait autre chose. J'ai simplement envie de te voir.

J'ai regardé l'heure sur le four, puis la tonne de fiches de révisions autour de moi. J'aurais dû profiter de l'après-midi pour travailler, mais, depuis une heure que j'étais installée, je n'avais pas lu une seule feuille de cours. Gabin et moi avions déjà passé la soirée de la veille ensemble. Sa mère avait organisé un barbecue. Je réfléchissais à mon envie de le revoir si tôt. J'ai tranché, moins vite que je ne l'aurais voulu :

— Oui, OK. Pourquoi pas. Tu passes me chercher.

— Génial, prépare ton maillot et ta serviette, je suis chez toi dans vingt minutes.

Quand il a raccroché, je suis restée pensive. Mon téléphone contre mes lèvres, mes yeux scrutant le vide à la recherche d'une explication à mon hésitation. Pourquoi ça me faisait peur ? J'allais passer un bel après-midi avec mon petit ami. Quelques mois plus tôt, j'aurais sauté au plafond. J'ai lâché mon téléphone dans un soupir, il a rebondi sur mes cours. *Oui*, me suis-je rassurée, *tout va bien se passer.*

Gabin est venu me chercher avec son scooter, j'ai grimpé derrière lui. Avec les nombreux trajets qu'on faisait, je montais désormais comme personne. C'était un jour gris et orageux, la chaleur de l'air annonçait l'été caniculaire à venir. Le vent fouettait mes vêtements, s'immisçait entre les couches, rafraîchissait ma peau transpirante. Un plongeon dans une piscine ne m'avait jamais paru aussi tentant. On a payé les entrées, puis on s'est séparés pour se changer dans les vestiaires. Quand je me suis retrouvée seule dans la cabine, la boule au ventre, j'ai compris la raison de ma réticence, plus tôt dans la journée.

Vous vous souvenez de ce soir de la Saint-Patrick, quand nos vies étaient parfaites ? Ce soir-là, on avait failli faire l'amour pour la première fois. Rappelez-vous, j'étais paniquée à l'idée que Gabin n'aime pas mon corps. Depuis ce jour, on n'avait fait aucune autre tentative. C'était à peine si on osait se toucher. On ne s'était jamais vus sans vêtements, mes peurs resurgissaient. Je n'étais pas épilée, ça ajoutait à mes craintes. Et s'il trouvait ça dégoûtant ?

Pour la première fois, Gabin me verrait en maillot de bain et je le découvrirais le tee-shirt tombé. J'avais une vague idée de ce qui se cachait derrière ses habits. Je sentais son corps osseux, taillé comme un cure-dents sous les vêtements qui bâillaient sur lui comme une voile de bateau. S'agissant du reste, c'était le mystère complet. Quelle était la couleur des poils de son torse ? Brun, sûrement, mais on ne sait jamais. Quelle était la forme de son nombril ? Quoi qu'il en soit, je paniquais sans doute pour rien. Mes jambes tremblaient quand même. Une fois changée, j'ai pris une longue inspiration pour me donner du courage. Dans le couloir des vestiaires, Gabin m'attendait.

L'un en face de l'autre, c'était inévitable, on s'est détaillés. Les bras croisés sur mon ventre, j'ai dissimulé ma gêne avec peine. Gabin portait un short de bain avec des cochons dessus. Il était aussi longiligne que pâle, il était exactement comme je me l'étais imaginé. Mon cœur tambourinait dans ma poitrine, je me sentais vulnérable sous ses yeux. En guise de distraction, j'ai désigné une cicatrice sous son nombril.

— C'est quoi, ça ?

— Ça ? Oh, c'est arrivé la fois où j'ai escaladé un grillage pour échapper à une bande de terminales qui voulaient me péter la gueule. La clôture était cassée, le fil de fer m'a griffé. Gaston en a une sur la jambe.

J'ai haussé les sourcils, mais je n'ai pas fait de commentaire.

Il a ensuite fallu prendre une douche et passer le supplice du pédiluve, ce truc dégoûtant où tout le monde trempait ses pieds. J'étais écœurée par l'idée et encore mal à l'aise d'être en maillot de bain. Quand Gabin m'a éclaboussée, mon cri d'effroi l'a surpris. Il s'est calmé. J'étais tendue comme un fil à linge, j'avais l'impression insupportable que tous les regards étaient rivés sur moi et que Gabin détestait mon corps. Je me suis surprise à claquer des dents.

Nous sommes entrés dans le bassin. Il y avait foule, ce n'était pas comme au musée. De nombreuses familles profitaient du jour férié pour emmener leurs enfants barboter. Partout des gamins sautaient, criaient, s'arrosaient. Les voix résonnaient contre la tôle au plafond, le bruit était insoutenable. Gabin a fait quelques brasses sur la largeur, je suis restée près du bord. Dans l'eau, j'avais moins honte.

Gabin a disparu sous l'eau, et émergé à quelques centimètres de moi. J'ai sursauté.

— Je peux dire quelque chose ? s'est-il enquis.

— Tu me demandes la permission avant de parler, maintenant ?

— T'as de super seins.

Mes épaules se sont détendues, un gloussement m'a échappé. Gabin a insisté :

— C'est vrai ! Je devais te le dire. Tu m'as laissé les toucher une fois, mais c'est tout. Je me suis toujours demandé à quoi ils ressemblaient. C'était le mystère de ma vie.

J'ai ri franchement.

— J'ai toujours mon haut de maillot de bain. Ne t'échauffe pas trop.

— Tu veux connaître un secret ? Ne le dis à personne, c'étaient de sombres moments de ma vie, mais, au collège, j'étais le mec relou qui défaisait les nœuds des hauts de maillot de bain.

— C'est pas très féministe, ça.

— Non, c'est sûr. Du coup, j'ai changé ma ligne édito : je suis juste un mec relou, maintenant.

Il m'a fait un clin d'œil, j'ai souri. La pression retombait. À trop focaliser sur mes complexes, j'en avais oublié à quel point tout était simple avec Gabin. Il ne se prenait pas autant la tête que ce que j'avais tendance à penser. *Agathe, détends-toi*, me suis-je répété, *profite du moment*. Sous l'eau, Gabin m'a attrapé la main pour m'attirer à lui et m'embrasser. Au dernier moment, il s'est redressé comme un lémurien. Un enfant venait de passer devant nous.

— T'as vu ça ! s'est exclamé Gabin. Il a une frite ! Moi aussi, je veux une frite.

Il est aussitôt sorti de la piscine. À son retour, il avait amassé un butin de deux frites et une planche en polystyrène pour apprendre à nager. Plutôt que de descendre par l'échelle, cet abruti a sauté à un mètre de moi et une vague m'a submergée. Dire que j'avais eu l'espoir de ne pas mouiller mes cheveux… Gabin m'a donné la planche et a brandi les frites.

— Je suis sûr que je peux mettre les deux dans ma bouche.

— Beurk, ne les mets pas dans ta bouche, tu sais pas où elles ont traîné !

— Tu sais pas non plus où ma bouche a traîné…

— Bah ! Dégage de mon espace vital, alors !

Dans un éclat de rire, j'ai frappé la planche sur la surface de l'eau pour l'éclabousser. Il a répliqué d'un coup de frite sur mon crâne et j'ai profité d'un moment d'inattention pour lui piquer l'autre. Ainsi a commencé une bataille digne de *La Guerre des étoiles*. Bon, ce n'était pas dans l'espace, et les frites remplaçaient les sabres laser. J'utilisais la planche comme bouclier mais Gabin était plus vif. J'ai couru au ralenti dans l'eau pour l'esquiver. Gabin m'a rattrapée, alors j'ai contre-attaqué ; je lui ai sauté dessus dans l'espoir de le faire couler. Il a tenu bon, campé sur ses deux pieds ; j'ai eu beau forcer sur ses épaules, il ne bougeait pas. J'ai grimpé sur son dos et gémi :

— Allez… Bouge…

Ses genoux ont lâché, Gabin a plongé. Problème, j'ai coulé avec lui. On a émergé, pris d'un fou rire.

— Qui a gagné ? ai-je dit en me frottant le visage. C'est moi ! Tu t'es sacrifié.

— Revanche !

Sans me laisser le temps de reprendre mes esprits, Gabin m'a attrapée sous les genoux et derrière les épaules, comme un bébé. J'ai eu à peine le temps de prendre une inspiration qu'il m'a immergée à nouveau. Je suis remontée à la surface, j'ai respiré une seule bouffée d'air, Gabin m'a fait couler encore une fois. Quand je suis sortie pour de bon, je me suis agrippée à son cou, prise d'un fou rire incontrôlable. Gabin, un sourire béat aux lèvres, a plaisanté :

— Félicitations, tu viens d'être baptisée.

— J'étais déjà baptisée.

— Selon le rite chrétien, pas le rite gabinien. Tu es officiellement une fidèle de l'Église de Gabin. C'est une Église super cool, on offre des autocollants « À l'aise Breizh » à chaque nouvel adepte. Ça deviendra une religion d'État quand j'aurai gagné la campagne présidentielle.

Il m'a enfin lâchée, j'ai profité de son inattention pour lui faire un croche-patte sous l'eau. Gabin a coulé comme une pierre, j'ai savouré ma vengeance.

On est sortis de l'eau deux heures plus tard, après d'autres bagarres gentillettes, quelques tours de toboggan et une incruste dans un match de volley-ball. On s'est retrouvés à l'accueil de la piscine, habillés et épuisés. Je me suis assise sur un banc à l'extérieur du bâtiment, mes cheveux gouttaient sur ma veste en jean. Gabin m'a rejointe, il m'a tendu une barre chocolatée achetée à un distributeur.

— Je suis KO. Qui aurait cru que c'était si crevant de faire de la lutte dans une piscine avec sa copine ?

J'ai souri.

— En plus, tu dois nous ramener avec ton scooter, lui ai-je rappelé.

Il a laissé échapper un long gémissement, qui ressemblait au cri d'un morse affamé. J'ai déballé la barre chocolatée. Gabin s'est étiré, il en a profité pour passer un bras autour de mes épaules.

— Tu es un malin, toi, l'ai-je taquiné.

— Gabin le malin, c'était mon surnom à l'école primaire.

Il a planté un baiser sur ma joue et a dû voir ma crispation. Il a eu un mouvement de recul, interloqué.

— T'es sûre que ça va ? m'a-t-il interrogée.

— Oui, pourquoi ?

— Entre nous, je veux dire.

J'ai joué avec l'emballage de la barre chocolatée pour éviter son regard brûlant. On venait de passer un si bel après-midi. J'avais peur de tout gâcher si la discussion s'engageait sur un terrain aussi glissant que celui-ci. En même temps, ça aurait été cruel envers Gabin de faire comme si de rien n'était. Alors, j'ai haussé les épaules.

— Je sais pas. T'en penses quoi, toi ?

— Je te trouve froide et distante. Bon, tu l'as été dès notre rencontre, mais… cette fois, c'est plus blessant.

Ma gorge s'est nouée, les larmes me montaient aux yeux. Je les gardais rivés au sol pour qu'il ne voie pas mon regard embué. Gabin a retiré son bras de mes épaules.

— Tu m'aimes encore ou pas ?

J'ai réfléchi. Gabin avait fourré les mains dans les poches de sa veste, nos corps témoignaient de la distance qui grignotait notre couple. Est-ce que j'aimais encore Gabin ? C'était la question qui me torturait depuis des semaines. J'étais toujours heureuse en sa présence, je riais, je m'amusais. En revanche, quand il n'était pas là, il ne me manquait plus. J'ai déclaré :

— Oui, je crois.

— Tu crois ? a gémi Gabin.

Une larme a coulé sur ma joue, c'était fichu, il l'avait vue. Levant les yeux au ciel pour retenir mes pleurs, j'ai expliqué :

— J'en sais rien. J'ai peur, surtout. Quand ton père est mort et que tout a changé, j'ai compris que rien ne serait plus comme avant. Tu es devenu différent. C'est normal, mais… j'ai peur.

— Peur de quoi ? a insisté Gabin. Je comprends pas.

J'avais moi-même du mal à me le formuler, j'ai fait de mon mieux :

— Peur de pas être à la hauteur, de pas réussir à gérer ta peine. Si tu te voyais quand tu souffres, Gabin… Si tu voyais ta douleur comme moi je la vois… Quand tu sombres comme ça, je ne sais pas quoi faire ! Le soir de la fête chez Gaston, tu te souviens ? Il m'a prise à part, et il m'a mise en garde. Il m'a dit que, dans les mauvais moments, t'avais tendance à t'isoler. C'est exactement ce que tu fais par moments.

Gabin a froncé les sourcils.

— Tu m'en veux pour ça ?

— Non ! Bien sûr que non, tu as perdu ton papa. Non, je ne me permettrais pas.

— Alors c'est quoi le problème ? Agathe, je comprends rien à ce que tu me racontes.

J'ai secoué la tête, Gabin a essuyé une larme sur ma joue, comme lorsqu'on avait appris la mort de son père. Je crois qu'il n'aimait pas me voir pleurer.

— Je crois… je crois que je suis plus attachée à toi que prévu. Quand il y a eu l'accident et que j'étais incapable de t'aider, ça m'a mise en difficulté. J'ai repensé au Nouvel An, à toutes les autres fois où ça s'est mal passé et je me pose la question : est-ce qu'on est faits pour être ensemble ?

— Est-ce que c'est vraiment important comme question ?

— T'as raison, peut-être pas.

— Agathe, je te demande pas de me sauver ou de ramener mon père à la vie. Tu as l'impression que tu n'en fais pas assez, mais moi, ça me suffit, de te voir et de te prendre dans mes bras. Je n'en attends pas plus de toi.

Enfin, j'ai réussi à affronter son regard. Ses mots me rassuraient. Je culpabilisais de ne pas être un soutien fort face au deuil. Je m'en voulais de ne pas trouver les bons mots et les bons conseils. Pire, je me sentais obligée de le réconforter avec du vent. C'était sûrement la raison pour laquelle je n'avais pas envie de le voir : la peur de ne pas savoir quoi dire, ou de dire quelque chose de mal, la peur que la mort de son père ne creuse un fossé entre Gabin et moi. Ironie du sort, à force d'être cachées sous le tapis, mes craintes étaient presque devenues réalité. Gabin m'a ramenée sur terre.

— Tu veux toujours être avec moi ou pas ?

J'ai acquiescé, sans hésitation.

— Oui. Je t'aime, tu sais.

C'était la première fois que je le lui disais depuis un long, très long moment. Gabin a soufflé, ses épaules se sont détendues. Il m'a prise dans ses bras et m'a serrée contre lui si fort que j'ai cru étouffer.

— Ne me fais plus jamais peur comme ça, a-t-il chuchoté.

On s'est embrassés. Sans papillons dans le ventre, cette fois-ci, seulement une chaleur réconfortante et la sensation d'être à ma place dans le monde. Quand Gabin a interrompu le baiser, il m'a dit :

— Et, pour la dernière fois, n'écoute pas ce que dit Gaston.

— J'aimerais bien, mais c'est difficile. Il a tellement une grande gueule !

Gabin m'a de nouveau embrassée pour me faire taire.

— J'aimerais que tu restes avec moi pendant encore longtemps, Agathe. Genre… au moins jusqu'au 7 juillet.

J'ai ri.

— Le 7 juillet, je le note dans mon agenda : « Renouveler le contrat de Gabin. »

— J'espère que, d'ici là, j'aurai vu tes seins.

Je lui ai ébouriffé les cheveux avec malice. On s'est embrassés de nouveau. Sur ce banc, devant la piscine, j'ai eu l'impression de l'avoir retrouvé.

L'orage a grondé. On a déguerpi en vitesse pour être rentrés avant de se prendre l'averse. Manque de bol, elle a éclaté à la moitié du trajet. La route glissait, un voile d'eau nous brouillait la vue. Au premier abribus, Gabin s'est arrêté et, en attendant que la pluie se calme, on a mangé nos barres chocolatées et on a dessiné des smileys sur les vitres embuées. Les gouttes faisaient un bruit du tonnerre sur le plexiglas, je me suis assise contre Gabin et j'ai posé la tête sur son épaule. Les yeux fermés, j'ai écouté la pluie et sa respiration.

Il y avait pire, comme vie.

Chapitre 21

Les dix-huit ans

Gabin

Ainsi, le lycée s'achevait. Trois ans de souffrance et une scolarité bancale plus tard, j'étais libéré. Quand je suis sorti de ma dernière épreuve, j'ai eu la sensation de flotter. Je ne réalisais pas encore que, en ayant mis le point final à ma copie, j'avais clos un chapitre de ma vie.

Fin, déroulez le générique.

Bien sûr, je n'en avais pas terminé avec les bancs de l'école. À la rentrée de septembre, sous réserve d'avoir mon bac et de trouver une alternance, j'intégrerais une petite école de commerce à Brest. Agathe irait en licence d'histoire, dans une université à deux kilomètres de la mienne. Maman démarchait les bailleurs pour me dénicher un appartement. Un temps s'était posée la question d'une colocation avec Agathe. Véronique a mis son veto, vous l'imaginez bien : « Moi vivante, ma fille n'habitera pas avec un garçon avant ses trente-deux ans. » Elle surjouait la maman poule, je suis sûr qu'elle n'était pas si inquiète que ça. Pas de coloc, donc. Tant pis, du moment que l'on restait dans la même ville…

Je me suis assis sur un muret dans la cour, Agathe passait ses épreuves dans mon lycée. Elle allait me rejoindre d'un instant à l'autre. Le soleil cognait contre ma nuque, il faisait une chaleur sèche, le genre qui chatouillait la gorge. J'ai pianoté sur mon téléphone pour patienter. Une intuition m'a poussé à relever la tête : Agathe arrivait au loin. En me voyant, elle a levé les bras au ciel.

— Libérée ! Délivrée !

— Pitié, non, ai-je marmonné.

Elle a ri, elle s'en fichait. Trop contente d'en avoir fini avec son bac, elle s'est mise à danser en plein milieu de la cour, agitant les épaules et les hanches. Un sourire béat est resté collé à mes lèvres. J'avais en face de moi la même Agathe qui, l'année précédente, refusait de danser à un bal de mariage. Comme quoi un an en compagnie de Gabin vous changeait une femme. Après sa célébration, elle m'a embrassé, les mains autour de mon cou. Je lui ai chuchoté :

— Oh non, on est ce couple qui s'embrasse en public et met tout le monde mal à l'aise.

— Pas grave.

Elle m'a embrassé de nouveau, du bout des lèvres, avant de s'asseoir à mes côtés.

— T'as réussi ? lui ai-je demandé.

Agathe a balayé l'air d'un revers de la main.

— Non ! C'était de l'allemand. J'ai beau en faire depuis sept ans, je peux pas aligner trois mots.

— Pourquoi tu n'as pas choisi breton en langue vivante ?

Elle m'a regardé avec de grands yeux, j'ai gardé mon sérieux.

— Tu rigoles ?

— Non, ai-je affirmé. Moi, j'ai choisi breton LV3.

— Ah oui ! Tu es *chauvin chauvin*. C'est pas juste pour la blague.

J'ai touché mon crâne avec panique.

— Quoi ? Je perds mes cheveux ?

Seulement là, elle a compris que je me moquais d'elle. Elle m'a flanqué une tape gentille sur l'épaule. Un silence s'est installé, on a regardé les élèves défiler devant nous. Gaston est passé, son sac à dos remonté jusqu'à ses omoplates. Lorsqu'il nous a aperçus, je lui ai fait un signe. Il a répliqué d'un doigt d'honneur, mais j'ai discerné, pendant une milliseconde d'inattention, l'esquisse d'un sourire sur son visage. On ne se détestait peut-être pas autant qu'on le laissait croire.

Agathe a déclaré :

— Je ne peux pas rester trop longtemps, j'ai une heure de conduite.

— J'ai un truc de prévu, de toute manière.

— Comment ça ? Je croyais que ta vie se résumait à attendre de me revoir ?

— Oui, c'est exactement ce qui est prévu. Je vais rester assis sur mon lit jusqu'à ce que tu m'envoies un message.

Agathe a levé les yeux au ciel. J'ai expliqué :

— Georges est en vacances chez ma grand-mère, on passe la soirée ensemble. Il devrait venir me chercher d'une minute à l'autre.

— Ah ! Amusez-vous bien.

J'ai cru déceler une lueur de déception dans ses yeux.

— T'en fais pas, l'ai-je réconfortée, je penserai à toi, je te rapporterai un souvenir.

— Trop aimable.

Mon téléphone a vibré, Georges m'appelait. La conversation a vite été expédiée, il était garé en double file dans la rue du lycée et me pressait de le rejoindre. J'ai embrassé

Agathe avant de partir. En foulant le pavé de la cour, je me sentais léger.

Georges avait une super bagnole, son père était blindé de thunes. À seulement dix-neuf ans, il se sapait comme un commercial et menait le train de vie d'un rentier. Je l'avais eu au téléphone la semaine précédente, il m'avait donné quelques nouvelles. Il n'avait pas validé sa PACES, il repartait pour une première année de licence de biologie. En attendant, il ne ferait rien de l'été : « Je viendrai embêter mon cousin préféré », avait-il ajouté.

Le siège passager était occupé, j'ai grimpé sur la banquette arrière. L'habitacle sentait le cuir et les effluves du sapin désodorisant suspendu au rétroviseur. Je me suis assis à la place du milieu, un soupir m'a échappé. Le gars sur le siège passager m'était vaguement familier, je ne savais plus où je l'avais déjà vu. On a échangé un salut timide de la main. Georges, des lunettes de soleil sur le nez, s'est tourné vers moi.

— Alors ? Ça fait quoi d'avoir fini le lycée ?

J'ai haussé les épaules.

— Rien.

— Même pas un pincement au cœur ? Un soupçon de nostalgie ? Une douce amertume ?

Je ne connaissais pas les trois quarts de ces mots. J'ai secoué la tête.

— En tout cas, on a des trucs à fêter, aujourd'hui ! a déclaré Georges. Non seulement la fin de ton bac, mais aussi ton anniversaire et le fait que j'ai foiré mes concours. Je nous emmène manger une glace.

Il a démarré le moteur, je me suis enquis :

— Euh… Tu nous présentes pas ?

— Lui ? a dit Georges. T'en occupe pas, c'est un gars que j'ai pris en auto-stop sur le bord de la route. On le largue à la sortie de la ville.

Le type a levé les yeux au ciel avec un sourire et m'a tendu une main.

— Je m'appelle Priam.

— Oh ! ai-je réalisé. T'es le petit copain !

Avec son prénom, je le remettais. La famille bavardait et spéculait à son sujet depuis des mois. À Noël, Georges m'avait confié que Priam avait pris une année sabbatique à l'étranger et que la distance pesait sur leur couple. Finalement, leur amour avait survécu à des milliers de kilomètres. Agathe et moi pouvions bien nous accommoder de quelques centaines de mètres entre nos futures écoles. Georges s'est fait klaxonner, il bloquait la rue.

— Oui, oui, c'est bon, je dégage !

Il a enclenché une vitesse et a mis la radio à fond. Les rayons du soleil perçaient le pare-brise et caressaient mes cuisses. La chaleur nous a obligés à ouvrir les fenêtres. Georges voulait manger une glace sur le port de Brest. Sur la quatre-voies, le vent s'engouffrait à l'intérieur de la voiture et me décoiffait les cheveux. Une joie a irradié dans ma poitrine, c'était le genre de bonheur pur, celui du moment présent.

La foule se pressait dans les rues pour profiter du début de l'été. J'ai enfoncé ma casquette « Beauf de Bretagne » sur mon crâne, quelques passants ont gloussé en la remarquant. Par moments, on croisait des musiciens qui installaient leur scène en prévision de la Fête de la musique du soir. Les garçons et moi avons acheté trois boules de glace chacun – pistache, vanille, café pour ma part. Pour les manger, on s'est assis sur la promenade du port, les pieds dans le vide au-dessus de l'eau. Georges a demandé à Priam :

— Je peux goûter ta boule caramel ?

— Déjà ? C'est que notre premier rendez-vous…

J'ai ri, j'aimais bien ce gars. Sur le béton, la chaleur devenait insoutenable, la glace fondait à vitesse grand V dans mon pot. Le sucre me collait aux doigts et aux commissures des lèvres.

Je me souviens d'avoir fermé les yeux pour profiter du moment. Je me rappelle aussi m'être dit : *Il y a trois mois, j'ai cru que ma vie s'était arrêtée pour de bon.* La douleur s'était apaisée, comme une brûlure qu'on aurait passée suffisamment sous l'eau glacée, mais le manque restait. Papa était partout et nulle part à la fois, il fallait cohabiter avec son souvenir et faire attention à ne pas le laisser partir quand on ouvrait une porte.

Le plus difficile à gérer, c'était l'oubli. Déjà, sa voix se fanait dans mon esprit. S'il n'y avait pas les vidéos, je ne me souviendrais plus des tics de son visage, de son sourire, de ses mouvements de danse ridicules. Après de nombreuses batailles intérieures, j'acceptais la mort de mon père. J'admettais moins qu'un jour, quand toute mémoire de lui aurait disparu de cette terre, il mourrait une seconde fois.

— Hé, oh, le cousin ! m'a interpelé Georges. Ça va ?

J'avais dû partir dans mes pensées quelques secondes. Je me suis penché en arrière pour le regarder par-dessus les épaules de Priam, j'ai dû plisser les yeux à cause de la lumière aveuglante.

— Ça va, et toi ? Quand est-ce qu'on boit un coup pour fêter mes dix-huit ans ?

— Ça tombe bien que tu en parles !

Devant chez moi, Georges m'a bandé les yeux avant de me faire sortir de la voiture. Son comportement m'avait mis la puce à l'oreille depuis un moment, mais ce geste a fini de me convaincre que quelque chose se tramait. Il m'a guidé jusque dans le jardin. Je me suis pris un mur.

— Pardon, s'est excusé Georges. J'ai pas fait exprès.

Il l'avait fait exprès. Quelques piétinements et une marche plus tard, on me retirait le bandeau des yeux. Aussitôt, un chœur s'est écrié :

— Surprise !

Les gens ont fait une ola. Gaston s'est cogné la tête contre un parasol, la scène m'a arraché un sourire. Je ne savais ce qui me réjouissait le plus : le voir se faire mal, ou savoir qu'en dépit du fait qu'il ne pouvait pas me pifer il était venu à mon anniversaire. Il y avait tant d'autres personnes : Agathe et sa famille, Loïc, maman, mamie, tous mes amis du lycée et tous les gars du club de foot. Un barnum avait été monté au milieu de la pelouse, un buffet débordait de bols de bonbons et de quiches en tout genre. Je suis resté planté sur la terrasse, abasourdi.

Georges me tenait encore par les épaules. Sans lui, j'aurais chaviré sous l'émotion. Mon cousin s'est penché sur moi.

— Tu ne vas pas pleurer, quand même !

J'ai essuyé une larme qui perlait au coin de mon œil.

— Pfff, non, j'suis un bonhomme.

Mais, au fond, j'étais touché. En dépit de ce que j'avais tendance à penser, j'étais un garçon bien entouré.

La surprise passée, le festival d'accolades, de salutations et de « Bon anniversaire » a pu commencer. Maman m'a serré dans ses bras ; là où j'avais retenu mes pleurs, elle a laissé couler les siens.

— Mon bébé a dix-huit ans, répétait-elle avec accablement.

Mamie m'a complimenté, elle m'a trouvé très beau. Je ne m'étais pas changé depuis mon écrit de l'après-midi, j'avais encore mon tee-shirt qui puait la sueur et ma casquette « Beauf de Bretagne ». Mamie m'aurait trouvé très beau dans tous les cas. Elle s'est vite désintéressée de moi, elle jubilait à l'idée de rencontrer le petit copain de Georges. Elle n'a pas lâché la grappe à Priam de la soirée, le pauvre.

J'ai serré des mains, j'ai remercié des camarades de classe d'être venus. Les gars du foot étaient attroupés près du barbecue et débattaient sur la meilleure façon de l'allumer. Clément balançait du papier journal dans les flammes minuscules toutes les trente secondes et étouffait la moindre étincelle. On ne mangerait les saucisses et les merguez qu'à vingt-trois heures, à ce rythme. J'ai croisé Loïc près du bol de chips. On a discuté du livre *La Vie secrète des arbres* et de l'exposition sur les oliviers.

Jean-Paul, le père d'Agathe, avait quitté son fauteuil roulant. Il marchait avec une canne et, voyant la bande de branquignols agglutinés autour du barbecue, il a filé à leur rescousse. Le feu a démarré dans la minute qui suivait.

Une main s'est posée sur mon épaule, je m'attendais à voir Agathe. À la place, j'ai eu la surprise de découvrir un Gaston penaud. Il se trémoussait d'un pied sur l'autre, il avait de toute évidence des choses sur le cœur.

— Bon anniversaire, a-t-il marmonné.

— Merci.

On s'est toisés quelques secondes. Je me suis demandé lequel allait sauter à la gorge de l'autre en premier. Soudain, Gaston a dit :

— J'ai un cadeau pour toi.

Il m'a donné une enveloppe. À l'intérieur, j'ai trouvé un bon d'achat de vingt-quatre euros à dépenser dans le musée où il travaillait. L'attention m'a fait sourire.

— Pardon pour l'autre fois, j'aurais pas dû vous arnaquer. Mon père était furax quand il l'a appris.

— C'est bon, lui ai-je assuré. C'est pardonné.

— Ça te dit pas qu'on enterre la hache de guerre ? a-t-il proposé.

J'ai froncé les sourcils.

— Pourquoi on se fait la gueule, déjà ?

— À cause du combat de coqs dans le gymnase.

J'ai explosé de rire. Maintenant, l'histoire me revenait en mémoire. Gaston avait été mon complice dans l'affaire, il avait récolté une semaine d'exclusion et une soufflante magistrale par ses parents. Il m'en tenait rigueur depuis. J'ai acquiescé et je lui ai tendu ma main, nous avons échangé une poignée franche.

— Par contre, a-t-il ajouté, quand Agathe sera célibataire, notre amitié n'aura plus aucune valeur, je te la piquerai sans…

Je lui ai balancé son bon d'achat à la figure. Quelle enflure, ce type ! Gaston a ri, moi aussi.

Quand j'ai terminé mon tour de l'assemblée, deux personnes manquaient à l'appel : Olivier, mais je doutais qu'il soit venu, et Agathe. Celle-ci était présente, mais elle courait à droite et à gauche pour s'assurer que les bols de chips et les verres des convives n'étaient jamais vides. Je l'ai trouvée sous le barnum, elle dressait la table avec des assiettes en carton et des couverts en plastique. Concentrée sur sa tâche, elle a failli me filer sous le nez. Je l'ai attrapée par le tee-shirt à la volée.

— Hop hop hop ! La table peut attendre.

Je l'ai embrassée, son corps était tendu sous mes doigts.

— Depuis combien de temps tu prépares ça ?

— Longtemps, m'a-t-elle avoué avec un sourire.

— Georges m'a emmené manger une glace. C'était fait exprès ?

Elle a acquiescé, les assiettes en carton contre son cœur. Je l'ai serrée contre moi, c'était la meilleure des petites amies. J'avais de la chance de l'avoir.

— Agathe ?

— Oui.

— Tu es la meilleure.

Agathe a levé sur moi des yeux étincelants. Cette image resterait à jamais gravée en moi. Elle m'a embrassé tendrement, avant de me souffler :

— Bon anniversaire.

Chapitre 22

Les résultats du bac

Agathe

— Qu'est-ce que ce sera pour vous, ma petite dame ?

J'ai souri jusqu'aux oreilles. Gabin était une des seules personnes au monde qui gardait la classe avec des grosses bottes en caoutchouc, une parka de poissonnier et des gants de ramoneur. À force de porter des bobs de pêcheur et des casquettes loufoques, il en était arrivé à pouvoir tout se permettre, même les uniformes les plus ridicules. Il était perché dans un camion aménagé, les fruits de mer s'étalaient devant lui dans des bacs en plastique bleu. Sa poissonnerie mobile puait l'iode et les algues à trois kilomètres à la ronde.

— Deux douzaines, s'il vous plaît.

Depuis début juillet, trois jours par semaine, il se levait aux aurores pour vendre des produits de la mer sur le parking de la mairie. Son patron l'aidait à recevoir les cargaisons, à faire la mise en place, puis il retournait se coucher. Ça ne rapportait pas des masses, alors Gabin faisait aussi du service dans une pizzeria le soir. Quand il cumulait les deux dans la journée, il ne fallait pas le réveiller pendant sa sieste. Un vrai papy. C'était l'histoire d'un mois, de quoi mettre des sous de côté pour l'année à venir. De mon côté, je remplissais des petites missions de-ci de-là, du ménage surtout – ce qu'on me laissait faire du haut de mes dix-sept ans.

Aujourd'hui, les rôles étaient inversés : Gabin s'était chargé de recevoir la marchandise et son patron prenait le relais. Les résultats du bac étaient enfin affichés. Gabin s'est changé en vitesse, troquant sa tenue puante pour un tee-shirt et un short. L'aube ne faisait pas chuter les températures. Une canicule était annoncée pour les prochaines semaines. Pendant qu'on marchait jusqu'à son scooter, garé plus loin, il a soupiré bruyamment.

— Tu stresses ? ai-je demandé.

— Un peu. J'espère avoir une mention. Mon école exige juste le bac, mais j'espère la mention assez bien.

J'ai levé les yeux au ciel, il se mettait la pression pour rien. Il avait travaillé d'arrache-pied – bon, uniquement la dernière semaine avant les épreuves, mais d'arrache-pied tout de même !

— Tu l'auras. Hé, t'oublie pas qu'on doit prendre un café avec Loïc et Gaston ?

— C'est obligé ? s'est-il plaint. C'est pas parce que je me suis réconcilié avec Gaston que je dois redevenir son meilleur pote. Il reste con…

J'ai haussé les épaules.

— Moi, je l'aime bien. Il n'est pas si terrible que ça. Et puis c'est bien de voir un peu d'autres personnes, non ?

— Tu t'ennuies avec moi ?

Je n'ai pas réussi à savoir s'il plaisantait ou non.

— Pas du tout ! Mais, quand je vois Gaston, ça me rassure. Je me dis qu'il y a pire que toi !

Il a souri.

— OK, tu t'en sors bien. Pour cette fois.

On a enfilé nos casques, mis des vestes, et nous nous sommes élancés dans le petit matin. Les oiseaux étaient réveillés, les gens, eux, profitaient de leurs premières grasses matinées de l'été. Serrant Gabin à la taille, je sentais sa nervosité.

Il m'a déposée devant mon lycée avant de repartir de son côté. Livrée à moi-même, je faisais moins la maline. Un attroupement d'élèves s'amassait déjà sous le préau, là où les listes étaient placardées. Le sang a battu à mes tempes, soudain un flot de pensées catastrophées a déferlé. Et si j'avais loupé mon bac ? Et si j'avais oublié des questions sur le verso des consignes ? Et si mes correcteurs avaient tous, par le plus grand des hasards, passé une mauvaise journée au moment de se pencher sur ma copie et qu'ils m'avaient tous mis une sale note ? Ce n'étaient que les résultats du bac, mais j'avais l'impression que ma vie était en jeu. J'aurais aimé que Gabin soit à mes côtés pour partager la pression.

Une boule coincée dans la gorge, j'ai osé m'avancer. Il m'a fallu jouer des coudes pour me frayer un passage dans la foule. Mes oreilles sifflaient à cause du stress et du brouhaha, j'ai bien cru que mon cœur allait se décrocher et tomber dans mon estomac. Enfin, j'ai atteint le panneau et trouvé mon prénom.

Agathe, Marie-Aimée, Jacqueline Desfontaines, « ADMISE MENTION BIEN ».

Un sourire satisfait s'est dessiné sur mes lèvres. *Bravo, Agathe*, me suis-je félicitée avec fierté. Sans attendre, j'ai appelé ma mère pour lui annoncer la bonne nouvelle. Après ça, il a fallu appeler mes deux grands-mères, ma sœur et cette tante que je ne voyais jamais mais qui m'envoyait toujours cent euros à Noël. En dernier lieu, j'ai appelé Gabin. Il a décroché aussitôt, et je ne lui ai pas laissé le temps de parler :

— Alors ? Et ne me fais pas la blague « Je ne l'ai pas eu ».

— Je suis content que tu me connaisses si bien, mais je suis déçu que tu anticipes toutes mes blagues, je ne pourrai plus les faire.

— Réponds !

J'avais aussi hâte pour ses résultats que pour les miens. Gabin a craché le morceau :

— Mention bien. Devine qui va se la péter dans son école de commerce !

— C'est génial ! ai-je explosé de joie. Tu vois, tu t'inquiétais pour rien.

— Et toi ?

— Pareil.

— Regarde-nous, un couple de beaufs *et* d'intellectuels.

J'ai souri. Au loin, Gaston jubilait à outrance car il échappait aux rattrapages. Cette vision m'a rappelé qu'on avait prévu de boire un café ensemble. J'ai dit à Gabin :

— Je vais chercher Gaston. Tu retrouves Loïc et on y va ?

— Il est là, avec moi. Rendez-vous au café de la fontaine du centre-ville ?

— Ça marche, ai-je répliqué. À tout à l'heure. Je t'aime.

— Je t'aime aussi.

J'ai raccroché, un sourire aux lèvres. Un temps, je n'osais plus dire ces mots, de crainte de ne les penser qu'à moitié. Le naturel avec lequel ils m'étaient venus me rassurait : oui, j'aimais Gabin, du plus profond de mon cœur.

Gaston et moi avons marché jusqu'au lieu du rendez-vous, par moments en silence, par moments en discutant des épreuves. Au fil de l'année, il était presque devenu un ami. Un ami qui avait une tendance énervante à me draguer, mais un ami quand même. Il avait accepté de venir à l'anniversaire de Gabin, et cet effort avait achevé de me convaincre que, derrière ses airs de clown de la classe, il avait bon fond.

Gabin et Loïc attendaient devant le café. Mon copain louchait sur le menu du restaurant d'à côté ; il était debout depuis quatre heures du matin, pour lui c'était l'heure de déjeuner. On s'est installés en terrasse. Le café était de ceux qui appliquaient une politique de politesse. Si on ne disait pas « Bonjour, un café, s'il vous plaît », on payait plus cher. Comme Gaston se fichait de tout, il a payé son expresso deux euros soixante-dix. Longuement, on a devisé sur le redoublement de Loïc. Il n'avait pas obtenu son bac, non pas parce qu'il l'avait loupé mais parce qu'il ne s'était pas rendu à des épreuves décisives.

— J'avais pas envie, s'est-il contenté d'expliquer. C'était trop de stress. De toute manière, ça m'arrange de refaire une année au lycée. Si je pars loin, qui s'occupera des plantes chez mes parents ?

Gaston, lui, répétait à quel point il était soulagé de l'avoir eu du premier coup. Un autre problème se posait à lui, désormais : il n'avait pas de plan pour la rentrée, pas d'école, pas de fac. Tous ses vœux avaient été refusés ou il était sur liste d'attente. On était le 5 juillet et il passerait son été à envoyer des dossiers et à vérifier ses classements. J'avais de la peine pour lui.

Gabin et lui ont échangé quelques mots, pas grand-chose.

Au bout de vingt minutes, j'étais la seule à parler. On a coupé court à notre rendez-vous. Loïc a filé dès que j'ai suggéré l'idée d'y aller, il en a même oublié de payer. Avec un sourire amusé, Gabin s'est chargé de l'addition. Même la boisson de Gaston. Celui-ci est parti à son tour, nous sommes restés attablés à deux. La ville se réveillait, autour de nous, des papys prenaient un café en lisant le journal. Le clapotis de la fontaine berçait la rue.

Finalement, on a recommandé à boire et Gabin, qui crevait la dalle, a pris un petit déjeuner. Je lui ai volé la moitié de son croissant. La bouche maculée de miettes, j'ai dit :

— Tu vois, c'était pas si terrible que ça, avec Gaston.

— Ouais… Enfin, ça m'étonnerait qu'il redevienne le super pote d'autrefois. Il est bien trop gamin pour moi.

J'ai levé les yeux au ciel.

— C'est toujours important de tisser des liens. On sait jamais, imagine si un jour tu as besoin d'un rein et que seul Gaston est un donneur potentiel.

Il a ri. J'ai changé de sujet pour poser une question qui me tracassait depuis un certain temps :

— C'est quoi le délire avec Loïc ?

— Comment ça ?

— Il est obsédé par les arbres, les plantes, tout ça.

— Il est autiste. Quand un sujet l'intéresse, il est à fond.

— Ah ! C'est cool que tu sois ami avec lui, alors.

Gabin a froncé les sourcils.

— Pourquoi ? Je ne suis pas ami avec lui par charité, je suis ami avec lui parce qu'il est drôle et intéressant.

Je me suis sentie bête. J'ai déchiqueté la serviette en papier pour occuper mes doigts, Gabin a joué avec sa cuillère, la faisant tourner dans sa tasse vide. Soudain, il a dit avec fatalisme :

— Du coup, c'est fini.

— Ton café, ou le lycée ?

Il a souri.

— Non, le lycée. Enfin, c'est fini depuis un mois, mais là, c'est fini pour de bon. C'est un sentiment bizarre, non ?

J'ai acquiescé.

— Je ne réalise pas ce que ça va être, l'année prochaine, a-t-il continué. Vivre tout seul, gérer mon budget. Il y a six mois, je ne savais pas faire des crêpes, j'ai appris avec toi.

Elle me semblait loin, cette soirée de février où nous avions apporté des crêpes à l'anniversaire de Gaston. Entre-temps, nous avions vécu mille vies. Certaines avaient été plus éprouvantes que d'autres.

Alors que mes parents débattaient toujours de l'idée de me louer un appartement – maman aurait aimé que je reste à la maison, quitte à ce que je me farcisse une heure de car deux fois par jour –, Alexandra avait déjà déniché un logement à Brest pour son fils. Gabin vivrait seul dans un studio. Ses premiers repas risquaient d'avoir un goût de brûlé, si vous voulez mon avis. À cette pensée, j'ai réclamé :

— Promets-moi un truc.

— Quoi ?

— Promets-moi que tu mangeras des légumes.

Il a éclaté de rire devant ma requête incongrue.

— C'est important ! ai-je insisté. Si tu ne fais pas attention à ton alimentation, tu vas te retrouver avec du cholestérol et de l'hypertension à quarante ans. Je te veux en bonne santé !

— Tu viens de me dire que tu veux être encore avec moi à quarante ans ?

La réplique m'a surprise, j'ai rougi. Gabin m'a fait un clin d'œil.

— T'es complètement gabinisée, ma pauvre.

Je lui ai fait une grimace. D'accord, j'étais peut-être encore plus amoureuse que ce que je pensais. Si quelqu'un m'avait dit, à ce fameux mariage, que j'allais être aussi béate de ce garçon qui ne savait pas danser, je lui aurais ri au nez.

— Je mettrai du ketchup avec mes pâtes, m'a promis Gabin. Et de la salade dans mes kebabs.

— Merci.

— Tu fais quoi cet après-midi ?

J'ai haussé les épaules. Que faisait-on quand on avait dix-sept ans, le bac en poche et l'été devant soi ?

— Ça te dit d'aller faire une balade à vélo ?

Ainsi, c'était acté. On a payé la seconde tournée et on est remontés sur le scooter de Gabin pour rentrer à la maison. Ce midi, maman et Alexandra organisaient un repas pour fêter notre bac. Si vous deviez retenir une chose de cette histoire, et une seule, c'est que, chez nous, toute occasion est bonne pour organiser un repas de famille.

L'après-midi, les boutons de nos pantalons menaçaient de sauter. Pendant la sieste de papa, on a été chassés de la maison sous prétexte qu'on faisait trop de bruit. On a pris les vélos qui rouillaient dans le cabanon de jardin, tartiné Gabin de crème solaire pour éviter qu'il ne devienne rouge écrevisse, et on a défini notre itinéraire de promenade. Sur la route, Gabin menait. Mes mollets n'avaient pas l'habitude d'être autant sollicités, ils hurlaient leur douleur. Je m'efforçais de les ignorer. On est passés par des routes de campagne, nous enfonçant au milieu des champs qui bordaient nos villages. La plupart du temps, on était seuls sur la route, Gabin faisait le clown en slalomant sur toute la largeur de la chaussée. Une seconde, il a voulu m'impressionner en levant les mains, il a manqué de basculer par-dessus son guidon. Après ça, il a arrêté de faire le malin.

À force de pédaler, on a atteint une base de loisirs avec un plan d'eau. On s'est allongés dans l'herbe, le temps de reprendre nos forces. Un vent doux nous rafraîchissait.

Je me sentais bien. Comment qualifier autrement mon état d'âme ? On aurait pu s'arracher les cheveux à chercher le mot parfait : apaisée, détendue, euphorique, épanouie… Ça n'aurait même pas suffi. J'étais tout ça à la fois, j'étais bien. J'ai murmuré :

— J'aimerais qu'on reste ici toute notre vie.

— Toute la vie ? On finirait par se faire manger par les asticots.

J'ai souri, même cette vision dégoûtante ne gâchait pas l'instant.

— Je suis bien avec toi, Gabin.

Il s'est tourné vers moi, les yeux plissés par le soleil.

— Pareil.

Nous nous sommes tus, notre silence avait plus de sens que tous les mots qu'on aurait pu se dire. Gabin a fini par le briser :

— Si je fais un truc hyper romantique mais archi-niais, tu promets de ne pas te moquer de moi ?

— Promis.

Gabin s'est contorsionné pour cueillir une fleur derrière lui. Il a arraché les feuilles, tordu la tige et fait des nœuds. Une fois qu'il a eu terminé son bricolage, la fleur avait l'allure d'une bague.

— Agathe Desfontaines, est-ce que vous voulez bien me supporter pendant aussi longtemps que votre cœur le voudra ?

J'ai fondu. Sans hésiter, j'ai accepté :

— Oui, je le veux.

Il a passé la fleur à mon doigt. On n'aurait pas pu être plus amoureux que nous deux.

Chapitre 23

Le 14 Juillet

Gabin

Agathe a sonné à onze heures. C'était le rituel de nos jours d'été : elle prenait son vélo et venait chez moi les matins où je ne travaillais pas. Sinon, c'était l'inverse. On passait notre journée ensemble, à ne rien faire d'autre qu'être amoureux jusqu'à ce que je prenne mon service à la pizzeria, le soir. Pour le moment, on ne se lassait pas d'être collés l'un à l'autre. C'était comme revivre nos premières semaines ensemble. Depuis mon anniversaire, notre amour était reparti de plus belle. Le passage à vide du printemps était derrière nous. J'étais bien content qu'on se soit accrochés.

Ma mère travaillait, la maison était vide. Quand j'ai ouvert à Agathe, elle m'a embrassé, a retiré ses chaussures et est allée d'elle-même dans le salon. Elle occupait cette maison comme si c'était chez elle. J'avais oublié une casserole sur la table de la cuisine, il y restait un fond de riz.

— Ne me dis pas que tu as mangé du riz au petit déjeuner ! s'est exclamée Agathe.

J'ai haussé les épaules. Travailler dans la restauration, avec des horaires décalés, bousillait votre rythme d'alimentation. Quand je rentrais à deux heures du matin, j'engloutissais tout ce qui me tombait sous la main. Agathe a soupiré avant de m'enlacer, ses bras derrière ma nuque. Elle a levé les yeux sur moi.

— Ma mère a bien réservé une table à la pizzeria, ce soir. Je viendrai te chercher pour aller voir le feu d'artifice.

— Parfait.

Nous étions le 14 Juillet. Le restaurant allait être bondé. J'aurais à peine le temps de discuter avec Agathe et sa famille. Elle a froncé le nez, j'ai compris qu'elle me cachait quelque chose.

— Quoi ? me suis-je inquiété.

— On a aussi invité Charlène et Olivier. J'ai pensé que ce serait une bonne idée...

J'ai eu un mouvement de recul, vexé de son coup bas. Je n'avais pas envie de revoir Olivier. La dispute à chaud de mars s'était transformée en rapports glaciaux. On s'évitait, il rendait visite à maman quand je n'étais pas là et je m'arrangeais pour ne jamais avoir à le croiser. Ma rancœur s'était calmée. Avec la cicatrisation, j'avais compris qu'il n'était pour rien dans la mort de papa. C'était uniquement la faute du conducteur soûl qui les avait percutés. Lui, en revanche, m'en voulait toujours de mes accusations. Et moi, je ne supportais pas qu'il ne comprenne pas ma réaction. J'avais peut-être eu tort de lui balancer ces reproches au visage, mais je les trouvais légitimes. Merde, à la fin ! S'il n'avait pas insisté pour rester dans ce bar...

Agathe a mêlé ses doigts aux miens, comme pour s'assurer que je ne fuirais pas la conversation. Elle vivait mal l'hostilité entre mon frère et moi, parce qu'elle engendrait des discordes dans sa propre relation avec sa sœur. Charlène me reprochait d'être un gamin égoïste et obtus, alors, quand Agathe prenait ma défense, le ton montait entre elles deux.

— C'est ton frère, c'est la famille. Pense à ta mère et à ce qu'elle doit ressentir. Il faudra bien que tu lui parles à un moment ou un autre.

J'ai secoué la tête. *Pourquoi ?* ai-je eu envie de lui rétorquer. Je n'avais jamais été si proche que ça de mon frère. On avait près de huit ans de différence et nos caractères juraient de plus en plus à chaque bougie soufflée. C'était un type guindé, coincé et étroit d'esprit. On avait des gènes en commun, c'est tout. Ma relation avec Georges s'apparentait plus à celle de deux frères que ma relation avec Olivier. Agathe et Charlène s'entendaient comme on peut l'attendre de deux sœurs : elles se chamaillaient avant de se tomber dans les bras à la moindre occasion. Olivier et moi, on pouvait faire l'un sans l'autre.

Agathe a pris mon visage entre ses mains. Je restais énervé de son initiative, j'ai regardé ailleurs. Elle a insisté :

— S'il te plaît. Pour moi.

Dans un soupir, je lui ai concédé :

— Je peux te promettre de le servir. Je ne peux pas t'assurer que je lui parlerai.

— C'est déjà un bon début.

Elle m'a déposé un baiser sur la joue. On est montés dans ma chambre, comme à notre habitude, pour mieux ne rien faire. La canicule frappait la Bretagne de plein fouet et, malgré la petite brise, il faisait trop chaud. J'avais baissé mon volet pour garder la fraîcheur dans la pièce. Agathe s'est assise sur mon lit, une grimace de dégoût a tordu son visage. Sa main a glissé sur le matelas, elle a brandi un pétale de céréale avec accablement.

— Gabin !

Pour la faire taire avant l'effusion de reproches, je l'ai embrassée. D'abord tendrement, pour endormir sa méfiance. Quand Agathe a baissé la garde, j'ai frappé. Je l'ai fait basculer sur mon matelas et j'ai grimpé sur elle à califourchon, immobilisant ses deux poignets dans une seule main. J'ai crié :

— Attaque du monstre chatouille !

— Non ! Gabin ! Non !

Ses supplications n'y changeraient rien. Je lui ai chatouillé les côtes pendant qu'elle se débattait et se tortillait dans tous les sens. Elle était secouée de violents éclats de rire. J'ai accepté de lui accorder un instant de répit, le temps qu'elle reprenne ses esprits. Agathe et moi avons échangé un regard silencieux, langoureux. Je l'ai attaquée de nouveau, par surprise.

— S'il… te… plaît, a-t-elle articulé difficilement. Stop ! Je t'en… supplie ! Stop !

Je l'ai lâchée, Agathe riait encore. Je me suis laissé tomber à ses côtés, pendant qu'elle essuyait des larmes au coin de ses yeux. Elle a fait semblant de bouder quelques secondes. Sa vengeance ne s'est pas fait attendre, elle a pris l'avantage sur moi. Quand je me bagarrais avec elle, plus rien n'existait. Agathe et moi étions seuls au monde, le temps se suspendait pour nous observer jouer.

Naturellement, à nos rires s'est substitué le silence de nos baisers. Ses cheveux me caressaient le visage, j'ai serré sa taille contre moi, avide de proximité. Une décharge inhabituelle a circulé entre nous, une ambiance plus électrique entre nos corps. Le désir m'a titillé. C'était loin d'être la première fois qu'Agathe me faisait un tel effet, mais là… Quelque chose de nouveau flottait dans l'air.

Elle frémissait sous mes doigts. Entre deux baisers, elle m'a murmuré :

— Ce serait l'instant parfait, non ?

— Pour…

Elle a opiné. Mon cœur s'est emballé. Depuis la Saint-Patrick, on n'avait jamais retenté l'expérience, on n'avait pas non plus reparlé de notre tentative avortée. Malgré tout, je crois qu'on en avait tous les deux envie depuis un bout de temps – moi, oui, en tout cas. Je n'avais pas osé mettre le sujet sur la table, de peur de la brusquer ou de paraître insistant. Il fallait que la chose se fasse spontanément, qu'elle nous saisisse aux tripes sans nous laisser le temps de réfléchir. Agathe avait raison. Le moment semblait parfait.

La tension et l'excitation me rendaient fébrile. J'ai tout de même réussi à articuler :

— Tu te sens prête ?

Agathe a hoché la tête.

— Et toi ?

— Oui.

On est restés immobiles, à se regarder dans le blanc des yeux. Aucun de nous n'osait faire le premier geste, je ne savais pas par où commencer, je ne savais même plus où poser mes mains. J'ai proposé, pour l'aider :

— Tu peux peut-être enlever mon tee-shirt.

Avec un rire nerveux, Agathe a retiré mon haut. Elle a dû forcer au niveau de la tête, un instant j'ai cru que j'allais me retrouver coincé les bras en l'air pour de bon. Je transpirais déjà, j'avais peur qu'Agathe le remarque et en soit dégoûtée. Elle n'a pas fait de commentaires, mes appréhensions se sont calmées. Quand Agathe a eu mon tee-shirt dans les mains, un nouveau malaise est apparu.

— Je le mets où ? m'a-t-elle demandé.

J'ai souri, avant de l'attirer contre moi.

— Jette-le ! On s'en fout !

Elle a envoyé le tee-shirt valdinguer à travers la pièce et m'a embrassé, nos respirations fiévreuses à l'unisson. Dans le moment de passion, j'ai passé mes mains sous son chemisier. Sa peau était douce sous mes doigts. Ils ont effleuré sa colonne vertébrale jusqu'à trouver son soutien-gorge. J'ai tenté de le dégrafer, en vain. Ce truc était plus résistant qu'un communiste pendant la Seconde Guerre mondiale ! Ma bouche contre la sienne, j'ai grommelé :

— Rah, putain…

Agathe a gloussé.

— Attends, laisse-moi faire.

Une seconde et une main dans son dos plus tard, il y a eu un clic. J'ai senti le sous-vêtement glisser. Le sang battait à mes temps – pas qu'à mes tempes, en réalité. Agathe s'est déshabillée, entièrement, je suis resté coi face à cette vision. Mon air ébahi l'a fait rire de nouveau, elle m'a caché les yeux moitié par plaisanterie, moitié par gêne. Je me suis aussitôt débarrassé de sa main parasite. On s'est encore embrassés, chaque baiser était plus ardent que le précédent. J'avais chaud, je suais comme un bœuf. Quelle idée de choisir un jour de canicule pour sa première fois !

Ensuite, les choses se sont déroulées naturellement. Les maladresses, les fous rires gênés, les appréhensions n'ont pas entravé la magie du moment. Par-dessus tout, il y avait l'amour, que l'acte, plutôt que de le justifier, venait de confirmer. Ce matin-là n'était pas le point culminant de notre relation. Non, on avait plutôt trouvé une nouvelle façon de se dire « Je t'aime ».

Ma mère, mon frère et la famille d'Agathe sont arrivés à vingt-et-une heures, en plein jus. La pizzeria n'était qu'un petit commerce d'une trentaine de tables, mais le 14 Juillet était une soirée mouvementée. Les gens profitaient du jour férié pour s'offrir un repas au restaurant en attendant le feu d'artifice proposé par la ville. Je leur avais réservé une table dans mon rang, en terrasse, pour avoir le temps de discuter avec eux. Quand j'ai aperçu mon frère, la pression est montée. Il allait falloir que je lui adresse la parole, ne serait-ce que pour prendre sa commande. J'étais déjà stressé à cette idée.

Agathe était partie tard dans l'après-midi. Après nos ébats, on avait regardé un film en mangeant des céréales. Notre première fois m'avait procuré le sentiment d'une complicité renforcée. Notre amourette d'adolescence m'apparaissait plus vraie que jamais. Ce n'était plus seulement Agathe, c'était *mon* Agathe. On était allongés dans le lit, quand j'avais repensé à notre première rencontre : je l'avais draguée pour m'amuser. Je n'avais jamais eu l'intention de tomber amoureux d'elle. Je m'étais fait avoir comme un bleu : Agathe m'avait pris dans ses filets, et je n'avais même pas essayé de m'en échapper. Face à mon admiration badaude, elle m'avait interpelé :

— Quoi ?

J'avais secoué la tête.

— Rien. T'es belle.

Agathe avait levé les yeux au ciel. Elle acceptait difficilement les compliments. Raison de plus pour que je continue à lui en faire.

Pour la soirée, elle avait revêtu une robe jaune d'été, sa peau mate vibrait par le contraste des couleurs. Je jubilais dans la salle. La patronne a compris de qui il s'agissait, elle m'a arraché le plateau de boissons des bras et m'a ordonné d'aller m'occuper d'eux immédiatement.

J'ai pris leur commande, Olivier m'a regardé dans les yeux pour me donner la sienne. Autour de la table, j'ai senti que tout le monde retenait son souffle. Surtout ma mère. Elle souffrait de nous voir en froid. J'ai gardé la tête haute et ai noté une pizza reine sans champignons, j'ai souligné le « sans champignons » trois fois. Si le chef oubliait, Olivier penserait que je l'avais fait exprès. Les pizzas sont sorties du four, je les leur ai apportées. Il n'y avait pas de champignons sur celle de mon frère. La soirée est allée de mieux en mieux à partir de là.

Nos familles ont quitté la table avant le début du feu d'artifice. Il était tiré dans le centre-ville, à côté du lycée d'Agathe. Nos petits villages à nous ne pouvaient pas se permettre un tel luxe, il fallait faire de la route pour profiter des festivités. J'ai pris de l'avance en débarrassant mes tables et en commençant à passer le balai. Ma patronne a accordé une demi-heure de pause pour que toute l'équipe puisse assister au feu d'artifice. J'ai retiré mon tablier et je me suis aventuré dans la foule attroupée autour de la fontaine. J'ai croisé les parents d'Agathe, Jean-Paul m'a serré la main et félicité pour le repas, comme si c'était moi qui l'avais préparé. Agathe, Olivier et Charlène étaient plus loin, en retrait de la foule. Je les ai rejoints. Mon arrivée a jeté un froid sur leur discussion. Agathe m'a embrassé sur la joue, me murmurant au passage :

— Je suis désolée.

J'ai froncé les sourcils, perplexe. Lorsqu'elle a pris la main de sa sœur, j'ai compris.

— Charlène, je crois que maman nous a appelées.

Du regard, je l'ai implorée de rester, mais Agathe m'a ignoré. Les deux sœurs ont disparu et je suis resté seul avec Olivier, dans un silence mortifère. L'écho de la foule et la musique d'un bar voisin ne suffisaient pas à dissiper le malaise. Olivier n'a pas cherché à fuir, moi, en revanche, j'ai hésité à prétexter qu'on m'appelait à la pizzeria. Mon frère a brisé la glace :

— C'était très bon ce soir, merci.

Commencer par des banalités pour se réconcilier… Ça me semblait être une bonne stratégie, mon frère avait toujours été le plus malin de nous deux.

— De rien, j'ai fait attention à ce qu'il n'y ait pas de champignons !

Olivier a eu un sourire contrit. On tournait autour du pot sans qu'aucun de nous ose mettre un pied dedans. Il a été plus courageux que moi :

— C'est pas à moi de m'excuser, Gabin.

J'ai baissé les yeux, penaud. Il avait raison et je détestais cette idée. J'ai bien été obligé de ravaler ma fierté.

— Je sais. Pardon. Je… Je pense pas que tu es responsable de la mort de papa.

J'ai affronté les yeux d'Olivier, son visage s'est détendu. Je crois que je venais de lui retirer un poids des épaules. Je me suis demandé si, à force que je lui fasse la gueule, il ne s'était pas dit que mes mots blessants étaient vrais… J'ai tenté de me justifier, je trouvais encore injuste qu'il m'en veuille d'avoir mal vécu la mort de notre père.

— J'étais en colère.

— Tu crois que moi, je ne l'étais pas ?

Sa réplique m'a pris de court. Je n'ai rien su rétorquer. Olivier a continué :

— Tu crois que je ne me suis pas senti coupable d'avoir survécu ? D'avoir la vie sauve quand papa avait perdu la sienne ? Tout ce que tu m'as balancé à la figure, je me le suis reproché. On a tous souffert de sa mort, mais toi, tu ne supportais pas que quelqu'un ait plus mal que toi.

Ses paroles m'ont giflé. Un frisson a couru le long de mon échine. J'avais une terrible envie de protester, de dire : « Oui mais... » Seulement, à quoi cela aurait-il servi ? J'étais en tort. Je le réalisais enfin. J'ai encaissé les reproches d'Olivier qui continuaient de pleuvoir :

— On aurait pu être une famille unie. On aurait pu être tous ensemble pour faire face. Mais, à cause de toi – bon, et de moi –, on a été obligés de faire notre deuil chacun dans notre coin. Je suis quand même désolé de ne pas avoir joué mon rôle de grand frère, mais... Gabin, tu m'as accusé de l'avoir tué. Je ne sais pas si je pourrai te le pardonner.

J'ai acquiescé, j'acceptais la sentence. Nos rapports ne seraient probablement plus jamais les mêmes qu'avant l'accident. Ou alors, il nous faudrait du temps. C'était mon frère, je serais toujours lié à lui d'une manière ou d'une autre. Mais le peu de complicité qu'il y avait entre nous avait aussi péri le soir de la Saint-Patrick.

— Maman aimerait vraiment qu'on se réconcilie, ai-je déclaré.

— Je peux faire des efforts pour maman, a-t-il accepté.

Sur ces mots, il m'a ouvert les bras. Un poids sur le cœur, je l'ai enlacé. Olivier m'a donné des tapes cordiales dans le dos. Comme avec Gaston, j'ignorais où nous mènerait la suite de cette histoire, si c'était un début ou une fin. Depuis la nuit des temps, les frères se brouillaient, s'aimaient, s'entraidaient, s'entre-tuaient. De toute évidence, quand on racontait une histoire de famille, on ne pouvait pas déroger à cette règle…

Les lampadaires se sont éteints, plongeant la ville dans l'obscurité. Un soupir d'excitation a parcouru la foule, chassé par un silence impatient. La première fusée a éclaté dans le ciel, déployant ses couleurs flamboyantes. Les déflagrations des pétards faisaient trembler le sol et vibrer mon cœur. La tête vers les étoiles, j'ai admiré le spectacle du 14 Juillet. Une main chaude s'est glissée dans la mienne. J'ai tourné la tête, Agathe s'était postée à mes côtés.

Les lumières du ciel brillaient dans ses yeux.

Chapitre 24

L'anniversaire de mariage

Agathe

— Tu savais que, statistiquement, tu as plus de chances de croiser quelqu'un avec qui tu as déjà couché à un anniversaire de mariage qu'à une réunion d'anciens élèves ?

Gabin attendait ma réponse, un sourire malicieux aux lèvres. Je lui ai répondu :

— Je suis heureuse de te l'annoncer : j'entre dans les statistiques.

Son rire a percé l'air. J'aurais cru qu'avec le temps je m'habituerais aux détails anodins : sa voix au réveil, ses tics ou la manière dont il se cachait les yeux quand il riait. Pourtant, chaque fois, j'avais le sentiment de le découvrir à nouveau.

Un an. On s'était rencontrés un an auparavant, jour pour jour, devant l'église du village. On s'était tous les deux habillés de couleurs sombres, sans même se connaître. À croire que c'était déjà écrit. Quand Gabin m'avait adressé la parole pour la première fois, j'avais vu en lui un lourdingue de plus, qu'il faudrait supporter pendant deux jours. Il avait persévéré, et voilà où ça nous avait menés. Comme quoi les premières impressions ne sont pas forcément les bonnes.

Gabin a siroté une gorgée de champagne. L'assurance de son geste m'a fait tiquer. Si je le comparais au gamin de nos premiers repas de famille ensemble, l'évolution était flagrante. Il avait pris en maturité, ses traits s'étaient affinés, il faisait plus adulte. Moi aussi, j'imagine. C'était fou ce qu'une année pouvait induire comme changements. C'était dingue tout ce que l'on avait vécu en douze mois. Maman disait que, si l'on vieillissait, ce n'était pas parce que le temps passait mais parce que la vie accélérait. Je n'avais pas compris la métaphore jusqu'à ce jour.

Gabin a froncé les sourcils.

— Pourquoi tu me regardes comme ça ? Tu te dis que je suis la plus belle chose qui te soit arrivée ou tu te dis « Il faut que je largue ce tocard » ?

J'ai secoué la tête avec un sourire.

— Tu ne réponds pas à ma question ! Agathe, cligne des yeux une fois si tu m'aimes, deux fois si je te soûle.

J'ai éclaté de rire.

— Là, tu fermes carrément les yeux. C'est très impoli, Agathe. Si tu veux rompre, fais-le au moins en suivant les règles.

J'ai planté un bisou sur son front et l'ai rassuré :

— Mais non, n'importe quoi ! Je ne me séparerai jamais de toi.

— Jamais ? C'est une sacrée promesse, ça. Ça veut dire que même si je deviens chauve, avec un bide à bière, tu seras toujours prête à m'aimer ?

— Tant que toi, tu le seras quand je mettrai des pantoufles roses et des blouses à fleurs.

— Si tu me laisses t'emprunter ces pantoufles, pas de problème.

On s'est embrassés, pour le plaisir de le faire. Nos baisers n'avaient plus la fièvre des débuts. Ce n'étaient pas des *premiers baisers*. C'étaient des baisers du quotidien. Grâce à eux, on se remerciait, on se disait au revoir, ou on se rappelait qu'on s'aimait.

— Tu réalises à quel point on est devenus niais ? a-t-il dit. On est devenus ce couple relou dont les membres ne sortent pas l'un sans l'autre. Tu sais que Loïc nous appelle Agabin ? Pas Agathe et Gabin. Agabin, à croire qu'on est une entité indissociable.

J'ai levé un sourcil. Son discours semblait dépréciateur.

— Ça te dérange ?

Gabin a réfléchi.

— Je sais que je devrais dire oui. C'est pas bon d'être collés, mais tant pis ! Non, ça ne me dérange pas, j'ai envie que ça continue comme ça. Tu n'es pas seulement ma copine, tu es aussi ma meilleure amie.

— Et ta conseillère en mode, ai-je ajouté.

— Tu as choisi une fois mon pantalon, ne prends pas trop la grosse tête, Gagathe.

Ce surnom, il l'avait piqué à ma mère, à l'époque où le calendrier de nos rencontres était seulement entre les mains de nos parents. S'ils avaient décidé de ne pas se voir pendant un mois, on suivait le mouvement.

Mon regard a bifurqué vers la mère de Gabin, elle riait avec la mienne. Un bonheur est né dans le creux de ma poitrine. Cette année avait vu débuter de nombreuses histoires. Celle de Gabin et moi, bien sûr, mais aussi toutes les autres. Celle de Charlène et Olivier et de leur première année de mariage mouvementée, celle d'Alexandra, qui avait tout perdu et commençait doucement à se reconstruire, et celle de mes parents. Eux avaient fait preuve d'un mental d'acier pour soutenir toutes les personnes précédentes. Ils avaient porté sur leur dos un accident, un deuil et une famille détruite. En quelque sorte, ils étaient les véritables héros. L'histoire d'amour entre Gabin et moi était avant tout l'histoire de deux familles qui en devenaient une grande.

Gabin a claqué des doigts devant mes yeux.

— Allô, Agathe, ici la Terre. Si je t'ennuie, dis-le.

Je me suis justifiée :

— Non ! Désolée, je regardais ta mère, et je me disais…

J'ai laissé la phrase en suspens, cherchant mes mots pour ne pas le brusquer. La blessure causée par la perte de son père n'était plus brûlante, mais piquait toujours quand on l'effleurait. Gabin a insisté :

— Tu te disais…

— Je me disais qu'elle avait l'air heureuse, malgré tout.

Gabin a observé Alexandra à son tour, avant d'acquiescer.

— Non seulement elle en a l'air, mais je pense qu'elle l'est au fond d'elle.

— Toi, tu l'es ? l'ai-je questionné.

— T'es là, donc ouais.

La remarque était mignonne, mais trop facile.

— Merci, mais en général ? Est-ce que tu es heureux même quand je suis pas là ? Même quand tu es tout seul chez toi ?

Il a réfléchi à la question. J'ai ressenti une appréhension. L'été avait révélé un Gabin plus serein, je craignais que ce ne soit qu'une façade. Et s'il était toujours aussi brisé ? Comment ferais-je pour mieux l'épauler que les premiers temps ? Il m'a confié :

— Je crois bien. Je ne peux pas te le promettre, mais je pense.

— Donc tu es heureux ?

— Je suis heureux.

J'ai posé ma tête sur son épaule, et il m'a serrée dans ses bras. Je pensais que la conversation allait s'arrêter là. Après tout, c'était une belle note de fin, le bonheur de Gabin. Mais il a repris :

— Agathe ?

J'ai levé la tête.

— Merci.

— Pour quoi ? ai-je demandé.

— Pour tout ce que tu as fait. Je ne te l'ai pas assez dit et tu as cru que tu n'avais rien fait pour m'aider, après l'accident. C'est faux. Tu étais là, tu étais patiente avec moi, tu venais me voir tous les mercredis après-midi même quand j'étais d'une humeur sinistre. Et je sais que tu vas continuer à être près de moi à l'avenir, pendant les coups de mou. Si jamais l'inverse arrive, si tu as un problème, je ferai pareil. Tu ne voudras pas que je m'en mêle, tu voudras tout gérer seule, c'est ton genre. Mais je te soutiendrai quand même.

Je suis restée muette devant sa tirade. Gabin avait toujours été le plus doué de nous deux pour les déclarations de sentiments et les belles phrases.

Face à mon silence, il a froncé les sourcils.

— Agathe, dis quelque chose, ça me stresse quand tu dis rien.

— Je ne peux rien dire ! ai-je protesté. C'est beau ! Comment je suis censée réagir ?

— Contente-toi de m'embrasser.

Ce que j'ai fait. Là, on avait le sentiment d'être seuls au monde. Ce n'était pas le cas, malheureusement. Des mains se sont posées sur mes épaules. Quand j'ai relevé la tête, Charlène me faisait un massage suspect. Olivier se tenait derrière Gabin, il nous a lancé :

— Alors, on s'amuse bien ?

Gabin et moi avons échangé un regard intrigué. Une expression de méfiance est passée sur son visage. J'ai tenté de me dégager de l'emprise de Charlène, mais ses doigts se sont serrés sur ma peau. J'ai compris qu'ils préparaient un mauvais coup.

— Qu'est-ce qui vous prend ? a demandé Gabin.

Ça puait. Ça sentait plus mauvais que la baraque à huîtres de Gabin en fin de journée, quand le thermomètre avait explosé les records et que tous les coquillages refoulaient la marée. Ma sœur a feint l'innocence :

— Rien, rien du tout. On se rappelait les bons souvenirs du mariage, l'année dernière. C'était une belle journée, pas vrai ?

— Euh… oui, ai-je bafouillé.

— C'est le jour où vous vous êtes rencontrés, d'ailleurs ? a ajouté Olivier. Quelle belle histoire !

— Très jolie histoire, a renchéri Charlène.

Gabin et moi avons senti la panique grimper. Il y a eu un silence sourd et écrasant, comme quand un prédateur s'apprête à sauter sur sa proie. Après un ultime coup d'œil jeté l'un à l'autre, Gabin et moi nous sommes mis d'accord : il fallait fuir avant que les emmerdes tombent. Olivier a affirmé :

— Vous ne nous avez jamais remerciés.

Alors, Gabin m'a hurlé :

— Cours !

Ma tentative de me lever de ma chaise a échoué quand Charlène m'a fait basculer en arrière. Je suis tombée dans l'herbe, incapable de bouger car ma sœur me maintenait au sol. Gabin a eu plus de chance, il est parvenu à s'échapper. Soudain, les amis de Charlène et Olivier ont fondu sur moi. Quatre brutes m'ont attrapée par les bras et les jambes, et m'ont transportée comme un morceau de viande. La tête à l'envers, pendant à quelques centimètres du sol, le monde m'est apparu sens dessus dessous. Une piscine s'est dessinée à la place de la pelouse, j'ai cherché à me débattre. Sans succès.

Ils m'ont jetée tout habillée dans l'eau. Quand j'ai émergé, un *plouf* a retenti juste à côté de moi. Ils avaient eu Gabin ! Des cris et des applaudissements ont retenti. Charlène riait de sa bêtise, mais c'était compter sans mon père, qui m'a vengée et l'a poussée dans l'eau. Un cri et un plongeon plus tard, elle a subi le même sort que moi. Olivier, en mari galant qu'il était, a sauté à son tour. De là, le reste de l'assemblée a suivi. Tout le monde a fait trempette. À croire que les célébrations du mariage de Charlène et Olivier étaient maudites : que ce soit à cause d'une bataille de nourriture ou d'un plongeon dans la piscine tout habillé, personne n'en sortait jamais indemne.

Dans la foule qui s'éclaboussait, Gabin a nagé vers moi. Il a blagué :

— Tu me mets l'eau à la bouche, tu sais.

J'ai roulé les yeux.

— Alors ça, c'était vraiment une réplique à l'eau de rose.

— Oh ! Eh bah tu vois, cette moquerie, c'est la goutte d'eau qui fait déborder le vase.

— Non, Gabin, s'il te plaît, ne te vexe pas. On est tellement mignons, à vivre d'amour et d'eau fraîche, on ne peut pas se disputer.

Il a ri, avant de me mettre en garde :

— Attention, on peut continuer longtemps. Des jeux de mots, j'en ai au moins pour toute la vie.

Je l'ai observé, le cœur léger. Gabin n'était pas l'homme de mes rêves, ce n'était pas le prince charmant. Il avait ses défauts, ses faiblesses, ses peurs, ses baisses de moral. On ne savait pas ce que l'avenir nous réservait. En revanche, j'avais une certitude : dans les épreuves difficiles comme dans les moments de joie, on serait présents l'un pour l'autre.

— Va pour toute la vie, alors.

hachette s'engage pour l'environnement en réduisant l'empreinte carbone de ses livres. Celle de cet exemplaire est de :
500 g éq. CO_2
Rendez-vous sur www.hachette-durable.fr

PAPIER À BASE DE FIBRES CERTIFIÉES

Pour l'éditeur, le principe est d'utiliser des papiers composés de fibres naturelles, renouvelables, recyclables et fabriquées à partir de bois issus de forêts qui adoptent un système d'aménagement durable. En outre, l'éditeur attend de ses fournisseurs de papier qu'ils s'inscrivent dans une démarche de certification environnementale reconnue.

Composition et mise en pages : Nord Compo
Achevé d'imprimer en Espagne
par Rodesa
Dépôt légal 1re publication janvier 2022
62.6401.0 – ISBN : 978-2-01-714028-3
Édition : 01 – Dépôt légal : janvier 2022